일륜
新무협 판타지 소설
보법
步法無敵
무적

보법무적 1

일류 新무협 판타지 소설

초판 1쇄 찍은 날 § 2007년 3월 7일
초판 1쇄 펴낸 날 § 2007년 3월 17일

지은이 § 일류
펴낸이 § 서경석

편집장 § 문혜영
편집책임 § 서지현
편집 § 심재영

펴낸곳 § 도서출판 청어람
등록번호 § 제1081-1-89호
등록일자 § 1999. 5. 31
어람번호 § 제2-1148호

주소 § 경기도 부천시 원미구 심곡1동 350-1 남성B/D 3F (우) 420-011
전화 § 032-656-4452 팩스 § 032-656-4453
http://www.chungeoram.com
E-mail § eoram99@chollian.net

ⓒ 일류, 2007

ISBN 978-89-251-0589-5 04810
ISBN 978-89-251-0588-8 (세트)

[유령신보]

1

일륜 新무협 판타지 소설

보법무적

FANTASTIC
ORIENTAL HEROES

步法無敵

"정말로 제가 안 넘어지고 잘 걸을 수 있나요?" "그럼! 이건 비밀이라 잘 말해주지 않지만, 네게만
특별히 알려주마. 우리 문파의 특기가, 잘 걷기다." "안 넘어지고, 똑바로요?"
"흐흐흐, 당연하지!" "갈게요, 가겠어요!"
십이 세 소년 등천화와 오십 년 만에 세상에 나온 사부의 만남. 그리고 십 년이 흘러 세상에 나온 엉뚱한 청년의 강호 행보!
그의 십보는 무림인들에게 악몽이 되었다! 어느 누구도 붙잡지 못할 거대한 광풍이 되었기에!

도서출판
책이랑

목차

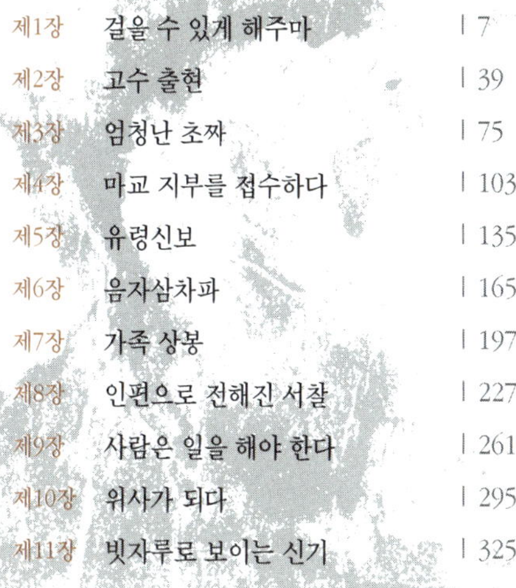

第一章

걸을 수 있게 해주마

"정말로 제가 안 넘어지고 잘 걸을 수 있나요?"

"그럼! 이건 비밀이라 잘 말해주지 않지만 네게만 특별히 알려주마. 우리 문파의 특기가 잘 걷기야."

"엄… 안 넘어지고 똑바로요?"

"흘흘흘, 당연하지!"

"갈게요, 가겠어요!"

*　　　*　　　*

열두 살 소년, 등천화의 착한 눈길을 잡아끈 것은 노인의 오래돼서 후줄근한 옷차림이 아니라, 독특한 그의 걸음걸이였다.

상체를 허공에 고정시켜 놓고 걷는 걸음이 저럴까?

신기하게도 매 걸음마다 보폭이 똑같았다.

세모꼴의 기이한 얼굴이나 앞니 빠진 입은 등천화에겐 별로 신기하지도 않았다. 하지만 바로 앞에서 멈춰 서서 눈을 마주치자, 등천화는 자신도 모르게 몸을 움츠리고 말았다.

모습이 괴이해서가 아니었다.

아무것도 읽을 수 없는 노인의 움직임 때문이었다.

그것은 등천화에겐 무척이나 중요했다.

가난한 농부의 일곱 번째 아들로 태어나 먹을 것도 제대로 먹지 못하고 큰 탓에 체구는 조그맣고 바싹 말라 항상 놀림감이 되곤 했다.

그러나 사물을 인지할 나이가 됐을 때, 등천화에게 작은 변화가 찾아왔다. 바로 눈에 보이는 것들이 전부는 아니라는 사실을 깨달은 것이다.

새들이 날아와 마당에 모이를 쪼는 것에도, 기르던 개가 제자리를 맴도는 것에도, 바람이 구름을 따라 이동하는 것에도 길이 존재한다.

수많은 생각.

수많은 길.

수많은 얘기.

이러한 것들은 입을 통해서 이루어지지 않는다. 머릿속에서 이뤄졌다가 사라지는 일종의 무언의 대화인 셈이다.

몇 살 때부터였을까?

등천화는 이러한 대화 때문에 제대로 잠을 이룰 수가 없었다. 당연히 신체는 형편없이 약해질 수밖에 없었다.

그래서인지 걸음을 제대로 걷지 못했다.

눈으로 보는 모든 길은 평지가 분명했으나, 실제로는 모두 높낮이를 지니고 있기에 두어 걸음 걸으면 반드시 넘어지는 희한한 신체가 된 것이다.

기이한 소년에 대한 소문은 삽시간에 마을에서 마을로 퍼져 나갔고, 소문을 들은 아이들이 호기심에 하나둘씩 찾아오기에 이르렀다.

한 마을에 사는 아이들이야 부모님이 계시니 놀리고 도망가기 일쑤였지만, 다른 마을에서 원정까지 온 녀석들은 격이 달랐다.

몸을 아프게 하는 녀석들.

이것이 녀석들에 대한 등천화의 생각이었다.

처음엔 한 번도 본 적이 없는 애들이라 아무 생각 없이 지나쳤다. 물론 비틀거리는 아주 불안한 걸음걸이로 말이다.

녀석들은 괜찮다는 등천화의 손을 꼼짝 못하게 하고는 친구가 되면 풀어주겠다고 했다. 등천화는 이런 불편한 놀이에 그다지 관심이 없었다.

녀석들은 거절하는 등천화를 갑자기 업더니 무작정 뒷산으로 데리고 갔다. 그리고는 좋은 친구를 만난 기념이라며 자기들이 알고 있는 모든 욕을 해대기 시작했다.

그러나 등천화는 무반응이었다.

당시만 해도 등천화가 들을 수 있는 소리는 극히 한정되어 있었다. 어린애들이 자기들만 웃을 수 있는 암호와 같은 욕설이 귀에 들릴 리 없었다.

한참을 떠들어대던 녀석은 등천화의 무반응에 본색을 드러냈다. 자기들과 마을 녀석들 중에 누가 더 잘 괴롭히는지 알려달라며 친절하게도 자신들이 때릴 위치까지 설명해 줬다.

그날 등천화는 정신을 잃을 때까지 두들겨 맞았다.

모두 여든한 대.

맞을 때부터 정신을 잃기 전까지 센 숫자였다.

며칠 뒤 놈들이 또 찾아왔다.

지나가는 길에 불쑥 나타나 마치 우연히 만난 것처럼 '이런, 또 만났네?' 라는 반가운 사람들끼리만 할 수 있는 말까지 서슴없이 건네며 말이다.

등천화는 찍소리 못하고 두 번째 만난 기념일 행사에 온몸으로 참여해야 했다.

모두 백열두 대.

이번에는 몸져누워 며칠을 일어나지 못했다.

놈들의 만행은 거기서 끝나지 않았다.

등천화의 집을 알아내서는 며칠 동안 보이지 않아 찾아왔다며 등천화의 부모님께 인사까지 했다. 식구들은 친구라는 말에 고개를 갸웃거리기는 했지만, 논과 밭 일이 밀려서 놀다 가라며 집을 나섰다.

방으로 들어온 그놈들은 자신들의 규칙이 원래 그렇다며 이해해 달라고 하더니, 두목 격인 표익수란 아이가 웃는 얼굴로 손을 내밀었다.

등천화는 무의식적으로 멍한 눈이 되어 '이젠 맞지 않겠구나' 라는 생각을 했다.

그러나 표익수의 손을 잡았을 때 그 녀석의 입가에 사악한 웃음이 번지는 것을 봤다.

그 입에서 나온 말이 가관이었다. '어? 일어설 기운이 있어? 그럼 내가 한 말은 취소야. 손 잡을 힘이 있으면서 왜 누워 있어, 이 병신 새끼야!' 라는 폭갈과 함께 매질이 또 시작됐다.

등천화는 아이들이 간 뒤에 왜 다쳤냐며 다그치는 부모님께 있는 그대로 말했다, 표익수와 아이들이 장난이라며 이렇게 만들었다고.

애기를 들은 부모님은 그런 흉악한 놈은 혼이 나봐야 한다며 동네가 떠들썩하도록 화를 내고는 표익수의 집을 찾아갔다.

그날 저녁.

표익수를 만나고 왔는지는 몰라도 부모님은 조용히 등천화를 타일렀다. 알고 보니 표익수는 유지의 아들이었던 것이다.

잘 지내라는 말을 해주신 것이 전부였다.

등천화는 알겠다며 몸이 나을 때까지 누워 있다가 근 한 달 만에 바깥으로 나갔다.

역시나 놈들은 등천화를 기다리고 있었다.

당연히 고자질을 했다고 흠씬 두들겨 맞았고, 정신이 몽롱할 때 한 노인과 만났다.

노인 국진력은 올해로 칠십 세였다.

나이 스물에 십보문의 제자로 들어가 오십 년을 그 안에서 지낸, 청춘의 좋은 시절을 모두 과거의 기억으로 묻어버린 사람이었다.

이유인즉, 십보문은 들어갈 땐 누구나 들어갈 수 있지만 나올 때는 십보문의 열 가지 보법을 구성 이상 익혀야 입구의 기관진식을 빠져나올 수가 있었다.

일평생을 보법과 씨름한 덕에 국진력은 기관진식을 빠져나오며 다짐했다.

나의 제자는 절대 오십 년 동안 갇혀 있게 하지 않겠다!

십보문의 보법을 익히기에 알맞은 똑똑하고 특출한 제자

를 받아 그동안의 고생을 모두 보상받아야 했다.

그런 그의 눈에 하필 든 소년.

매 맞는 소년이었다.

처음에는 그냥 아이들끼리 저럴 수 있다며 지나치려 했다. 하지만 쓰러진 녀석이 도통 일어날 생각을 하지 않았다.

어쩔 수 없이 다가가 일으켜 주려는 순간,

"…여섯 대… 열두 대… 주먹… 발……."

웅얼거리는 아이는 뭔가 이상했다.

허무한 눈빛을 하고서 자신이 맞았다는 것도 모르는 것처럼 하늘만 올려다보며 뭔가를 계속 중얼거렸다.

"…모두 여든한 대야."

"……?"

노인이 듣기에는 원망 어린 목소리가 아니었다.

이상한 녀석이라고 생각하며 적당히 치료를 해주고는 자리를 벗어났다. 그러다 갑자기 이상한 생각이 들었다.

혹시 자신이 맞은 숫자를 센 것인가?

당연한 의문이었다.

상식적으로 그런 상황에서 다른 생각이 들 리 없기 때문이다.

국진력은 며칠 동안 소년을 관찰하기 시작했다.

소년을 팼던 녀석들이 다시 나타났다.

보자마자 무작정 두들겨 패는 녀석들.

상습적으로 자신들보다 약한 아이를 괴롭히는 취미를 가진 녀석들 같았다.

저번과 똑같은 말을 할지, 아니면 그날 엉뚱한 소리를 한 것인지 지켜봤다. 혹시라도 생길지 모르는 최악의 사태는 막아야 했다.

소년은 역시나 아이들에게 두들겨 맞았다. 그것도 제대로 때릴 수 있게 몸을 무방비 상태로 만들어주는 배려까지 아끼지 않으며 맞았다.

아이들이 키득거리며 돌아가고 난 후.

노인은 등천화를 향해 다가갔다.

"…얼굴 서른한 대… 등 스물두 대… 다리 마흔한 대… 모두 백열두 대."

"……!"

그때의 놀람은 말로 표현하지 못할 정도였다.

첫 만남에서 자신이 들은 말이 잘못 들은 것이 아니란 것을 알았기 때문이다.

소년은 정말로 자신이 맞는 것을 일일이 세고 있었다, 그것도 맞은 부위까지.

"흘흘흘."

국진력은 표익수 등이 웃으며 떠나는 걸 보고서 웃으며 다가갔다.

"꼬마야, 아프냐?"

국진력이 말을 건네자 등천화는 몽롱한 눈을 몇 번 감빡이다가 올려다봤다.

"아파요."

"그러게. 내가 보기에도 아파 보이긴 하는구나."

"마음이 아파요."

"…뭐?"

국진력은 당황한 표정으로 등천화를 쳐다봤다.

"새, 나무, 물이 말을 하는 소리를 그 아이들은 못 듣나 봐요. 난 다 들리는데. 추워지는 소리도 들리고, 더워지는 소리도 들려요."

"……."

평범한 녀석과는 좀 다르다고 생각은 했지만, 가만히 듣고 보니 지나치게 다른 게 아닌가 싶을 정도였다.

"집이 어디냐? 내가 데려다 주마."

국진력이 손을 내밀자 등천화는 급히 자신의 손을 감추며 고개를 흔들었다.

"아니요. 괜찮습니다."

"그, 그래?"

이럴 때는 또 멀쩡해 보였다.

국진력이 가지 않고 계속해서 쳐다보자 등천화는 억지로 몸을 일으켰다. 두어 걸음 움직여 잘 가나 싶으면 앞으로 고꾸라졌고, 다시 걷는다 싶으면 옆으로 쓰러졌다.

두어 걸음에 한 번 꼴은 반드시 넘어져야 직성이 풀리는 성격이 아닌 다음에야 보는 사람의 입장에선 안쓰러울 수밖에 없었다.

"쩝."

국진력은 마음이 짠했으나, 보기 안쓰러운 것과 제자로 삼는 것은 별개였다.

'에잉' 하며 모른 척 돌아섰다.

"십보가 얼마나 어려운데. 평범한 사람은 백 년이 걸려도 익히지 못해. 안 되지, 안 돼."

그는 고개를 저으면서도 다시 뒤를 돌아보았다.

혹시나 자신이 보지 못한 면이 있을지도 모른다는 희한한 생각 때문이었다.

마을을 벗어나는 동안 국진력은 계속해서 등천화를 떠올리고 있는 자신을 발견해야 했다.

모른 척해야 한다는 결론을 내렸으면서도 묘하게 가슴은 발걸음을 붙잡고 있었다.

그가 배운 십보는 걸음도 제대로 걷지 못하는 녀석에게 가르칠 만큼 간단한 보법이 아니었다. 더구나 그의 나이 칠십이었다.

제자를 받는다고 해도 언제까지 가르칠 수 있을지 아무도 모르는 나이인 것이다.

그러나 반대로 생각하면 그것 또한 문제였다.

제자를 찾는 것에 시간을 허비하기에도 만만찮은 나이이기 때문이다.

"끙. 이대로 가면 분명히 후회하게 될 게야. 그래, 기회를 줘보는 거야. 그래서 어느 정도… 에휴, 그 아이에게 자질이 있을 리가 없지만, 어쨌든!"

어느새 그의 발길이 돌아서 있었다.

표익수 등이 등천화를 다시 찾은 것은 다음날 저녁이었다. 소문을 들었는지 이번에는 한 명이 더 늘어서 다섯 명이나 됐다.

돌아가면서 다섯 대씩만 때려도 스물다섯 대란 소리고, 그만큼 등천화가 자칫 죽을 위험이 높아졌다는 소리이기도 했다.

'헛! 저, 저 녀석, 정말 바보 아니야?

국진력의 생각으로는 도저히 이해할 수가 없었다.

어제 그렇게 두들겨 맞고서도 똑같은 시간에 똑같은 길로 나오는 등천화를 보며 기함을 했다.

여전히 두어 걸음 뗀 뒤 반드시 넘어져서 보고 있는 사람의 속을 태우는 건 똑같았다. 그나마 다행스럽게 여길 수 있는 건 저런 행동도 익숙해지는 모양인지 넘어질 때보다 더 빨리 일어선다는 것이다.

그러나 다시 두어 걸음 움직이고 또 넘어졌다.

“우헤헤헤.”

“저 바보, 정말 바보다. 킥킥킥.”

“어때, 내가 신기한 놈 보여준다고 했잖아.”

“따라오길 잘했어.”

아이 다섯은 신이 나서 웃고 뒤로 자빠지고 난리도 아니었다.

“흘흘흘.”

국진력이 아이들 앞에 나타났다.

갑자기 나타난 노인의 등장에 아이들은 웃음을 그치고 놀란 눈들을 했으나, 이내 활짝 웃는 노인의 웃음에 이전보다 더욱 자지러지게 웃기 시작했다.

앞니 빠진 국진력이 웃는 모습은 사실 일반인이 참아낼 수 있는 범주를 넘어서기는 했다.

“흘흘흘, 애들아, 친구들끼리 사이좋게 놀아야지 왜 괴롭히고 그러는 게냐?”

“노인네가 나설 일이 아니야.”

표익수가 나이답지 않게 웬만한 사람은 참아내기 힘든 짜증 어린 목소리로 하인 부리듯 손짓을 했다.

‘허!’

국진력은 한 대 쥐어박고 싶었으나 그런다고 해결될 일이 아니기에 일단 모른 척하고 등천화를 도와주기로 했다.

“어른한테 그러면 안 되지, 녀석들아.”

“쳇, 어른? 어른 같은 소리 하네. 얘들아, 돈 있으면 몇 푼 줘서 쫓아 보내. 빨리 저 병신이 꼼지락대는 걸 보고 돌아가야 한단 말이야.”

표익수는 어느새 등천화에게 다가가고 있었다.

한 녀석이 쪼르륵 다가와 손바닥을 폈다. 이미 표익수에게 배운 것이 있으니 당연히 태도가 불손할 수밖에 없었다.

“이봐요, 쟤네 아빠가 누군 줄 알아요? 저 윗마을 표가장의 주인이에요. 괜히 경치기 전에 다른 곳에 가서 구걸해요.”

한순간에 국진력이 구걸이나 하는 거지로 전락하는 순간이었다.

‘자라서 뭐가 되려고……’

일단 눈앞에 있는 녀석의 머리를 한 대 쥐어박았다.

딱!

“아얏!”

그걸 시작으로 모두 한 대씩 쥐어박는 데 걸린 시간은 촌각에 불과했다.

따닥!

“으악!”

표익수는 두 대를 같은 곳에 맞자 제자리에 주저앉으며 비명을 질렀다.

“……!”

등천화의 눈이 반짝였다.

노인은 상체를 전혀 움직이지 않았다. 하지만 움직일 때마다 거침없이 간격을 휩쓸고 지나갔다. 유심히 지켜보던 등천화는 갑자기 박수를 치며 소리쳤다.

"아, 발!"

오로지 발만 움직여 아이들을 때리는 신기한 모습에 점점 빠져들고 말았다. 상체를 뻣뻣하게 세운 노인이 쓰러질 것 같으면 어느새 하체가 다가와 중심을 잡아주었다.

노인의 움직임이 완전히 멎었는 데도 등천화는 머릿속으로 계속 생각했다. 아니, 생각할 것도 없이 노인이 살아서 움직이고 있었다.

손이 어디서 날아올지 모르는 것은 당연하고, 발의 움직임을 도저히 예측할 수가 없었다.

이런 적이 없기에 완전히 집중하고 말았다.

단순한 일차원적인 움직임이 주위에 가득하다가 입체적인, 즉 고정되지 않고 살아서 움직이는 걸음이 눈에 보인 것이다.

어느새 아이들은 놀라서 도망친 후였다.

국진력은 생각에 잠겨 있는 등천화를 보면서 흐뭇한 웃음을 지었다.

'놈, 지금 음보를 보는 것이냐? 흘흘흘, 이것도 볼 수 있을까?

등천화의 반응에 국진력은 신이 나서 아이들을 때릴 때보다 더 빨리 움직였다. 하지만 그럴수록 지켜보는 등천화의 눈빛은 더욱 빛을 뿌렸다.

국진력의 어느 특정 부위를 보는 것이 아니었다.

다리를 움직이면 따라서 움직일 상체, 상체와 하체가 합쳐지는 순간 하체만 따로 움직이는 자세까지.

"신기하다, 정말."

행복에 겨운 목소리였다.

국진력이 좌로 움직이면 좌로 손짓을, 앞으로 움직이면 앞으로 손짓을 한다. 그것도 잠시, 마치 길을 알았다는 듯이 국진력과 거의 동시에 손을 움직였다.

'호!'

발가락으로 땅을 짚어서 몸을 이동시키는 음보의 동작은 강호에 난립하는 여타의 보법과는 기본적으로 비교 자체를 할 수 없었다.

'좀 더 노부의 훌륭함을 알려줘 볼까?'

등천화의 반응으로 전신이 후끈 달아오른 국진력은 음보에 이어 자보를 펼치기 시작했다.

"상체는 직선이요, 하체는 곡선이다!"

"아아……!"

등천화는 국진력의 외침에 탄성을 터뜨렸다.

음보와는 비교도 할 수 없는 빠르기.

쉭쉭.

국진력이 움직이고 소리가 나중에 들릴 정도로 빠른 움직임, 그리고 또 움직임. 완전히 움직임의 연속이 등천화의 주위를 가득 메웠다.

그러나 여전히 국진력의 허리는 곧게 펴져 있었고, 하체는 물이라도 되는 것처럼 자유로웠다.

쉭쉭— 스르륵—

발이 땅에 머무는 시간은 극히 짧았으나, 휘젓고 다니는 범위는 어마어마했다. 국진력의 발이 지나간 자리에는 바람만이 남아 있었다.

어느덧 햇살이 국진력의 머리끝에서 발끝까지를 기억했다가 바닥에 죽 늘어놓았다. 좁고 기다란 국진력의 그림자는 마치 주인의 흥분된 감정을 아는지 요동을 치고서야 멈췄다.

"휴우, 며칠 만에 몸을 풀었더니 기분이 아주 좋구나. 흘흘흘."

어떠냐는, 이렇게 훌륭한 보법을 봤냐는 눈으로 고개를 돌렸다. 예의 앞니 빠진 웃음과 함께 등천화의 넋 빠진 표정을 생각했다.

"재미있어요. 막… 신기해요. 길이 많아요. 위쪽 길과 아래쪽 길이 다르게 막 움직였어요."

"응? 위, 위쪽 길, 아래쪽 길?"

“…해서… 이렇게… 맞다, 안 움직인 거야. 몸이… 기둥처럼…….”

“……?”

국진력은 등천화가 즐거운 표정으로 무언가를 계속해서 바닥에 써 내려가는 모습을 지켜만 봐야 했다.

며칠 동안 한 번도 웃지 않던 녀석.

지금은 행복에 겨워서 웃고 있었다.

자신을 때리러 왔던 아이들이 사라졌는지, 눈앞에 노인이 자신을 보고 있는지는 이미 달나라 저편으로 날려 보낸 후인 것이다.

“흘흘흘.”

웃을 수밖에.

걸음조차 잘 걷지 못하는 아이가 잘 걷는 모습을 보며 즐거워한다.

이것이면 되지 않을까?

욕심이란 부리면 부릴수록 많아지는 것이라고 사부가 하신 말이 떠올랐다. 그 때문에 지금까지 너무도 오랜 시간을 스스로에게 갇혀서 나오지도 못했음에도 지금은 참으로 다행이란 생각을 했다.

선물이었다.

그동안 버리지 못했던 자신의 욕심을 버리고 사문의 기관 진식을 뚫고 나온 것에 대한 사부님의 선물.

　제자를 가르칠 시간이 얼마나 소중한가를 알려주고 싶어서 이런 인연을 만들어주신 것 같았다. 그는 행복에 젖은 채 등천화를 바라봤다.

　그때, 국진력은 황당한 소리를 들어야 했다.

　"이렇게… 아니지. 이렇게… 맞아. 시작은 이미 시작된 거라고 하고, 나중에 이어진 곳에 발을… 맞았다!"

　"……!"

　국진력이 들은 소리는 조각난 말이었으나, 그것이 등천화의 동작과 합쳐지면서 엄청난 현상이 일어나고 말았다.

　어이없게도 두어 걸음만 걸으면 쓰러지던 녀석이 무려 일곱 걸음이나 걸은 것이다.

　"허!"

　국진력은 자신이 보여준 음보와 자보보다 더 신기한 광경을 목격하기라도 한 것처럼 탄성을 질렀다.

　음보의 기본 동작은 아주 간단해 보이지만 그걸 펼치기 위해서는 '첫 동작은 다음 동작을 위해 존재하며, 마지막 동작은 첫 번째 동작을 위해 존재한다' 라는 말을 기억해야 한다. 즉, 처음부터 마지막 동작까지를 알아야 펼칠 수 있는 보법인 것이다.

　하지만 세상 모든 일에는 예외가 있다고 했던가?

　어이없게도 등천화는 음보의 기본 동작을 자신의 걸음에 응용해서 걷고 있었다.

‘도, 도대체가! 저 아이의 의식 구조는 어떻게 생겨먹었기에 저런 것이 가능하지?’

등천화가 보여준 동작은 음보는 아니었으나 말하는 것을 들어보면 음보였다.

꿀꺽.

국진력은 절로 마른침을 삼키고 말았다.

불과 한 번 본 음보를 자신의 것으로 만들어 버리는 이상한 녀석을 만난 것이다.

그가 오십 년 동안 갈고닦아서 기관진식을 빠져나오자마자 만난 사람이 십보문에 적합한 기재였다니, 너무도 공교로운 인연이 아닐 수 없었다.

그날 등천화는 태어나 처음으로 열 걸음이나 걷는 엄청난 경험을 했다.

며칠 후.

등천화의 집에 손님이 방문했다.

“예? 웬수… 가 아니라 천화를 데려가시겠다고요?”

등천화의 아버지 등건은 믿기지 않는다는 표정으로 국진력을 쳐다봤다. 행색으로는 저런 선심을 베풀 사람으론 보이지 않았으나 그런 것은 상관없었다.

춘궁기에 입 하나를 덜 수 있는 것이 어딘가. 더구나 데리고 가겠다는 녀석이 같이 있어봐야 전혀 도움도 안 되는 녀석이라면 말이다.

"아드님이 마음씨가 착해서 마음에 들더군요. 산에서 혼자 살기 적적했는데 심부름도 시키고 걸음도 제대로 걸을 수 있도록 해주고 싶습니다."

"걸음?!"

이번엔 등천화의 어머니 이화가 깜짝 놀라 소리쳤다.

늘 아들의 불안한 걸음걸이가 마음에 걸렸는데 그걸 고쳐준다는데 망설일 이유가 전혀 없는 것이다.

이렇게 해서 가족들의 대환영을 받으며 등천화를 데려갈 수 있게 됐다. 서운할 만도 하건만, 등천화는 가족들이 좋아하는 모습을 보며 자신도 활짝 웃었다.

국진력이 보기엔 안타까운 모습이었으나, 등천화의 입장에서는 즐겁기 그지없는 일이었다. 태어나 처음으로 자신이 가족들한테 즐거움을 준 것이다.

"집을 떠나서 좋으냐?"

"아니요."

"한데 왜 그리 웃느냐?"

"제가 웃으면 다들 좋아하니까요."

"……"

국진력은 걷던 걸음을 멈추고 등천화를 내려다봤다.

등천화는 담담한 얼굴로 앞쪽만 바라보고 있었다.

"그… 너를 골려주던 아이들을 혼내주고 갈까?"

“왜요?”

등천화가 처음으로 국진력을 바라보며 되물었다.

“너를 괴롭혔잖아?”

“친구들은 다 그런다고 하던데요?”

“친구는 그런 게 아니다. 아프면 걱정해 주고 위험에 처하면 도와주고, 그런 것이 친구야.”

“할아버지처럼요?”

“나?”

“제가 걱정돼서 걷는 것도 보여주시고, 몇 번이나 도와주셨잖아요.”

“험험.”

다 알고 있었던 것이다.

국진력은 헛기침을 몇 번 하고 말았다.

“그런 거구나.”

‘이 녀석, 도대체 그동안 어떻게 살아온 거지?

국진력은 등천화의 말에 가슴 한 켠이 시큰해졌다.

“이 길… 제가 참 좋아해요.”

“……?”

멀리까지 소나무 외에는 잘 보이지 않는 길이었다.

“이 오솔길 말이냐?”

끄덕.

“어떤 점이?”

"할아버지는 안 때릴 거죠?"

"왜, 이 길을 좋아한다고 했더니 누가 때렸느냐?"

"형들이요."

"흘흘흘."

가족들은 등천화가 정말 성가셨던 모양이다. 하긴, 국진력은 최대한 받아들이려고 하는데도 당황스러우니 가족들이야 말할 것도 없을 것이었다.

국진력이 별다른 말 없이 웃기만 하자 등천화는 해사한 얼굴이 되어서 말을 이었다. 그래도 될 것 같다는 생각이 든 탓이리라.

"이 길은 길이 하나가 아니에요. 저 소나무 위로는 새들이 날아다니게 길이 만들어져 있고요, 소나무들 때문에 바람도 저 길로만 다녀요. 마치 할아버지의 걸음처럼요."

"……."

국진력은 등천화가 가리키는 위치를 눈여겨봤다. 하지만 보이는 것이라고는 오솔길이 전부였다.

남들이 보지 못하는 눈을 가졌다?

문득 등천화에 대해 든 생각이었다.

일단은 얘기를 더 들어보고 싶었다.

"흘흘, 어쩌지? 내 눈에는 오솔길밖에 안 보이는데. 거참, 신기한 재주를 가졌구나."

"할아버지는 아실 줄 알았는데……."

“이 할아버지는 그걸 못 봐서 걷는 데만 얼마나 오래 걸렸는지 모른다. 너는 특별한 눈을 가졌으니 어쩌면 빨리 걸을 수 있을지도 모르겠구나. 아니면 아주 늦거나…….”

마지막 말은 거의 들리지 않았다.

등천화의 반짝거리는 눈을 보며 부정적인 말을 할 수가 없었기 때문이다.

“앞으로는 나를 사부님이라고 불러야 한다.”

“사부님이요? 형들은 서당 훈장님을 그렇게 부르던데. 그럼 사부님도 제게 공부를 가르쳐 주시는 거예요?”

“공부라……. 공부지, 그것도 아주 특별한 공부.”

“무슨 공부요? 형들처럼 책을 보여주는 거예요?”

등천화의 눈빛이 더욱 빛을 발했다.

“흘흘, 이 사부가 가르쳐 줄 공부는 책으로 하는 공부가 아니라 몸으로 하는 공부니라.”

“몸이요?”

“그래, 몸. 잘 걸을 수 있도록 해주는 공부니라.”

등천화는 걷던 걸음을 멈추고 국진력을 똑바로 쳐다봤다. 기대에 찬 눈빛이었다.

“정말로 제가 똑바로 걸을 수 있나요?”

“흘흘흘, 우리 문파의 특기가 똑바로 걷게 해주는 것이니라.”

“꼭 잘 걷고 싶었어요!”

“걷는 법을 알려주는 것인데 고마워할 필요 없지. 잘 걷기만 하면 된다.”

“예!”

등천화는 태어나 처음으로 자신이 하는 말을 진지하게 들어주는 사람과 마주하고 있었다.

누구도 자신을 평범하게 대해준 적이 없었던 것이다.

주르륵.

그냥 눈물이 흘렀다.

어떻게 인사를 해야 할지 몰라 고개를 푹 숙이자 국진력이 자상하게 절하는 법을 알려주었다.

모두 아홉 번의 구배지례.

사제의 예를 위해서는 그렇게 해야 한다고 가르쳤다.

그때, 뒤쪽에서 아이들이 빽빽거리며 외치는 소리가 들렸다.

“등천화, 거기 서!”

“치사하게 도망가기냐!”

국진력은 목소리만으로 그들이 꼬마 악당들임을 알았다.

“잠시 기다리거라.”

숨차게 달려온 아이들의 뒤쪽.

덩치가 제법 큰 사내 서너 명이 함께 있었다.

표익수는 국진력이 있는 것을 뻔히 보면서도 등천화를 향해 손짓을 했다.

"야, 등천화. 그냥 가면 어떡해? 저 늙은이를 따라가는 거냐?"

"……."

"네가 없으면 또 다른 녀석을 찾아야 하잖아. 이리 와."

"언제고 또 보겠지. 너희들은 친구가 아니래. 이젠 너희들과 만나지 않을 거야."

"뭐? 저런 덜떨어진 늙은이 말을 믿고서 지금 우리를 피하겠다는 거야?"

"늙은이가 아니라 이분은 내 사부님이셔."

"사부님? 킥킥킥! 야, 저런 늙은이를 사부로 모실 바엔 차라리 내 밑으로 와. 내가 싸움하는 것 알려줄 테니까."

뒤에서 표익수의 말을 듣던 다른 녀석들이 일제히 폭소를 터뜨렸다.

국진력은 이미 등천화의 한마디에 감동을 먹은 후였다. 당당하게 자신을 사부님이라고 부르는 녀석이 너무나 귀여웠다.

"흘흘흘. 혼이 덜 났구나, 덩치들을 데려온 걸 보니까."

"이 사람들은 우리 아빠가 고용한 아저씨들이야. 아저씨들, 저 늙은이 좀 혼내줘요!"

네 명의 장정은 '예!' 하는 소리와 함께 국진력을 에워싸려 했다. 하지만 보법의 고수인 국진력을 무공도 배우지 않은 사람들이 잡을 수는 없었다.

‘쉭’ 하는 소리와 함께 네 명의 장정이 일제히 사방으로 날아가고 말았다.

“으악!”

아이들은 일제히 비명을 질렀다.

표익수는 마른침을 삼키며 등천화를 향해 욕을 해대기 시작했다.

“너! 아빠한테 일러서 너희 집에 준 논과 밭을 다 뺏으라고 할 거야! 우이씨! 괴롭혀도 된다고 하더니 이게 뭐야?!”

표익수는 말을 마치고는 그대로 달아나 버렸다.

같이 왔던 친구들 따위는 중요하지 않았다.

남은 아이들은 극진력을 보며 겁을 집어먹고 마구 울음을 터뜨렸다.

“으아앙!”

“으에엥!”

‘저런 못된 놈. 어린 것이 심보가 악독하구나. 이대로 천화만 데려가면 안 되겠다.’

꾸벅꾸벅.

등천화는 바위 위에 걸터앉은 지 얼마 지나지 않아 졸기 시작했다.

아주 어릴 때부터 시작된 습관이다.

눈만 감으면 알 수 없는 글자와 영상이 마구 떠오르니 어쩔 수가 없었다.

관심을 갖고 글자 한 자를 읽으려고 했다가 갑자기 마구 쏟아지는 문자들에 의해 혼절한 적이 한두 번이 아니었다. 그 때문에 일부러 눈을 감지 않으려 했던 적이 비일비재했다.

그 뒤로 이상한 문자나 영상들이 떠오르면 곧장 잠 속으로 도망치게 됐다.

국진력이 잠시 다녀올 곳이 있다며 혼자서 어디론가 가버렸기 때문에 홀로 남게 된 것이다.

한참 동안 바위에 앉아 졸고 있을 때였다.

누군가가 건드리는 느낌에 눈을 떴다.

"아, 사부님."

"흘흘, 잘 잤느냐?"

"잠을 잔 게 아닌데요."

"조금 전에 졸았잖느냐."

"그건……."

등천화의 눈에 복잡한 사연이 있음을 알리는 표가 났다.

"아, 알았다. 설명을 하려는 걸 보니 이유가 있겠구나. 갔던 일도 잘 마무리됐으니 떠나자꾸나."

"잘됐네요."

등천화는 무슨 일인지 묻지도 않고 무조건 잘됐다고 한다. 그 모습이 제자라서가 아니라 너무나 귀여웠다.

"그럼! 잘됐고말고. 흘흘흘."

국진력은 표익수의 집으로 가서 정신없이 휘저어주고 돌아오는 길이었다.

정문을 부수는 걸 시작으로, 보법을 펼쳐 집 안 이곳저곳을 난장판으로 만들었다. 그러자 표가장 식솔들은 모두 혼비백산해서 도망쳤다.

그 와중에도 표인붕은 재물을 챙겨서 뒷문으로 아들과 함께 빠져나가려 했다. 당장 잡아다가 등천화 가족을 괴롭히지 말라고 경고하자, 표인붕은 현재 소작하고 있는 땅을 모두 줄 테니 용서해 달라며 싹싹 빌었다.

땅이 있어서 나쁠 것은 없었다.

준다는 걸 모두 등천화의 식구에게 전해주라고 했다.

그러나 그것만으로는 안심이 되지 않았다.

아이들이 등천화를 때릴 때와 비슷한 수준으로 표익수의 머리에 백열두 개의 혹을 만들었다. '몇 대 때렸는지 알면 용서해 주마' 라고 한 것은 국진력 나름의 배려였다, 모르면 맞힐 때까지 때려주려는.

하지만 이미 혼절한 표익수는 대답하지 못했다.

누군가에게 맞는다는 것이 어떤 고통인지 알았으니 다시는 아이들을 괴롭히지 않으리란 생각을 하고서 표가장을 나왔다.

이런 사실을 알 리 없는 등천화는 착한 얼굴로 조용히 웃기만 했다.

“그래, 가자.”

“예.”

국진력에게 보물이 생겼다.

등천화에겐 국진력을 끌어당기는 무언가가 있었다.

그것이 무엇이든 좋았다.

십 년이 걸려도 이십 년이 걸려도 알려줄 수 있을 때까지
끝까지 전해주리라.

등천화의 특별한 눈이라면 가능할지도 몰랐다.

다른 사람들은 모두 놀렸지만 국진력이 보기엔 특별한 눈
이 분명하기에.

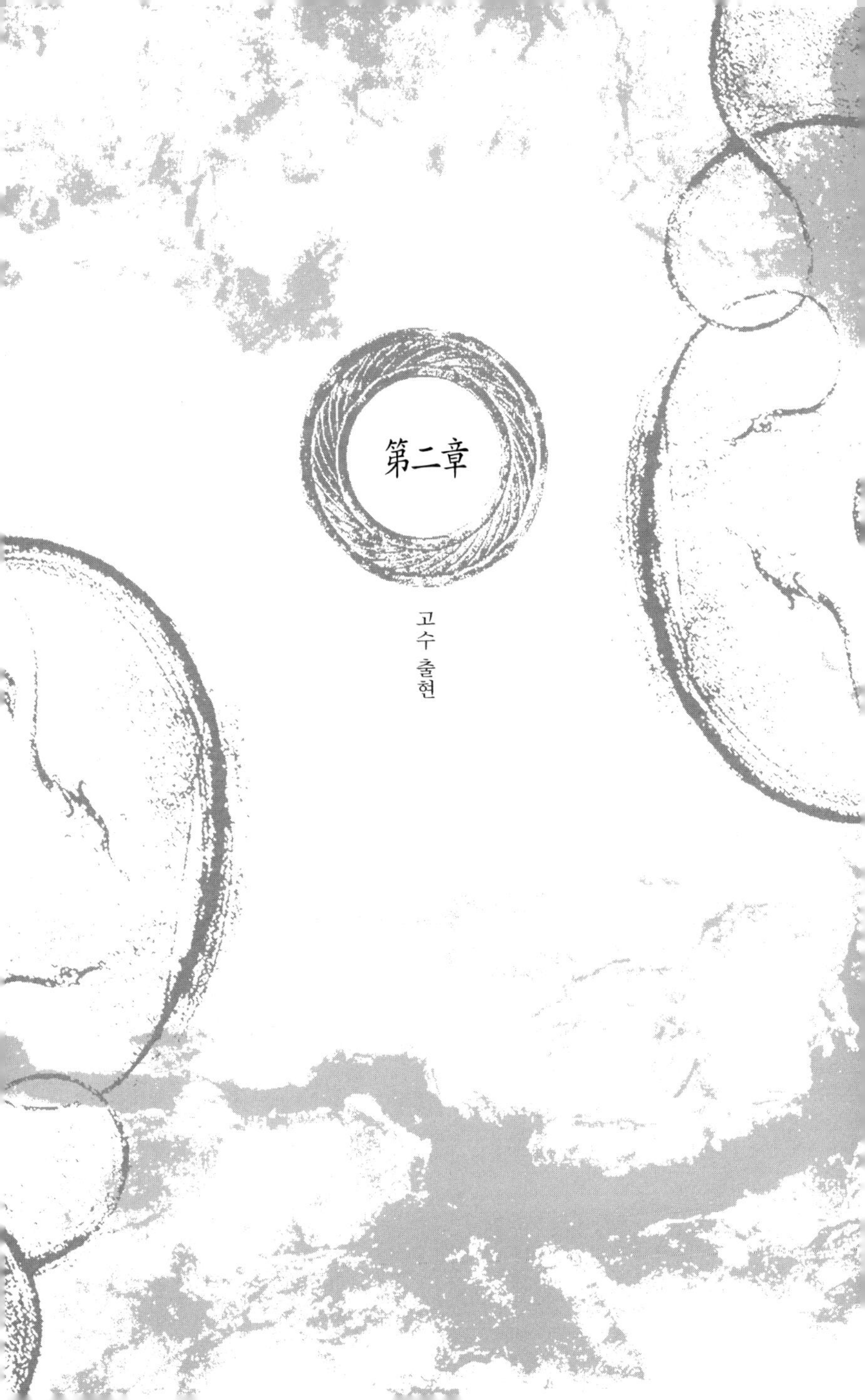

第二章
고 수 출 현

창이 꽂힌 땅은 흑갈색 구멍을 만들었고, 도가 박힌 몸에는 붉은 선혈이, 검이 지나간 자리에는 토막난 육체가 힘없이 널 브러져 있었다.

치열했다.

한 번 무너진 경계선을 회복하기 위해서는 그만큼의 목숨 이 사라져야 하기 때문이다.

채챙!

날카로운 병장기 부딪치는 소리는 계속됐다.

붉은 옷을 입은 자들과 다른 색의 옷을 입은 자들과의 싸 움.

그야말로 죽기 싫어서 발악을 하고 있는 양상이었다.

이곳에는 고수가 필요없었다.

격식을 차리고 무기를 휘둘렀다가는 언제 날아든 적의 공격에 생명이 끊어질지 모르기 때문이다.

쉭—

허공을 가르는 쇳소리.

벌써 수십 명을 죽인 천추성 소속 제칠단주 독각수라귀 공신풍은 하나뿐인 다리를 놀려 자신을 향해 날아오는 자의 면상을 바스러뜨렸다.

우그극.

기분 나쁜 음향과 함께 붉은 옷을 입은 자의 신형이 옆으로 쓰러졌다.

"흑……."

이백여 명의 정예 군단이 한순간에 침몰하고 있었다.

이럴 때, 단주 된 자의 심정은 참담하기 이를 데 없었다. 고통에 몸부림치는 부하의 목을 그어야 했기 때문이다. 또 아직 살아서 움직일 수 있는 부하를 독려하여 또다시 싸우도록 만들어야 했다.

뿌각.

이곳은 이미 적과 아의 구분이 사라진 공간이다.

들이마시면 역한 비린내가, 내뱉으면 단내 나는 마른 공기가 주위를 메운다.

적의 수장으로 나온 자는 익히 몇 번이나 싸워본 적이 있는 오마령 두타였다.

그의 신분은 섬서성을 다섯으로 나눠 한 지역을 책임지고 있는 다섯 지부장 중 한 명일 뿐이었다.

"지독하게 강한 놈들. 하지만 아직은 승리를 장담하기엔 이르다. 나 공신풍이 있는 한… 안강 지역은 내줄 수 없다!"

다리를 잘리기 전에도 마교와 싸웠고, 한쪽 다리를 잃고 나서도 여전히 마교와 싸우고 있다. 질긴 악연이 아닐 수 없었다.

"공손풍, 이제 그만 물러가는 게 어떻겠느냐?"

두타의 손에는 철퇴가 들려 있었다.

"어림없다!"

"켈! 그럼 죽어!"

쾅!

한 치의 물러섬 없이 두 사람은 붙었다가 떨어졌다.

부하들은 두 사람의 승패 여부에 따라 전멸을 하든지 승리의 환호를 지르리라.

쇠보다 단단하다는 적목을 말려 갑옷처럼 두른 두타의 몸은 정말 단단했다. 검에 그어지고 독각에 맞아 튕겨지면서도 여전히 맹렬한 공격을 퍼부었다.

"켈켈켈! 공손풍, 그동안 많이 늘었구나."

"내가 할 말이다."

살의를 담은 두 사람의 대화가 끝남과 동시에 또다시 붙었다가 떨어졌다.

쾅!

백중지세.

"좋아, 그래야 싸울 맛이 나지. 공손풍 네놈의 몸을 짓이겨주마!"

철퇴가 공중을 휘저으며 막 공손풍을 향해 날아가려는 순간, 공손풍의 신형이 훌쩍 물러서며 어디론가 쏜살같이 달려갔다.

부하들의 위험이 보이자마자 도와주러 간 것이다.

쉬악—

공손풍의 손을 떠난 검이 주위를 휩쓸었다.

"캐애액!"

"으아악!"

마교의 무사들 입에서 비명이 터졌다.

이어서 독각이 화려하게 공간을 수놓았다.

"마교의 무리들! 이 독각수라귀의 검이 보이느냐? 이게 바로 나 공손풍의 힘이니라!"

공손풍의 우렁찬 포효가 장내를 들썩일 때, 그 못지않은 위력을 과시하며 두타가 천추성의 무사들을 피떡으로 만들기 시작했다.

"켈켈켈! 다 죽어라, 천추성의 개잡종들아!"

비명이 끊이지 않았고, 피가 또다시 흑갈색 땅을 적셨다.

아비규환.

무엇을 위해 싸워야 하고 누구를 위해 목숨을 바쳐야 하는지도 모른 채 오로지 색의 구별만 가지고 침도 넘어가지 않는 혀를 달싹이며 무사들은 단지 죽지 않기 위해 움직였다.

"헉헉헉……."

천추성의 무사는 지친 숨소리를 감추지 못했다.

그때였다.

누군가가 어깨를 건드렸다.

툭.

"힉!"

화들짝 놀란 무사는 재빨리 돌아봤다.

"응?"

슥.

누군가가 그의 곁을 지나쳤다.

그가 건드린 어깨는 멀쩡했다.

색 바랜 누런 옷을 입은 걸로 봐서 마교의 무리는 아닌 것 같았다. 약간 마른 듯한 체형에 손에는 아무런 무기도 들려 있지 않았다.

그는 천추성의 무사를 지나치다가 비틀거리며 붉은 옷을 입은 마교의 무리 중 한 명을 건드렸다.

마교의 무사 역시 그를 돌아봤다.

“……?”

색 바랜 옷을 입은 사내는 개의치 않고 계속 걸어갔다. 걸어가는 방향이 희한했다. 일직선. 가끔씩 부딪치는 것을 제외하면 한 번도 방향을 바꾸지 않았다.

옆으로 가는 듯하다가 앞으로, 다시 옆으로 흔들렸다가 원래의 위치로, 그러다 누군가에게 부딪치길 계속해서 반복하고 있었다.

어깨를 부딪친 천추성의 무사와 마교의 무사는 자신들도 모르게 서로 눈을 마주치고는 누구냐는 듯한 눈을 보냈다.

절레절레.

두 무사가 한 행동은 그게 전부였다.

사내가 지나간 자리에는 이런 식으로 전부 싸움을 멈추고 있었다.

손을 멈춘 무사들의 시선이 공손풍과 두타에게로 향했다.

챵. 챵. 챵.

두 사람은 밀착해서 짧고 경쾌한 음향을 만들고 있었다.

‘둘 사이로 드, 들어간다!’

가장 먼저 손을 멈춘 무사의 눈이 동그래졌다.

공손풍의 검이 두타를 향해서, 두타의 철퇴가 공손풍을 향해서 내뻗는 순간, 사내가 그 사이를 파고들었기 때문이다.

‘……?’

아무 소리도 나지 않았다.

무사는 둘 사이를 아무렇지도 않게 지나가는 사내를 보며 크게 소리쳤다.

"유, 유령이다!"

마교의 무사 역시 마찬가지였던 모양이다.

"저, 저런. 이봐! 저자는 너희 쪽에서 부른 고수냐?"

천추성의 무사는 고개를 흔들었다.

묻는 것을 보니 마교의 고수도 아닌 것 같았다.

두 무사의 머릿속에는 똑같은 의문이 들었다.

'누구지?'

공손풍은 갑자기 달라진 주위의 공기에 손을 거두며 뒤로 물러섰다. 두타도 이상함을 느꼈는지 더 이상 공격하지 않았다.

공손풍의 눈에 제일 먼저 들어온 것은 싸움을 멈춘 부하들과 마교의 떨거지들이었고, 두 번째로는 싸움을 멈춘 두타의 놀란 눈이었다.

'내가 어떻게 두타의 공격을 막았지?'

공손풍은 무의식적으로 두타의 시선을 따라갔다.

그곳에는 색 바랜 누런 옷을 입고서 붉은 얼굴을 한 청년이 걸어가고 있었다.

너무도 여유만만해서 산책이라도 하는 것처럼 보이는 모습이었다.

"저자가 혹시……."

공손풍과 두타는 자신들의 공격을 저 청년이 막았으리라
고는 생각하지 않았다. 아니, 할 수가 없었다. 그 짧은 사이에
그런 신기를 보일 수 있는 사람이 이 자리에 있다는 것을 인
정할 수 없었기 때문이다.

이미 주위에는 병장기 부딪치는 소리가 사라졌다.

머리카락 한 올을 반으로 가를 수 있는 칼들을 잡고서 적과
마주한 공간을 빽빽하게 도살하던 공간이다.

그런 공간을 한 인영이 유령처럼 유유히 걸어서 지나가고
있었다. 그 모습을 본 무사는 멍한 표정으로 싸울 생각을 포
기하고 말았다.

털썩.

공손풍이 싸우고 있던 곳은 싸움이 시작된 곳이다. 그를 기
준으로 가장 먼 곳에 있는 천추성의 무사가 제자리에 무너지
듯이 주저앉았다. 그것을 시작으로 마교와 천추성의 무사들
은 너나 할 것 없이 모두 손을 멈추기 시작했다.

땀이 배어 나오는 그들의 옷 위로 그제야 상처로 인한 아픔
이 목을 통해 흘러나왔다. 신음과 비명이 뒤섞인 가운데 기절
하는 자들의 수가 급격히 늘었다.

엄청난 인원이 뒤섞여 있다가 일시에 손을 멈췄다.

정적.

완전한 정적이 이렇게 무서운 허무함을 심어줄 줄이
야……. 싸움터는 더 이상의 싸움을 허락하지 않았다. 아니,

싸움을 계속한다는 것이 무의미함을 깨닫게 해주었다.

"……."

공손풍은 부하들을 멍하니 바라보다가 마교의 무사들을 돌아봤다. 그리고는 자신 역시 주저앉고 싶어 이 정적을 만든 주인공을 찾아 고개를 돌렸다.

"엇!"

다시 찾은 청년의 신형.

아무 곳에도 없었다.

청년은 벌써 사라지고 난 후인 것이다.

*   *   *

청년은 싸움이 일어난 장소를 피해서 갈 수도 있었으나 일부러 뛰어들었다. 충분히 사람들의 움직임을 피할 수 있다는 생각에서였다.

그러나 아무것도 없는 벌판이나 고정된 나무를 세워놓고 보법을 수련할 때와는 뭔가 달랐다. 마치 사람들이 몸을 끌어당긴다고나 할까? 중심을 흩뜨리는 기운 때문에 몇 번 흔들리고 말았다.

그곳을 벗어날 때까지 무려 다섯 번이나 부딪쳤다.

벗어난 뒤에 부끄러워서 뒤도 안 돌아보고 무작정 도망친 데에는 그런 이유가 있었던 것이다.

지금도 사람들이 혹시나 자신을 봤으면 어쩌나 싶어 다리가 후들거렸다.

"사부님처럼 왜 안 되지? 다음에는 좀 더 잘 피할 수 있으려나?"

청년은 국진력을 따라 망량산으로 들어가 십 년 동안 보법만 수련한 등천화였다.

이젠 어엿한 장부라 할 수 있을 정도로 키도 자랐고 체구도 좋아졌으나, 얼굴은 소년일 때의 모습과 크게 다르지 않았다.

"잠깐, 이쪽인가? 아닌가?"

너무 멀리까지 달려온 모양이다.

주위를 둘러봐도 보이는 건 나무뿐이었다.

등천화는 고개를 갸웃거리다가 뭔가 생각난 듯이 자세를 잡았다.

"분명히 아까도 이렇게 했는데……."

슥.

등천화의 몸이 앞으로 기운다 싶은 순간, 뒤쪽에서 누가 당기기라도 한 것처럼 금방 원래의 위치로 돌아가더니 그걸 반동으로 삼아 이전과는 비교도 할 수 없는 속도로 튀어나갔다.

놀라운 것은 이 모든 동작이 겨우 반경 반 보 내에서 벌어진 일이라는 것이다.

쉭.

이어진 동작.

이번엔 나무를 몸으로 들이받을 것처럼 달려나갔다가 몸을 옆으로 돌려 피한 다음, 회전과 함께 무서운 속도로 나무를 휘감고서야 멈췄다.

두 가지 보법을 차례로 펼치고서야 멈춘 것이다.

보법에는 전혀 이상이 없었다.

중심을 잡지 못해 흔들리거나 속도가 나오지 않아 뒹굴거리지 않았기 때문이다.

"훔, 이건데……. 잘 걷지도 못할 때는 걷기만 하면 좋을 것 같더니 걷게 되니까 뛰고 싶고, 뛰게 되니까 마음대로 날고 싶고. 천화야, 사부님께서 항상 주의를 주셨잖느냐. 필요하면 알아서 나오게 되어 있다고."

등천화는 스스로 마음을 다독이며 진정했다.

부끄러움으로 쿵쾅대던 두근거림도 잦아들었다.

눈에 힘을 주고서 힘차게 한 발을 내디뎠다.

척.

"가만, 근데 집으로 가는 길이 이 길이 맞나?"

뒤를 돌아봤다.

싸움터에서 곧장 가면 되는 길이었으나, 곧장 달려왔는지 확신이 서지 않은 탓이다.

되돌아갈까?

그러다 싸움터에 있던 사람이라도 만나게 되면?

절레절레.

모르는 사람에게 묻는 편이 나을 것 같았다.

등천화는 이내 상체를 세우고 무릎으로 땅을 꾹 누른 후 미끄러지듯이 굴곡을 따라서 앞으로 움직였다.

슷.

지나간 자리에는 자국이 남지 않았다.

지금처럼 보법이 자연스럽게 펼쳐질 때 등천화는 최고의 행복감을 느낀다. 마치 몸에 착 달라붙는 옷을 입은 것처럼 편하고 즐겁기 때문이다.

특히 전반부 다섯 가지 보법을 펼치는 데 기본이랄 수 있는 음보를 펼칠 때가 가장 행복했다. 다른 보법은 주위 경물을 볼 사이도 없이 지나치거나 회전을 많이 해야 하기에 썩 편하지는 않았다.

중심을 양쪽 발에 균등하게 나누어서 하늘을 어깨에 올리고 발가락으로 땅을 움켜쥐며 움직인다. 위에서 짓누르고 땅에서 밀려나면서 자연스럽게 한 발을 옮길 때의 그 느낌은 무엇과도 바꿀 수가 없었다.

그때,

등천화가 멈춰 섰던 나무 주위에서 기이한 현상이 일어났다.

후두둑.

갑자기 나무껍질이 벌어지며 바닥으로 떨어져 산산이 부서진 것이다. 마치 누군가가 일부러 껍질을 도려낸 것처럼.

등천화가 있는 곳에서 멀지 않은 산 위쪽.

"저것들을 확 쓸어?"

남자의 기개가 느껴지는 굵은 목소리.

사십대 초반의 사내 종명기는 정도를 대표하는 세력 천추성에 소속된 자였다.

그는 소림사의 속가제자이면서도 한 가지 무공 외에는 거의 할 줄 몰랐다. 백보신권이 그것인데, 이는 그의 사형이 천추성으로 들어가면서 외부의 모든 일을 맡긴 탓이었다.

당연히 힘든 일은 종명기의 차지였고, 성과는 사형인 진휘악의 차지가 되고 있었다.

"가서 쓸어버리지, 자네답지 않게 왜 참나?"

"……!"

종명기는 얇고 날카로운 목소리를 듣고서 고개를 돌렸다. 그곳에는 그와 엇비슷한 연배로 보이는 길쭉하고 마른 사내가 서 있었다.

그와 달리 말끔한 차림새가 보기 좋았다.

"흠, 화산파의 날쌘 인간께서 이곳까지 어인 행차신가?"

"알긴 아는군. 한데 왜 그런 질문을? 나보다 날쌘 사람이 없으니 왔지."

화산파의 가교일은 뒷짐 진 손을 풀며 천천히 다가왔다.

"하긴, 힘밖에 쓸 줄 모르는 소림사의 무식한 사람하고 같을까. 도대체 무슨 생각으로 자네를 이곳에 보냈지? 설마 싸움이나 하라고?"

"무, 무식?"

"일단 주먹부터 쓰고 보는 자네가 무식하지 않으면 누가 무식하지?"

종명기의 시선이 사납게 변했으나, 가교일은 전혀 겁먹지 않은 눈으로 더욱 가까이 다가왔다.

"덕분에 자네도 구해주지 않았나? 파하핫!"

"후후후, 그 기억은 까먹지도 않는군."

"반갑네, 명기!"

"나야말로!"

두 사람은 갑자기 서로를 부둥켜안으며 한참 동안 웃었다. 종명기와 가교일은 사문은 다르지만 마교와의 싸움을 통해 우정을 다진 경우였다.

마교의 백마 중 한 명을 유인하다가 가교일이 위험에 처했을 때, 종명기가 백보신권으로 벽을 무너뜨려 시선을 분산시켜 준 적이 있었다.

종명기의 의협심에 감동한 가교일은 은혜를 입었다며 나중을 기약하고 헤어졌다가 다른 오마제와의 싸움에서 신법으로 종명기를 구해주었다.

"정말 이곳은 어쩐 일이야?"

"원로원에서 직접 전갈이 왔네. 마교의 움직임이 심상치 않다는 거야. 처음에는 싸움을 말리려는 줄 알고 유심히 봤는데 굳이 나설 필요도 없는 자들이더라구."

"나하고 똑같은 생각을 했군."

"그래서 주위를 돌아보는 중일세."

"그렇게 인기척을 내면서 말인가?"

"잉?"

종명기도 그 점은 인정하는지 멋쩍게 웃으며 하늘을 올려다봤다.

"도대체 언제나 개이려나? 이젠 비가 오려는 모양이네. 밖으로 나오면 좀 나아질 줄 알았더니 여전히 답답하군."

하늘에 먹구름이 몰려오고 있었다.

"안이든 밖이든 하늘이 잘 안 보이긴 하지. 후후후."

가교일은 하늘을 말하고 있지만, 그것이 꽉 막힌 현실을 빗댄 말이라는 걸 종명기는 누구보다 잘 알고 있었다.

"뚫리겠지."

종명기는 피식 웃으며 답했다.

"남의 일인가? 그래, 밖으로만 다니는 건 여전하고?"

"똑같지 뭐."

'사형이면서 왜 저 친구를 미워하지? 빌어먹을, 내가 당한 것 같아 기분이 영 나질 않는군.'

가교일은 속으로 진휘악을 욕했다.

사제를 십 년이 넘도록 부려먹는 인간이 어디 흔할까. 종

명기의 사부인 요룡 성승은 대체 뭘 하고 있기에 수수방관인
지.

두 사람은 천추성에 적을 두고 있지만, 소속은 물론이고
공유하는 정보도 달랐다. 아니, 어쩌면 같은 정보를 각 당주
가 달리 해석해서 전하는 바람에 달리 생각하는 것일 수도
있었다.

"응? 저 청년은 누구지?"

종명기는 아래쪽을 가리키며 관심있게 쳐다봤다.

"누구?"

"저 청년 말일세."

"……."

가교일은 종명기의 손을 따라 가끔씩 모습을 드러내는 한
청년을 발견할 수 있었다. 하지만 종명기처럼 자세히 볼 생각
은 하지 않았다. 산길을 걸어가는 일반인일 수도 있기 때문이
다.

두 사람이 보고 있는 청년은 등천화였다.

등천화를 보고 있는 사람은 아래쪽에도 있었다.

탁.

"……."

단정한 옷차림에 고급스러운 섭선으로 손바닥을 치던 청
년의 동작이 멎었다.

갓 스무 살을 넘겼을까?

남자로서의 강인함보다는 여성스럽고 부드러운 면이 부각되어 보이는 인상이었다.

"누구지?"

다가오는 인영은 주위를 둘러보며 천천히 움직였다.

"암흑… 아!"

호위로 붙여준 세 사람은 아직 끝나지 않은 싸움을 지켜보고 오겠다며 자리를 뜬 상태였다. 이래서 누군가와 함께 다니는 것이 싫었다.

호위들 때문에 발걸음이 묶이고 말았기 때문이다.

'끙… 그냥 가라.'

아무래도 저 거지 차림의 청년을 직접 상대해야 할 것 같았다. 그러나 그건 어디까지나 청년의 생각일 뿐이었다.

등천화는 전방에 누군가가 자신을 보고 있다는 것도 모른 채 자신이 익힌 보법을 펼치며 밝은 표정으로 웃는 것이 전부였다.

쉭—

당연히 청년을 그냥 지나칠 수밖에.

'응?'

청년은 자신이 뻔히 보고 있는 앞으로 등천화가 웃으며 지나치자 섭선으로 손바닥을 때렸다.

탁.

응당 인기척을 느끼고 돌아보리라.

등천화가 돌아봤을 때 멋지게 보이기 위해 자세까지 유지하고 있었다.

그러나 한 번 지나간 등천화는 멈추지 않았다.

'……!'

뭔가 무시당한 듯한 느낌.

먼저 아는 척을 하자니 자존심이 상하고, 그냥 보내자니 그건 더더욱 용서가 되질 않았다.

'보법을 처음 배운 녀석인가? 저 신난다는 표정은 뭐야?'

보법의 기본이 되는 자세인 듯 발바닥의 위치를 기묘하게 바꿔가며 몸을 흔들고 있었다.

특이한 것은 등에 쇠꼬챙이를 꽂아놨는지 상체를 거의 움직이지 않는다는 것이었다.

유심히 지켜보지 않으면 모를 정도로 높낮이의 구분이 거의 없었다.

'제법인데?'

지켜보던 청년은 고개를 갸웃거렸다.

저런 식으로 움직이는 보법은 듣도 보도 못했지만, 신기하면서도 한심한 보법이라 여겨졌다. 실전에서 저렇게 움직였다간 일 보도 펼치기 전에 몸이 반으로 잘릴 것이기 때문이다.

"훗, 엉성한 놈."

혼잣말로 중얼거리고는 고개를 돌렸을 때,

우뚝.

“……?”

등천화는 펼치던 보법을 멈추며 고개를 돌렸다.

한 청년이 섭선을 들고 있는 모습만 보일 뿐, 다른 사람은 눈에 띄지 않았다.

“혹시 나한테 한 말인가요?”

“훗, 귀는 밝군. 들었나 보지? 그따위로 보법을 펼치면 강호에선 나 좀 죽여달라는 것밖에 안 돼. 내 특별히 알려주는 것이니 명심해라. 가봐.”

“…….”

“얘기를 더 듣고 싶으냐? 하지만 이 몸은 한가롭게 너 같은 거지와 말을 나눌 사람이 아니다.”

지금까지 잘도 주절거려 놓고 다른 소리라니…….

등천화는 정색을 하며 물었다.

“혹시 이 보법을 아시나요?”

“흥! 네놈 따위가 익힌 보법을 내가 어떻게 알아!”

“하면 왜 그런 말을 하시죠?”

“이놈이… 죽고 싶으냐!”

“아뇨.”

“뭐?”

등천화의 완고하고 의지가 제대로 들어간 대답에 청년은

어이없어했다.

"하!"

그의 눈에서 붉은 안광이 넘실거렸다.

일부러 기를 뿜어내어 겁을 주려는 것이다.

그러나 보통 사람이라면 숨이 막혀 질식할 정도의 기를 등천화는 아무렇지도 않게 받아내고 있었다.

'이놈 봐라?'

일부러 내색하지 않고 있는 것이리라.

청년은 기를 좀 더 강하게 뿜어내며 자리에서 서서히 일어섰다. 얼마나 버티겠냐는 듯한 비웃음을 얹는 것을 잊지 않았다.

하지만 일각이 지나도 등천화의 표정은 변하지 않았다. 아주 둔감한 녀석이 아닐 수 없었다.

청년은 좀 더 강한 기를 발출하려다 지금 자신이 뭐 하는 짓인가 싶은 생각이 들자 이내 고개를 저으며 섭선을 흔들었다.

죽이는 것조차 귀찮아진 까닭이다.

"관두자. 하던 짓이나 하면서 그냥 가라."

"……!"

등천화는 청년의 태도에 화가 치밀어 올랐다.

반말을 하는 것도 모자라 아예 하인 취급을 하는 모습에 참지 못하고 물었다.

"이것 보세요. 아까부터 반말을 하는데⋯ 몇 살입니까?"

"뭐?"

"난 스물두 살입니다."

"그런데?"

"예? 아니, 뭐⋯ 그렇다는 거죠."

갑작스런 반문에 등천화는 할 말을 잃고 말았다.

아직 이런 식의 대화에는 훈련이 안 된 탓이었다.

하지만 등천화의 대답을 들은 청년은 화가 났다.

자신을 전혀 어려워하지 않는 모습을 처음 봤기 때문이다.

자연스럽게 풍겨 나오는 등천화의 건방진 태도는 어디 한 번 죽일 수 있으면 죽여보라는 듯이 보였다.

짜증이 솟구쳤다.

"기가 막히는군. 나 장주극한테 감히 너 같은 거지가 도전을 하겠다는 거냐?"

"도전? 그건 아니죠."

"뭐?"

"도전은 내가 당신보다 아래라는 소린데⋯ 난 전혀 그렇게 생각하지 않거든요."

씨익.

천연덕스럽게 웃기까지.

장주극은 입 안의 볼살을 이빨로 지그시 깨물며 뻣뻣해지려는 목을 억지로 풀었다.

"하! 아래가 아니라고… 아래가 아니라… 으아!"

촤라락!

장주극은 당장이라도 등천화의 몸을 반으로 자를 것처럼 섭선을 펼쳤다.

"감히 내게 그런 모욕적인 말을 해? 천천히 찢어발겨 죽여도 시원찮을 놈! 약간 돈 놈 같아서 봐주려 했더니 명을 재촉하는구나! 네 분수에 걸맞은 죽음을 안겨주기로 하지!"

무서운 시선과 함께 속사포처럼 말이 쏟아졌다.

"저기요."

"뭐냐?"

"천천히… 무슨 소린지 알아들을 수가 없어요. 다시 한 번 말해줄래요? 뭐라고 했죠?"

"윽!"

훅—

장주극의 몸에서 뿜어져 나온 살기가 삽시간에 등천화의 얼굴을 향해 쏟아졌다. 일종의 경고이자 자신의 힘이 어느 정도인지 알려주는 것이다.

그러나 등천화는 그것을 바람 정도로 생각했는지, 헝클어진 머리를 손으로 쓸어 넘기며 정리하는 것이 고작이었다.

명백한 도발 행위였다.

팟.

장주극의 신형이 순식간에 자리에서 사라졌다.

후왕왕.

묘한 음향과 함께 압축된 기로 만들어진 탄(彈)이 우박처럼 떨어져 내렸다.

꽝! 꽝! 꽝!

"우와!"

등천화는 급하게 소리치며 몸을 피했다.

그 모습이 어찌나 기묘한지 공격하던 장주극은 화가 머리 끝까지 치밀어올라 마구 비명까지 질렀다.

"으아아! 내 오늘 저놈을 죽이지 못하면 성을 간다!"

쉬앙—

쏟아지는 기탄(氣彈).

그러나 등천화는 장주극을 약이라도 올리는 것처럼 민망한 걸음걸이로 엉덩이를 씰룩거리며 요리조리 모두 피해냈다.

"기탄으로는 부족하다고? 그럼 이것도 받아봐라!"

취르르릇.

기탄을 피해내는 걸 보고서 반월 모양의 기를 날렸다.

곧 허리와 다리가 분리되어 꿈틀거리는 모습을 볼 수 있으리라.

콰쾅!

땅에서 격한 소음이 터졌다.

"……!"

장주극은 자신의 섭선을 멍한 눈으로 쳐다봤다.

반월 모양의 날카로운 기에 등천화의 몸이 반으로 잘리려는 순간, 갑자기 등천화의 신형이 그의 시야에서 사라진 것이다.

"위험했잖아요. 한데 그런 건 어떻게 하는 거예요?"

"……!"

장주극은 옆쪽에서 들리는 등천화의 목소리에 수비 자세를 취하며 천천히 돌아섰다.

"오히려 내가 묻고 싶다. 어떻게 수라섬을 피했지? 수라탄에 이은 수라섬을 어떻게 피했냐고?!"

"……."

장주극의 외침에 등천화는 잠시 대답을 주저했다.

뭔가를 얘기해야 하는데 딱히 적절한 설명이 떠오르지 않았다.

사방으로 쏟아지는 기탄과 그 뒤에 곧바로 이어진 거대한 칼날을 느낀 순간 등천화는 눈으로 어느 하나를 보려 하지 않고 전체를 받아들였기 때문이다.

사람, 주위 공간, 공격.

이 모든 것이 한꺼번에 눈으로 흡수되며 자연스럽게 머릿속으로 그림이 그려졌다. 그것들이 지나갈 길이 또렷이 보인 것이다.

어느 정도 대답할 말이 머릿속에서 정리되자 등천화는 고개를 끄덕이며 설명을 시작하려 했다.

"그게 어떻게 된……."

"이번에도 요행이 통하는지 어디 한번 보자."

츄르릇!

장주극의 몸 주위에서 묘한 소리가 났다.

"자, 잠깐 기다려 봐요. 다 설명할게요. 왜 그렇게 성격이 급합니까?"

"후후후, 왜? 막상 공격을 막아보려니 겁이 나는 거냐? 하지만 이미 늦었다. 수라참은 네놈의 몸을 조각조각 낼 테니까."

장주극은 등천화의 다급해하는 모습에 기분이 좋아졌다.

저놈은 수라섬을 우연히 피한 것뿐이다!

확신을 가졌다.

그러나 이어진 등천화의 한마디.

"어차피 공격해도 안 돼요. 내겐 길이 보이거든요. 상대가 어딜 공격할지 아는데 피하지 못할 이유가 없잖아요?"

"길? 웃기는 소리! 그런 말을 한다고 내가 믿을 것 같으냐!"

츄와웃!

장주극의 몸 주위를 흐르던 기운이 하나로 뭉쳐지며 양손에 모이더니 곧바로 붉은 섬광을 토해냈다.

쿠학!

등천화는 붉은 섬광이 다가올 때까지 기다렸다가 가볍게

몸을 미끄러뜨렸다.

피하는 것을 알았던가?

장주극은 기다렸다는 듯이 소리쳤다.

"죽어!"

붉은 섬광이 연속적으로 그의 손에서 빛을 뿜었다.

그러나 지나칠 줄 알았던 등천화의 신형은 첫 번째 공격을 피한 후에 멈췄다.

놀리듯이 한쪽 발로 선 자세였다.

쾅!

바로 앞쪽에 붉은 섬광이 박혔다.

등천화는 이미 그 자리에 없었다.

붉은 섬광이 연속적으로 날아오는 것을 봤기 때문이다. 연거푸 위치를 짐작할 수 없도록 회전하며 계속 웅덩이를 만들었다.

쾅! 쾅! 쾅!

세 번의 폭음이 터지고 나서야 장주극의 공격은 멈췄다.

등천화는 자세를 바로 하며 장주극을 쳐다봤다.

"안 된다니까요. 더 할 건가요?"

'정말 다 피했다……'

장주극은 멍한 눈으로 등천화를 쳐다보고만 있었다.

특별히 뛰어난 점도 찾을 수 없었고, 보법이라고 생각할 수도 없는 단순한 움직임만으로 수라탄, 수라섬, 수라참까지 모두 피해냈다.

"어떻게……."

자신감이 사라진 목소리였다.

"다 보인다고 했잖아요."

"……!"

장주극은 신형을 무너뜨렸다.

털썩.

자신이 펼칠 수 있는 최고의 절기로는 아직 수라멸이 남아 있었으나, 그것을 사용하려면 수라참을 펼치지 말았어야 했다.

진기가 완전히 바닥났는지 힘이 쫙 풀어졌다.

항상 힘의 대결로 수련을 해온 그이기에 지금처럼 일방적으로 공격하고, 일방적으로 피하기만 하는 이상한 대결에 승복할 수 없었다.

'수라멸을 사용할 수 있었다면…….'

완벽하지 않아서 수라참의 위력만큼도 나오지 않는 절기였으나, 그것조차 없었으면 분해서 당장 혀를 깨물고 죽었을지도 몰랐다.

무엇보다 그의 자존심에 깊은 상처를 남긴 것은, 등천화가 아직까지 공격을 한 번도 하지 않았다는 것이었다.

체념할 수밖에 없는 상황이 분명했으나, 그것만은 죽어도 하기 싫었다.

‘나 장주극이 이런 꼴이 될 줄이야. 이번 공격마저 저놈이 피한다면 난… 죽는다!’

그에게 있어 패배란 곳 죽음을 의미했다. 아니, 그의 성전인 마교에서는 그것이 율법이었다.

수라멸을 펼치기 위해 남아 있는 진기를 전부 끌어 모았다. 암울한 결과를 생각하자, 처음이자 마지막으로 수라멸을 펼쳤을 때가 떠올랐다.

수라참보다 못한 무공을 왜 마지막에 놓았는지 아직까지도 알 수가 없었다. 그에 반해 수라멸을 펼치기 위해서는 체내에 남아 있는 내공을 모두 소멸시켜야 했다.

며칠 동안 움직일 기력도 없게 만드는, 다시는 펼치고 싶지 않은 무공이었다.

등천화가 지금까지 먼저 손을 쓴 적이 없는 것을 염두에 두고 시간을 끌었다.

덜덜덜.

갑자기 공격할까 봐, 펼치고 나서 손가락 하나 까딱할 힘이 없을까 봐 하는 만약에 대한 두려움이 몸을 떨게 만들었다.

‘더러운 기분이 들어도 좋아!’

완전히 끌어 모은 진기를 사용하기 위해 서서히 등천화를 찾았다.

“……?”

방금 전까지 눈앞에 있던 등천화가 어느새 사라지고 없

었다.

"이이… 으아아아!"

장차 마교의 후계자가 될지도 모르는 자신을 가지고 놀고선 사라진 것이다.

*　　　*　　　*

붉은 천으로 얼굴을 제외한 나머지를 모두 가린 세 인영은 모두 땅에서 반 치 정도 떠 있었다.

세 사람의 손목.

금색, 적색, 청색의 팔찌가 움직일 때마다 조금씩 보였다. 각자의 신분을 나타내는 표식으로, 중앙의 금색 팔찌를 낀 노인이 수장인 듯했다.

"미행하는 놈들이 있다. 주극 도련님을 발견하면 안 되니 즉시 해치워라."

금색 팔찌를 찬 노인의 입에서 죽음을 부르는 듯한 목소리가 흘러나왔다. 다른 두 노인은 모른 척 고개도 돌리지 않았다.

"청 노제는 좌, 우 노제는 우, 나는 위쪽을 감시하며 놈들을 유인한다."

"……."

"……."

번쩍.

세 노인의 손목에서 금색, 적색, 청색의 아수라 문양이 빛을 뿌렸다가 사라졌다.

“우리를 찾나?”

“……!”

종명기와 가교일은 섬뜩한 느낌을 받으며 서로 눈길을 주고받았다.

‘놈들일세!’

‘당황하지 말고 차분히.’

두 사람이 돌아섰을 때는 표정에 아무런 변화가 없었다.

“우리를 쫓아온 모양이군. 어디서 왔는가? 천추성?”

종명기와 가교일의 시선이 세 노인의 손목으로 향했다. 삼색 팔찌, 그 위에 새겨진 아수라 문양이 자신들의 피를 갈구하는 것 같았다.

“그런 팔찌를 차는 자는 흔치 않아서 금방 알겠군. 오늘, 재수가 없는 날이네.”

“그러게 말일세, 교일. 저들이 그 유명한 수라대의 암흑삼제인 모양이군.”

수라대는 마교의 후계자를 보호하는 일종의 호위대를 가리키는 말이었다. 금색, 청색, 적색의 팔찌를 찬 걸로 봐서 가장 실력이 뛰어난 세 사람을 뜻했다.

“후후후. 명기, 그나마 다행이군. 우리를 상대하려고 세 명이 동시에 움직였다니 말이야.”

태연함을 가장한 대화였으나, 두 사람의 머릿속은 복잡하기 이를 데 없었다.

‘이자들이 이곳에 있다는 것은 수라대주가 근처에 있다는 뜻이다. 이거 일진이 사납군.’

종명기는 눈동자만 굴려 주위를 경계했다.

‘명기와 나 둘 중 한 명은 살아서 성에 알려야 할 텐데 그것이 가능할지 모르겠구나.’

가교일 역시 종명기와 다르지 않은 경계의 눈빛을 하며 생각을 굴렸다. 이들 셋은 이목을 숨기지 않고 모습을 드러냈다. 그 의미는 무척 컸다. 언제든 암습이 가능했다는 것을 뜻하기 때문이다.

금색 팔찌를 찬 노인은 눈짓으로 두 아우에게 신호를 주었다. 그러자 적색과 청색 팔찌를 낀 노인이 두 사람을 에워쌌다.

“잘 알고 있군. 그럼 우리를 봤으면 어떻게 되는지도 알고 있겠군.”

금색 팔찌를 찬 노인이 허리에서 연검을 뺐다.

챵!

흐늘거리던 연검이 빳빳하게 섰다.

“개싸움이나 했어야지 너무 영민하게 굴어도 재미없는 법이지.”

쉬리— 링—

검명이 울리는 것과 동시에 금색 팔찌를 찬 노인의 신형이 허공으로 솟았다.

“명기 자네의 맷집을 한번 믿어보기로 하지.”

가교일은 시선을 종명기에게 던지는가 싶더니, 곧바로 가만히 서 있는 나머지 두 노인을 향해 검을 뻗었다.

쉬리릭—

매화칠검이 연속으로 매화를 피워내며 두 노인을 압박해 갔다.

“훌륭한 검기다.”

청색 팔찌를 찬 노인이 무미건조한 음색을 뱉더니, 양손을 기묘하게 구부렸다. 그러자 노인의 전신이 청동 빛으로 물들기 시작했다.

꾸두둥.

청동수라마공이었다.

종명기는 가교일의 기지에 혀를 찼다.

“나만 죽으라는 소리군. 저 노인네의 손속이 맷집으로 버텨질 성질의 것인가!”

가교일에게 화를 내는 것처럼 말하다 갑자기 금색 팔찌를 찬 노인을 향해 백보신권을 날린 후 곧장 신형을 피했다.

그때, 다섯 사람의 신형이 일제히 멈출 정도로 커다란 폭음이 저 너머 어디선가 들려왔다.

쿠콰콰콰—!

암흑삼제의 안색이 일변했다.

멀지 않은 곳에서 들려온 폭음.

놀라기는 종명기와 가교일 역시 마찬가지였다.

금색 팔찌를 찬 노인은 재빨리 손을 내리며 종명기와 가교일을 향해 잔인한 미소를 날렸다.

"후후후. 너희들, 운이 좋군."

말을 마친 금색 팔찌의 노인은 이내 두 노인과 함께 하늘로 치솟았다.

쉬악—

선 채로 저 정도의 속도로 날아오르기란 무척 어려웠다.

"끄음… 대단하군."

"그러게 말일세."

만약 암흑삼제의 공격이 저 위세로 전개됐다면 두 사람은 몇 번이나 막았을지 자신할 수 없었다. 그만큼 암흑삼제의 위용은 대단했다.

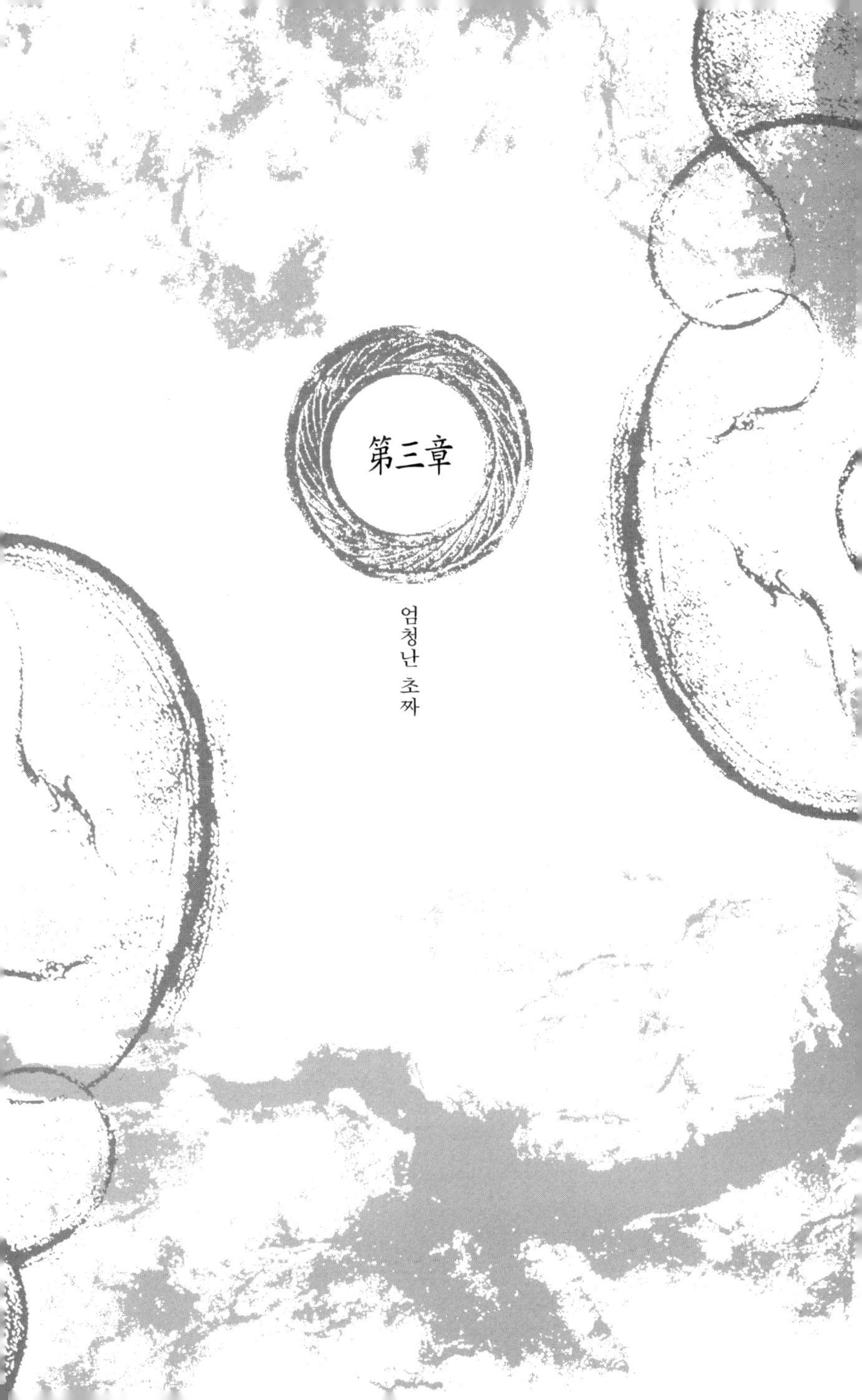
第三章

엄청난 초짜

步法
無敵

"주극 도련님!"

낯익은 목소리.

장주극은 멍한 눈으로 고개를 들었다.

자신을 부르는 소리조차 시끄러웠다.

"여기다. 부산 떨지 마라, 암흑삼제."

"소리를 들었습니다."

금색 팔찌를 찬 금환마제가 주위를 둘러보며 심각한 표정을 지었다. 다른 두 노인 역시 노마들답지 않게 걱정이 가득했다.

황당한 일을 겪은 후라서 그런 것일까?

장주극은 이십여 년 동안 단 한 번도 느껴보지 못한 감정을 느꼈다. 암흑삼제가 자신을 바라보는 눈빛에는 걱정이 가득했다.

"수라대를 책임진 사람들답지 않게 당황하기는. 자네들을 기다리다가 잠시 무리했던 모양이야."

"예?"

금환마제는 어이가 없었다.

바닥에 난 발자국이 둘이었다. 하나는 장주극의 것이 분명했고, 다른 하나는 전혀 달랐다.

'혹시……'

절레절레.

금환마제는 누구보다 장주극을 잘 알고 있었다.

태어나면서부터 정해진 호위가 자신들이었다. 물론 장주극은 그런 사실을 모르겠지만, 마교의 후계자가 된다는 의미는 결코 작은 것이 아니었다.

그러나 모른 척해야 할 때도 있는 것이다.

장주극의 눈빛이 변한 것을 봤다.

이전의 건방지고 하늘 높은 줄 모르던 애송이에서 약간은 담담해졌다고나 할까?

아무튼 달라졌다.

그 이면에 어떤 일이 있었는지는 몰라도 성장이 됐다면 비밀로 해두어도 좋으리라.

"죄송합니다. 자중하겠습니다."

"훗, 그렇다고 사과까지 할 필요는 없지. 돌아가자."

"예? 강호를 좀 더 둘러보신다고……."

"됐어. 그럴 시간 있으면 돌아가 수라진경이나 익히는 편이 낫겠어. 아버님께서 해주신 말씀을 잊은 것이 이런 결과를 만든 거야……."

"……?"

금환마제는 장주극이 낯설지 않았다. 오기로 똘똘 뭉쳐서 이기지 못하면 잠을 설쳤고, 원하는 무공을 익히지 못하면 스스로를 채찍질해서 익히고야 말던 어린 소군의 모습이.

"총단으로 모시겠습니다, 도련님."

"앞으로는 수라대주라고 불러. 나도… 다른 사람들과 다를 바 없으니까."

"……!"

암흑삼제는 깜짝 놀랐다.

수라대, 참마대, 마마대, 혈마대, 마화혈.

마교주의 후계자로 지목되면 다섯 곳 중 한 곳의 주인이 된다. 하지만 그들과 달리 장주극은 수라대주이면서도 마교주 장찬익의 아들이기에 '도련님'으로 불렸다.

수라대주라 부르라는 이 한마디.

이것은 장주극이 어린 시절의 그로 돌아가기로 결심한 것을 뜻했고, 마교에 한바탕 폭풍이 불기 시작했다는 것과 다름 아니었다.

털썩.

암흑삼제는 무릎을 꿇었다.

"암흑삼제, 죽음으로 수라대주님을 따르겠습니다!"

'내가 이들에게 믿음을 줄 수 있을까? 그 녀석에게 당하고 난 주제에? 다시 한 번! 녀석 정도의 실력이라면 금방 소문이 퍼질 것이다. 그때는 내가 찾아간다.'

장주극의 눈에서 불꽃이 일었다.

그러나 화를 내는 눈빛은 아니었다.

너무 높아서 올라가길 거부했던 거인.

그의 아버지 장찬익의 모습이 떠올랐다.

'아버지, 제게도 목표가 생겼습니다. 그 녀석!'

장주극은 혼자만의 비밀을 품고서 신형을 돌렸다.

*　　　*　　　*

비정상적으로 거대하고 두꺼운 도가 가볍게 이동하며 널 브러진 시체를 건드렸다.

툭.

거대한 도를 한 손으로 다루는 자의 체격은 그리 크지 않았다. 그렇다고 키가 큰 것도 아니어서 도를 세우면 비슷할 것 같았다.

“흠, 이건 칼질이 아니라 순전히 몽둥이로 패 죽인 거군. 이런 싸움을 언제까지 할 건지… 쩝.”

하는 행동으로 봐서는 제법 나이가 있을 것 같았으나, 얼굴을 보면 아직 앳된 티가 남아 있었다.

입고 있던 헐렁한 회의 적삼이 바람에 흔들렸다.

“마교, 마교 하기에 대단한 줄 알았더니 이게 뭐야? 겨우 이런 떨거지들이 모여 있는 곳이 마교라니. 쳇, 실망이야!”

그는 주위를 둘러보는 것이 지겨워졌는지 시체들을 옷 색깔에 따라 이리저리 치웠다. 치우는 방법은 간단했다. 붉은색을 확인하고 툭 쳐서 왼쪽으로, 다른 색은 역시 툭 쳐서 오른쪽으로 옮기는 것이 다였다.

그가 막 한쪽의 시체를 정리했을 때였다.

“죽은 것도 억울한데 시체가 무슨 죄가 있다고 그렇게 때려?”

“……!”

회의청년의 움직임이 멎었다.

고수였다.

자신의 이목을 숨기고 이렇게 가까이 온 것이다.

들고 있던 도를 가볍게 떨쳤다.

말이 가벼운 것이지 그의 도풍은 접해보지 않은 사람은 모를 정도로 거세고 강력했다.

쿠콰콰!

처음에는 바람에 숨지만, 이내 도풍이 바람을 잡아먹고 거대해진다고 해서 초식 명조차 역진풍이었다.

쾅쾅쾅쾅!

목소리가 들려온 쪽의 땅이 완전히 열십 자로 갈라졌다.

"뭐야, 별거 아니잖아? 쳇, 괜히 긴장했네."

회의청년이 실망하고 돌아서려 할 때였다.

"오늘은 정말 이상한 날이군. 마교의 수라대가 자존심을 상하게 하질 않나, 웬 애송이가 도풍을 자유자재로 구사하질 않나. 만나는 놈마다 우릴 죽이지 못해 안달이 났군. 이러다 이거 제명을 다하지 못하는 거 아니야? 어떻게 생각하나, 교일?"

"복이라고 생각하게. 자네가 소림의 종명기란 걸 모르는 자들 아닌가. 후후후."

회의청년은 자신의 도를 이상하다는 듯이 훑어보다가 너무도 태연한 종명기와 가교일의 대화에 짜증스런 표정을 지었다.

"내 앞에서 이름 팔지 마. 마교주나 풍우신장이 아니면 다 똑같으니까."

회의청년은 아무렇지도 않게 말하고는 다시 자세를 잡았다.

"……!"

종명기와 가교일은 황당해서 말도 나오지 않았다.

마교주나 풍우신장?

현 천하제일을 다투는 두 사람이 아니면 이름 따위는 꺼내지도 말라?

어이없는 말이 아닐 수 없었다.

회의청년은 자신의 도신을 혀로 핥았다.

종명기는 가교일을 돌아봤다.

"저 태도는 뭐지? 설마 우릴 보고 합공이라도 하라는 것일까?"

"후후후. 아마도."

가교일의 대답에 종명기는 더 이상 웃지 않고 앞으로 한 걸음 나섰다. 암흑삼제를 눈앞에서 보낸 것만으로도 충분한 그였다.

"차라리 잘됐다. 안 그래도 화풀이할 데가 없어서 짜증이 막 솟구치던 차였거든."

회의청년은 말하는 것을 보니 어설픈 무공 한 수 배워서 강호에 나온 초짜였다.

"너희 둘이서 나를? 나 동파가 익힌 무공이 뭔지나 알고 덤비려는 거냐?"

회의청년은 자신의 이름을 은근슬쩍 밝혔다. 마치 자신이 이름을 밝혔으니 이젠 알아서 기라는 듯한 태도였다.

"뭔데?"

종명기는 이제 화도 나지 않았다.

도대체 뭘 믿고 저리 날뛰는지 어이가 어디론가 사라지고 난 후였기 때문이다.

"이 몸이 익힌 도법은 바로 천사잠류신도다!"

"……?"

"……?"

종명기와 가교일은 잠시 서로를 쳐다봤다.

천사잠류신도라는 무공은 알고 있었다.

두 사람도 익히 들어본 적이 있는 곳의 독문 무공이었기 때문이다.

'사사천림에 후계자가 있었나? 아니, 그곳은 마교에 패해 사라졌다고 하지 않았던가?

사사천림은 팔십 년 전 사라진 곳으로, 정사 양쪽 어디에도 속하지 않고 자신들의 이익을 위해서만 움직이는 곳으로 유명했다.

욕심이 과하면 화를 들이게 된다.

네 명의 림주는 점점 도가 지나쳐 마교의 영역까지 무시하며 세를 확장하려 했다. 그것이 알려지자 마교의 비밀 고수들이 출동했고, 네 사람은 신체의 일부가 잘려진 채로 지하로 숨어들었다고 전해진다.

당연히 그들이 후계자를 키웠다는 말은 믿기 힘들었다. 게다가 저런 덜떨어져 보이는 녀석을 후계자로? 두 사람은 콧방귀를 뀌며 무시했다.

"이보게, 교일. 난 왜 저 말이 뻥으로 들리지?"

"나도 그렇게 들리는 걸로 봐서 자네가 제대로 들은 것 같네. 천사잠류신도라니……. 후후후."

가교일은 마치 천사잠류신도에 대해 잘 알고 있다는 듯이 고개를 절레절레 흔들었다.

"그 표정들… 뭐야? 내 말을 믿지 못하겠다는 거야?"

"글쎄, 자네는 천사잠류신도가 뭔지나 아는가?"

가교일의 비웃는 듯한 표정.

동파는 동공을 확대하며 기괴하게 웃었다.

"우헤헤! 암류천, 묵사, 환잠, 도류. 네 사부의 장점만 가지고 만든 무공이 바로 천사잠류신도지. 대답이 됐나? 그럼 각오들 단단히 하는 것이 좋을 거야."

동파는 도를 잡은 손에 힘을 주며 눈빛을 빛냈다.

츠르릇.

종명기와 가교일의 표정이 순간적으로 굳었다.

동파의 몸에서 풍기는 기운이 예사롭지 않았다.

막 두 사람을 향해 거대한 도가 올려지려 할 때였다.

동파의 눈에 희한한 광경이 들어왔다.

"저건 또 뭐야?"

동파는 종명기와 가교일의 뒤쪽을 처다보며 인상을 찌푸렸다.

누군가를 발견한 듯한 모습.

종명기는 그 모습에 콧방귀를 뀌었다.

"쿵! 저런 유치한 수작을 부리는 놈이 아직까지 있다는 것이 믿어지는가, 교일? 도대체 세상이 어찌 되려고… 쯧쯧."

"후후후, 그러게 말일세."

가교일은 동파가 천사잠류신도에 대해 말할 때의 표정을 보고서 사실일지도 모른다는 생각을 했으나, 지금 보여준 모습을 보고선 실소를 터뜨리고 말았다.

이쯤 되면 본색을 드러낼 만도 하건만, 동파는 여전히 놀란 얼굴로 입을 벌리고 있었다.

'정말 뒤에 누구……?'

동파의 눈을 따라 뒤를 돌아보던 가교일은 일순 생각을 잇지 못했다.

막 숲에서 튀어나온 듯한 놀란 얼굴.

어디선가 본 듯한 남루한 옷차림의 한 청년이 세 사람을 쳐다보고 있었다.

"자넨 누구지?"

"뭔가, 교일? 정말 누가… 어? 자네, 아직까지 이곳에 있었나? 아까 숲을 지나간 것 같더니."

가교일의 말에 뒤를 돌아보던 종명기는 청년이 누군지 한눈에 알아봤다. 바로 싸움터를 가로질러 엉뚱한 방향으로 갔다가 장주극과 생각지도 못한 대결을 펼쳤던 등천화였다.

"어? 저를 아세요? 그건 그렇고, 제가 있던 곳이 안쪽이었던 모양이군요. 알려주서서 고맙습니다."

등천화는 자신을 어떻게 알고 있는지에 대해서는 묻지도 않고 방향을 잘못 잡았다는 것만 깨닫고는 급히 돌아서려 했다.

'궁금해하지 말자.'

세 사람이 서 있는 모습으로 보건대 얘기가 길어지면 또 이상한 일에 끼어들지도 모른다는 생각 때문이었다.

그러나 옛말에 이런 말이 있었다, 재수없는 자는 퇴비마차 피하려다 쓰레기마차에 치인다는.

등천화의 입장에서는 장주극을 피해 온 곳에서 이상한 사람들을 또 만나고 만 것이다.

"수상하군."

종명기의 말에 어쩔 수 없이 돌아서야 했다.

"전혀 아닌데요."

"그럼 왜 숲을 헤매고 있지?"

"아뇨. 헤맨 것이 아니라… 길을 잃었습니다. 원래는 율촌이란 마을로 가려고 했거든요."

"율촌? 그런 마을도 있나?"

"못 들어보셨을 겁니다. 저도 이렇게나 멀리 떨어져 있을 줄은 상상도 못했거든요."

등천화의 어정쩡한 태도에 걸맞은 대답은 누가 봐도 다분히 변명처럼 들릴 만했다.

종명기는 그런 등천화를 보며 사람 좋게 웃었다.

가교일은 살피는 시선으로 쳐다봤고, 마지막으로 동파는 여전히 황당한 표정을 짓고 있었다.

'저놈… 난 봤어. 분명히 이 눈으로 숲이 저놈을 밀어내는 걸 봤어!'

숲 안에서 누군가가 등천화를 던졌다. 그렇지 않고서는 저런 속도로 튀어나올 수가 없었다.

동파의 상식으로는 그랬다.

문제는 세상엔 언제나 인간의 한계를 뛰어넘는 무공이 존재한다는 것이다.

그 일례가 바로 자보였다.

한 번의 신법으로 몇십 장을 날 수 있는 고수는 많지만, 보법으로 한 번에 몇 장씩 움직일 수 있는 고수는 없었다.

그것을 등천화가 보여준 것이다.

동파 자신은 물론 종명기와 가교일이 기척을 느끼지 못할 정도로 빠르게 말이다.

"서, 서로들 아는 사이냐?"

동파의 놀란 목소리에 종명기는 뚱한 표정으로 대꾸했다.

"아는 사이는 아니고 우연히 한 번 봤지. 자, 이제 우리의 일을 마무리해 볼까? 너무 시간을 지체했다, 동파. 보여다오, 그 잘난 천사잠류신도를 말이다."

등천화는 싸움이 곧 벌어진다는 걸 알고서 슬그머니 신형을 뒤로 빼려 했다.

"자네도 오해받기 싫으면 가만히 있는 것이 좋을 걸세. 저 청년이 거짓말을 해서 타이르는 중이거든."

가교일의 한마디가 등천화를 오도 가도 못하게 만들었다.

"저는 거짓말을 하지 않습니다."

"알았으니 잠시만 기다리게."

왠지 오싹한 기분이 드는 등천화였다.

동파가 익힌 천사잠류신도에는 깊은 사연이 있었다.

천사잠류신도를 사용할 때는 한 가지 주의해야 할 것이 있는데, 그것은 적이 도를 움직이는 손에 전혀 신경 쓰지 않도록 해야 한다는 것이었다.

동파의 네 사부는 유난히 체구가 커다란 자들이었다.

도를 사용하는 사람들이라면 누구나 꿈꾸는 거대한 체구와 거대한 손, 거대한 골격을 모두 갖추었다. 하지만 그들은 자신들의 신체적인 이점이 오히려 약점이 된다는 것을 마교에 패하고 난 후 알게 됐다.

그래서 찾게 된 것이 체구가 작은 동파였다.

사람들은 동파가 거대한 도를 움직이면 도에만 집중하게 될 것이다.

진정한 도객은 죽음 직전에 이른 적에게 도 외에는 떠올리지 않게 해야 한다며 최초로 동파가 이루길 원했다.

“도법은 패도다.”

“즉, 끊임없이 내공을 수련해서 적을 일도에 양단하는 것이야말로 진정한 도객이랄 수 있지.”

“그러나 그전에 익혀야 할 것이 있다. 바로 보법이다. 내공이 아무리 대단해도 천사잠류신도 정도의 도법을 사용하려면 그에 걸맞은 보법이 필요하다.”

“현재 네 성취는 불과 삼성에 불과하다. 하지만 제대로 된 보법만 얻으면 능히 구성까지 이룰 수 있게 된다.”

네 명의 사부는 동파에게 실전을 통해 천사잠류신도의 문제점을 파악해 오라고 했다.

이유인즉슨 수많은 정사의 명문세가나 문파들이 실전 무공을 추구하지만, 실제로는 실전과 평상시를 구분하여 익힌다는 것이다.

동파가 강호로 나온 이유였다.

강호의 내로라하는 고수들과 싸우면서 실력을 높이기 위해서였다.

첫 번째 목표.

현재 동파의 실력으로는 꺾기 어려운 상대였다.

마교 지부장 중 한 명.

그 정도의 인물을 상대하다 보면 이론적으로만 알고 있는 천사잠류신도를 조금 더 동파의 것으로 만들 수 있기 때문이었다.

등천화의 보법에 관심을 갖는 것도 맥락을 같이했다.

저 보법이라면 무거운 도를 들고서 마음껏 움직일 수 있을 것 같았다.

“이봐, 조금 전에 펼친 게 신법이냐, 보법이냐?”

동파는 등천화를 똑바로 보며 물었다.

종명기와 가교일은 등천화가 나타나는 것을 보지 못했기에 다소 의외라는 눈으로 돌아봤다.

“보법인데요.”

지친 듯한 등천화의 목소리에 동파는 얼굴에 화색이 돌았다.

“우헤헤! 그렇단 말이지. 보법 주제에 그런 속도를 냈단 말이지? 좋아! 아주 좋아!”

“……?”

“그거 다시 한 번 펼쳐 봐.”

“……?”

“조금 아까 숲에서 튀어나올… 아니다. 지금부터 천사잠류 신도를 사용할 테니까 피해. 경고를 무시한 후에 일어난 모든 일에 대한 책임은 네 탓이니까.”

“이보…….”

등천화는 말을 멈출 수밖에 없었다.

다짜고짜 달려드는 동파의 공격은 엄청나게 빨랐다.

쿠콰콰!

거대한 도가 내려오지도 않았는데 예기가 주위를 마구 휘저었다.

도기폭풍이 얼마나 강한지 멀뚱하니 지켜보던 종명기와 가교일도 급히 수비 자세를 취했다.

꾸등!

땅을 때리는 폭음이 터졌다.

"좋아!"

동파는 뭐가 좋다는 건지 크게 소리치며 가볍게 피하는 등천화를 향해 왼 손가락으로 가리키며 웃었다.

억지스러운 웃음이었다.

실제 등천화는 동파의 공격을 피하는 것이 어렵지 않았다. 아니, 숲에서 먼저 장주극에게 당한 뒤라 그렇게 느껴지는 것일 수도 있었다.

동파의 도가 아무리 빨라도 장주극의 섭선에 비하면 상당히 느렸다. 게다가 그의 도기폭풍은 장주극의 손에서 뿜어지는 붉은 섬광에 비하면 위력도 크게 떨어졌다.

장주극도 잡지 못한 등천화를 잡을 리가 없었다.

그러나 한 가지는 인정해 줄 만했다. 바로 끊임없이 이어지는 파상 공세. 십여 번이나 무거운 도를 사용하면서도 잠시도 멈추지 않았다.

쿠콰콰콰!

"야, 이 족제비 같은 자식아! 피하기만 할 셈이냐!"

동파는 약이 올라 어쩔 줄을 몰라 했다.

일 도에 열두 번이나 변화를 주어 유인도 해봤고, 전력을 다해 도면으로 때려죽이려고도 해봤지만 아무 소용이 없었다.

땅에는 동파의 발자국만이 어지러이 찍혀 있었다. 공격하느라 숨이 턱에 찬 동파와는 달리 등천화는 여유만만한 표정이었다.

"어, 언제까지 피하기만 할 생각이냐, 족제비?!"

"힘들죠? 그만 하세요. 웬만하면 적당히 맞아주고 싶은데 무기가……."

진심을 담은 등천화의 한마디에 동파는 신경질적으로 소리쳤다.

"닥쳐!"

말을 해도 어쩜 저렇게 얄밉게 한단 말인가.

동파는 숨을 고르며 다시 도를 들어 올리려 했다.

"휘유, 이거 끼어들기도 겁나는군. 갓 스물을 넘긴 젊은이들이… 정말 대단하군. 어이, 천사잠류신도. 저 청년은 싸울 생각이 없다는데 그쯤 해두지?"

종명기는 진정으로 두 사람, 그중 패도적인 공격을 펼치는 동파가 마음에 들어 말렸다.

"닥쳐!"

“뭐?! 이놈이 실성을 했나? 나, 종명기야, 종명기!”

종명기는 동파의 살기 어린 눈을 보자 참지 못하고 소리쳤다.

슉.

동파의 거대한 도의 방향이 이번엔 종명기에게로 향했다.

등천화의 보법은 손에 기름을 바르고 물고기를 잡을 때와 같다고나 할까? 잡힐 듯 말 듯 아주 환장하게 만들고 있었다. 아예 공격 범위에서 멀찌감치 벗어나면 몰라도 저런 식의 행동은 약을 올리는 것밖에 되질 않았다.

‘저 자식, 일부러 저러는 거야. 움직이는 걸 보면 두 가지밖에는 없어. 미리 차단시키면 한 칼 먹일 수 있다.’

눈으로는 종명기를 보면서 머릿속에는 온통 등천화를 제압할 생각으로 가득했다.

그런 동파의 생각을 읽은 사람은 가교일이었다.

종명기를 향해 주먹을 쥐고 등천화를 가리켰다.

등천화를 공격하라는 뜻.

가교일의 눈짓을 알아본 종명기는 황당한 얼굴이 됐다. 하지만 가교일은 대답을 기다리지 않고 검을 뽑아 허공에 매화 문양을 다섯 개나 만들었다. 그 하나하나가 모두 살아 있는 검기인 매화검법의 정수가 쏟아진 것이다.

거의 동시에 동파 역시 튕기듯 등천화를 공격해 갔다.

혼자서 가만히 있을 수 없는지 종명기는 될 대로 되라는 식의 표정을 지으며 백보신권을 같은 곳을 향해 날렸다.

"이런!"

등천화는 갑작스런 세 사람의 공격에 깜짝 놀라 먼저 왼쪽 허리를 살짝 비틀어 뒤로 뺐다. 그런 후에 왼손을 단전 부위에, 오른손을 심장과 가슴을 보호하는 형태를 취했다.

팟─

비튼 허리가 강하게 풀리며 힘을 실어주자 자연스럽게 몸이 앞으로 쏘아졌다. 자보였다. 허공을 걷는 것처럼 약 칠 장여를 움직인 후 눈으로 다음에 밟을 위치를 확인했다.

톡.

이번엔 조금 전과 정반대로 움직였다.

앞쪽으로 비튼 허리를 뒤로 잡아당기며 물러섰다가는 그대로 옆으로 회전함과 동시에 함께 이동한 것이다.

"엇!"

"어!"

"어엇!"

세 마디의 각기 기묘한 외침이 터졌다.

이어지는 폭음.

쿠콰콰콰콰콰!

등천화는 눈치를 보며 최대한 느릿하게 한 걸음 옮기려 했다.

그때,

"가만히 있어!"

"기다리게."

"할 말이 있네."

동파, 종명기, 가교일 순으로 발을 잡았다.

세 사람의 침묵은 벌써 일 다경이나 계속되고 있었다.

방귀 뀐 사람이 성낸다더니 지금이 그랬다.

적반하장도 유분수지, 먼저 공격하고 나서 공격이 실패했다고 피한 사람을 원수로 모는 경우는 처음이었다.

더구나 종명기와 가교일의 말은 모두 틀리다며 씩씩대는 동파의 모습도 상당히 부담스러웠다.

"저는 가봐야 할 곳이 있습니다. 할 말이 있으면 지금……."

"아, 좀 기다리라고!"

동파가 버럭 화를 냈다.

"예, 그럼 조금만 더 있을게요."

등천화는 순순히 자리에 앉으며 동파의 눈치를 봤다.

정말 미안해하는 표정이 역력했다.

이런 점이 종명기와 가교일이 말을 못하게 막고 있었다.

가교일이 종명기에게 등천화를 공격하라고 했던 이유는 동파의 반응을 보기 위한 일종의 속임수였다. 자신 역시 위협만 가하려 했지 정말로 공격할 생각은 추호도 없었다.

이럴 때는 동파와 같이 묻어가는 수밖에 없었다.

“그래도 잘못한 것은 알고 있는 모양이군. 이름은?”

“예? 등천화라고 합니다.”

등천화는 얼결에 대답하고 말았다.

“흠, 등 소형제였군. 그래, 이 일을 어떻게 하겠나?”

“예? 일이라니요?”

“자네 때문에 일이 이상하게 꼬였네.”

“저 때문에요?”

‘강호 초출이란 판단이 옳은 모양이군.’

말투며 하는 행동이 보법을 펼치는 것과는 판이하게 달랐
다. 동파만 해도 자신의 실력을 믿고서 기고만장, 하늘 끝 간
데 모르고 나대고 있었다.

가교일은 순간적으로 기묘한 생각이 떠올랐다.

‘이 두 사람을 데리고 가?’

이곳에서 가까운 곳엔 마교 장용 지부가 있었다.

암흑삼제 정도 되는 고수들이 장용 지부에 머물 리는 없으
니 기회가 좋았다. 어쩌면 엄청난 일을 저지르게 될지도 모를
것 같았다.

“저 붉은 옷을 입은 자들은 마교의 주구들일세.”

“……”

“일반인은 물론이고 아녀자와 아이들까지도 서슴지 않고
죽이는 자들이야.”

“예에……”

등천화는 아무렇지도 않다는 듯이 대답했다.

“……?”

가교일은 의아해졌다.

당연히 자신의 일처럼 여길 줄 알았건만, 의외로 담담한 대답이 나왔기 때문이다.

'정도를 걷는 젊은이가 아닌가? 그렇다면 왜 저 모자란 놈이 공격했을 때 죽이지 않았지?'

누구라도 할 수 있는 생각이었다.

죽을힘을 다해 공격해도 요리조리 여유있게 피하는 모습을 보고 난 후이기에 당연했다.

등천화의 입장을 모르기에 할 수 있는 생각이었다.

누군가를 죽인다는 생각도, 해를 입힌다는 생각도 해본 적이 없는 그로서는 듣고만 있을 수밖에 없었기 때문이다.

지금 등천화의 머릿속에는 오로지 한 가지 생각밖에는 없었다.

집에 가고 싶다!

십 년 동안 느껴보지 못한 가족에 대한 그리움을 혼자서 키워온 상황이라 가족들의 따뜻한 품이 그리웠다.

가교일의 질문이 다시 이어졌다.

“자네는 어떤 것이 옳다고 생각하는가?”

“예?”

“죄없는 사람들을 함부로 죽이는 자가 나쁜가, 아니면 그들이 잘못했다고 당당하게 말하는 사람이 나쁜가?”

“당연히 함부로 사람을 죽이는 자들이죠.”

“역시! 내가 사람을 잘 봤군. 그럼 따라오게.”

“예… 예?”

등천화는 갑자기 어디론가 향하려는 가교일을 보며 손을 내저었다.

“저는 지금 가야 할 곳이 있습니다.”

“자네는 피하고 싶은 건가? 잘 걷지도 못하는 어린애를 통째로 짓밟는 그들의 행동을 모른 척 넘어가겠다는 건가?”

“그, 그건 아니지만…….”

“이곳에서 멀지 않은 곳에 대표적인 자가 있네. 자네는 우리와 동행만 하면 되네. 명기 자네의 상황이 무척 안 좋다는 걸 알지만 부탁한 나를 욕하게. 하지만 나중에… 자네는 내게 고마워할 걸세.”

이쯤 되면 가교일의 연기는 이미 수준급을 넘어서 있었다. 동파는 멀뚱거리며 가교일을 인상 쓴 얼굴로 쳐다봤으나, 자신의 목적과도 부합되는 일이기에 적극적으로 협조하기로 마음먹게 됐다.

“나도 끼워주쇼!”

“좋네. 자네 같은 젊은이야말로 정사 중간의 집단보다는 천추성…….”

“쓸데없는 소리 하지 말고 그냥 넘어가요!”

"그래, 교일. 굳이 싫다는 사람 붙잡지 말고, 이번 일만이라도 하나가 되어보세."

종명기는 눈치 빠르게 팔을 걷어붙이며 손을 내밀었다. 그 앞에 가교일의 어정쩡한 손이 다시 옆으로 동파의 희한하게 얇은 팔뚝이 붙었고, 마지막으로 세 사람의 시선이 등천화를 향했다.

"아아……."

할 말을 입에 한 가득 담고 있으나, 조금 전에 가교일이 무심코 꺼낸 '걷지도 못하는 아이를 짓밟는다' 라는 말에 팔을 붙이고 말았다.

어린 시절의 자신이 떠오른 탓이리라.

의기투합이 끝났을 때였다.

"등천화라고 했지? 어떻게 하다가 그따위 요상한 보법을 배운 거야?"

동파가 자존심 상한 얼굴로 물었다.

"요상한 보법이 아니라 자보라는 보법입니다."

"자보? 이름도 요상하네. 쿵!"

남자답지 않게 새침한 표정을 지은 동파는 신형을 돌리며 먼저 움직였다.

"어딜 가?"

종명기가 물었다.

"마교로 가자면서요?"

"준비라도 하고 가야 할 거 아닌가."

"준비는 무슨… 저런 엄청난 초짜를 꼬셨으면 빨리 움직여야지. 쿵."

"……."

맞는 말이었다.

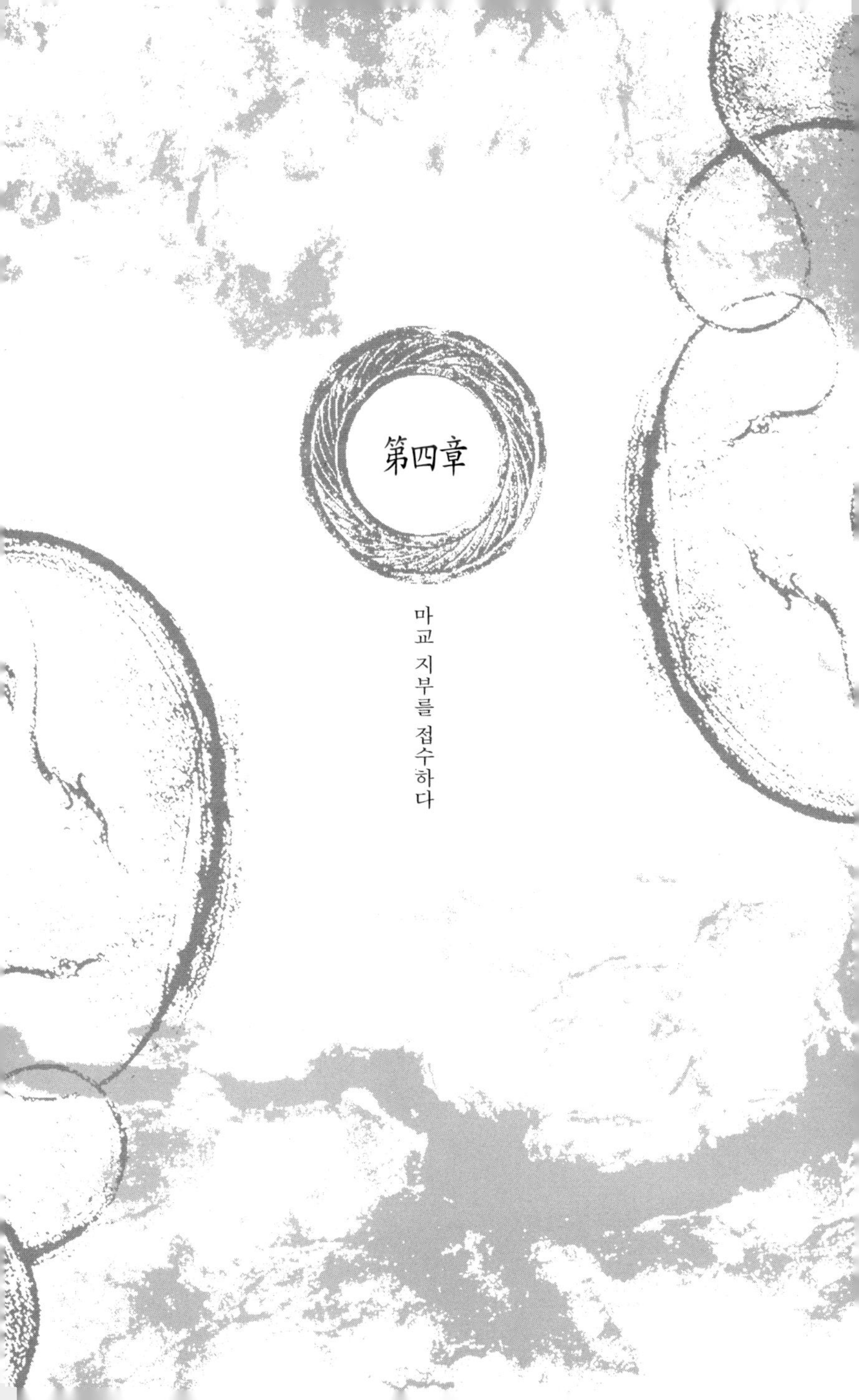

第四章

마교 지부를 접수하다

섬서성 장용.

천추성의 공격에도 꿋꿋하게 버티고 있는 마교의 지부가 있는 곳이다.

"저, 저……."

몸 몇 군데에 색 바랜 천을 입고 있던 위사가 전방을 향해 손짓을 하며 고함을 질렀다.

"적이다! 적의 공격이다!"

옆에서 졸고 있던 고참 위사가 눈을 번쩍 뜨며 전방을 쳐다봤다.

"헉!"

네 사람이 보무도 당당하게 다가오고 있었다.

그의 시선은 유독 누런색 옷을 입은 촌딱에게 시선이 갔다. 바로 꿈에서 깨어나기 전에 봤던 그다.

이틀 전 싸움터를 평정한 자.

"유, 유……."

"예?"

"유령신보다!"

"그, 그럼 저자가 싸움터에 나타나서 한순간에 평정을 했다는 유령신보?"

"조, 종을 울려!"

땅따다다다땅!

쉴 새 없이 울려 퍼지는 종소리가 마교 장용 지부를 뒤흔들었다.

"귀찮게 됐군."

동파가 귀를 파며 짜증을 냈다.

암습으로 지부장만 죽이자는 자신의 의견을 거절한 가교일이 못마땅했기 때문이다.

"저는 뭘 해야 하는지요?"

등천화가 가교일을 돌아보며 물었다.

"우리가 알아서 다 처리할 테니까 나중에 머리가 벗겨지고 눈매가 쫙 찢어져서 한눈에 봐도 알 수 있는 장달이란 자만

잡고 있게.”

“머리가 벗겨지고 눈매가 쫙…….”

등천화는 가교일의 설명을 몇 번이나 되뇌며 잊지 않으려 노력했다.

마교 장용 지부장 도잔 장달.

머리가 벗겨지고 눈매가 쫙 찢어져 툭 튀어나온 배가 오히려 어울리는 중년인이었다.

그는 밖에서 웅성거리는 소리에 갖은 인상을 쓰며 자신의 등 위에 올라와 있는 나체의 미녀들을 향해 눈짓을 했다.

미녀들은 익숙한 눈짓인지 재빨리 옷가지를 챙겨서 한쪽으로 물러났다.

삐걱— 삐걱—

‘제길.’

천으로 가려진 안쪽 침상.

규칙적인 움직임을 알려주는 소리가 아직까지 그치지 않고 있었다.

‘고생했다고 치하하러 왔으면 치하만 하고 갈 일이지, 지 몸뚱이는 왜 치하하고 지랄이야. 신분만 아니었으면 그냥 확!’

장달의 찢어진 눈이 더욱 찢어질 때였다.

삐걱거림이 멈추며 늘씬한 체형의 그림자가 침상에서 빠

져나왔다.

안으로 들여보냈던 미녀들은 함께 나오지 못했다.

"장달, 무슨 일이 있나?"

"아, 아닙니다. 규 순찰께선 전혀 신경 쓰실 일이 아닙니다."

장달은 언제 노려봤냐는 듯이 바닥에 허리를 낮추며 연신 굽실거렸다.

옷을 챙겨 입는 자의 체격은 삼십대 초반으로 보이지만, 나이가 이미 육십이 넘은 노마였다. 신법으로는 마교 내에서도 제법 알아주는 순찰 중 한 명이 바로 노인 잠마산영 규칙이었다.

"클클클, 그래?"

규칙은 아직 미진한 느낌이 들었는지 다시 안쪽 침상으로 향하려 했다.

그때,

"지, 지, 지부장니… 임!"

밖에서 다급한 외침이 터졌다.

"유령신보?"

종명기는 위사가 한 말을 분명히 들었다.

그를 잡아 번쩍 치켜들었다.

쾅!

정문이 동파의 도에 의해 산산조각나는 소리였다.

"천사잠류신도 동파가 마교 장용 지부장의 목을 가지러 왔다고 전해!"

"이봐, 동파. 별호를 함부로 말해도 돼? 네가 사사천림에 속해 있다는 걸 말해도 되느냐고. 천추성이야 그렇다 쳐도, 사사천림의 이름을 사용하긴 좀 그렇지 않나?"

종명기는 동파의 반응을 기다렸다.

동파는 거침없이 내딛던 발걸음을 살짝 빼면서 종명기와 나란히 섰다.

그 모습에 종명기는 웃으며 손에 잡힌 위사에게 물었다.

"아까 누구보고 한 말이야? 유령신보라고 했던가?"

"저, 저……."

위사가 등천화를 가리켰다.

"등 소형제?"

"에?"

등천화는 위사가 자신을 가리키자 황당한 얼굴로 울상을 지었다.

"저를 본 적이 있나요?"

"싸, 싸움터… 펴, 평정… 이미… 유, 유명… 컥!"

위사는 안간힘을 다해 설명하려 애썼다.

종명기는 대충 감을 잡고서 위사를 놓고는 등천화를 돌아봤다.

"자네, 언제 싸움터에 간 적이 있나?"

"아!"

등천화는 탄성을 질렀다.

아마도 눈앞의 위사였던 모양이다, 싸움터에 들어가자마자 첫 번째로 부딪쳤던.

퍽!

"얘, 왜 이래? 야!"

동파는 도면으로 기절한 위사를 한 대 더 후려 팬 후에 다가왔고, 가교일은 흥미로운 표정이 되어 등천화의 대답을 기다렸다.

"저분이 그분이었네요. 산에서 내려와 집으로 가는 길에 싸움터를 지나치게 됐거든요. 사람들이 마구 뒤엉켜서 싸우는데… 가만히 보니까 통과할 수 있겠더라구요. 그래서……."

"그래서?"

세 사람은 이구동성으로 대답을 촉구했다.

"통과했죠."

"……."

"……."

"……."

잠시 침묵이 흘렀다.

"그러니까, 이 녀석이 자네를 봤는데 그게 싸움터였다? 그리고 자네는 그냥 지나쳤는데, 이 녀석은 그걸 평정했다고 말한 것이다? 이거, 뭔가 말이 맞지를 않잖아?”

나름대로 예리한 종명기의 분석이었다.

“그 뒤는 저도 잘… 그냥 숲으로 들어갔거든요.”

등천화는 따지듯이 추궁하는 질문에 순진하게 부끄러운 표정을 지었다. 당시에 부딪쳤던 사람들의 얼굴이 그제야 모두 떠올랐기 때문이다.

“후후후, 그때 명기 자네가 본 모양이군. 대충 짐작이 가는군.”

가교일은 의미심장한 웃음을 지으며 부서진 정문 안으로 들어갔다. 아니, 채 한 걸음도 들여놓기 전에 발길을 제지하는 소리가 먼저였다.

“간도 크군. 언제부터 단 네 명이서 마교의 지부를 넘봤지?”

“……!”

가교일은 들려온 자의 음성이 장달의 목소리가 아님을 알고서 전방을 주시했다.

“왜 그러나, 교일?”

“명기, 오늘 일진은 정말 최악일세.”

가교일은 종명기의 질문에 대한 대답 대신 고개를 저었다.

“왜… 가 아니라… 정말이군. 규칙이란 노마까지 와 있었던 건가? 여기 정말 섬서성 지부가 맞아?”

종명기는 가교일의 말을 인정했다.

잠마산영 규칙.

하도 빨라서 그림자가 실체처럼 느껴진다고 해서 붙여진 별호의 주인공. 규칙 때문에 소리 소문 없이 죽어간 천추성의 식구들이 한둘이 아니었다.

"이보게, 등 소형제."

종명기는 등천화를 부르며 가교일과 나란히 섰다.

"예?"

등천화는 의아해하며 안으로 들어갔다.

"저 사람을 얼마나 잡고 있을 수 있나?"

"머리가 벗겨지고 눈매가 쫙 찢어진… 아! 저 배 나온 사람이요?"

"아니! 척 보면 몰라? 배불뚝이 옆이 더 고수잖아!"

동파가 신경질적으로 화를 버럭 냈다.

등천화는 뚱한 얼굴로 눈을 깜빡거렸다.

"왜 화를 내고……. 그러니까, 저 사람으로 바뀐 건가요? 알겠어요. 얼마나 있으면 될까요?"

등천화의 흥정하는 듯한 대답에 동파는 어이가 없어 코웃음을 쳤다.

"지금 장사하냐? 저 노마가 꽤나 유명한 자인 것 같은데 '얼마나' 라니? 쳇."

가교일은 잠시 규칙의 신분을 말해줘야 하는지 심각하게 고민했으나, 알려주지 않는 편이 훨씬 낫다고 판단을 내렸다.

"맞네. 저 사람일세."

"이보게, 교일!"

종명기가 화급히 말을 끊으려 했다.

그러나 이미 늦은 후였다.

등천화는 자연스럽게 규칙을 향해 움직였다.

그러자 규칙도 뭔가를 느꼈는지 등천화와 평행선을 만들며 막아섰다.

'이놈을 믿고 쳐들어온 모양인데, 도대체 뭘 믿는 거지?

규칙은 자신한테 겁도 없이 다가오는 젊은 거지를 눈여겨봤다. 손가락 하나만 까딱해도 죽을 녀석처럼 보이는데 그 모습이 제법 당당했다.

"큭, 기가 막히는군. 그러니까, 네가 나를 상대하겠다는……."

규칙은 말을 끝까지 하지 못했다.

갑자기 빨라진 등천화의 동작에 덩달아 한쪽으로 몸을 이동시켰기 때문이다.

우뚝.

등천화와 규칙이 중앙에서 옆쪽으로 이동한 후 서로를 마주 보며 섰다.

"지금 엄청난 사실을 듣고서 화가 많이 난 상태입니다. 솔직하게 대답해 주시겠습니까? 정말로 잘 걷지도 못하는 어린

애를 짓밟아 죽인 적이 있습니까?"

등천화는 심각한 표정으로 규칙을 똑바로 쳐다보며 물었다.

그러나 규칙은 등천화의 질문에 대답할 생각이 없었다. 아니, 새파란 애송이가 감히 자신한테 질문을 던졌다는 것 자체가 짜증이었다.

"노부가 그랬든 안 그랬든 그게 무슨 상관이지?"

"저한테는 중요한 문제입니다. 말씀해 주십시오."

'이거 미친놈 아니야?

입으로는 욕이 나오려고 했지만, 규칙은 자신도 모르게 그런 일을 했는지 안 했는지 정말로 떠올리려 노력하고 말았다.

하지만 등천화가 말한 것보다 더 잔인한 일을 한 적이 있었으면 있었지, 그와 같이 단순한 일을 한 적은 없었다.

"당연하지! 어제도, 그제도, 그전에도… 매일 그렇게 하지 않으면 잠이 안 오거든? 크크크, 대답이 됐느냐?"

마교인으로서 잔인한 짓을 했느냐는 질문에 안 했다고 대답할 바보가 어디 있을까. 규칙은 과장을 섞어 자신의 잔인함을 알리려 했다.

"정말… 잔인한 노인이군요."

등천화는 마치 자신이 당한 일처럼 분개했다.

"크크크, 착한 녀석 흉내를 내려고? 너 같은 녀석은 항상 있지. 하나 매번 제일 먼저 죽어. 저들이 꼬시든? 이곳에 노마가 있으니 막아달라고? 정의감에 흔쾌히 허락했겠지. 신법을 좀 배웠더냐? 자랑하고 싶겠지? 봐주고 싶지만 어쩌냐, 너 같은 햇병아리를 짓밟고 사는 것이 내 낙인걸. 크핫!"

규칙의 번들거리는 눈이 곧이라도 등천화를 덮칠 것처럼 이글거렸다.

"그런 짓을 낙으로 삼으면 안 됩니다. 나이도 있으신 분이 왜 그렇게 사세요? 세상은 모두 각자의 흐름이 있습니다."

등천화의 눈빛에 강렬한 투지가 서려 있었다.

"정말 다행이다! 난 너 같은 놈이 정말 좋아! 잔인! 계집! 살인! 내가 좋아하는… 아! 걷지도 못하는 놈 괴롭히는 것까지 말이야! 크하하하하!"

착하게만 보이는 등천화의 태도가 우스웠는지 규칙은 파안대소를 터뜨리며 흐드러지게 웃어젖혔다.

한참을 웃다가 옆쪽에서 싸움이 시작된 듯하자, 규칙의 관심은 그쪽으로 쏠렸다.

"네 일행은 제법 기본이 되어 있는데? 어디……."

규칙은 동파를 보며 눈빛을 번뜩였다.

뭔가 다른 사람들이 보지 못한 것을 발견한 듯한 표정이었다.

슷—

"엇!"

잔영을 남기던 규칙이 기겁을 하고는 원래의 자리로 돌아 갔다. 어느새 등천화가 그의 진로 앞에 서 있었기 때문이다.

"못 가요."

"언제……?"

규칙은 자신이 가려고 마음먹었던 방향을 방해받자 갑자기 의문이 들었다. 그가 움직일 때만 해도 등천화는 멀쩡히 서 있었기 때문이다.

"지금 펼친 신법이 뭐지?"

고개를 갸웃거리며 등천화에게 물었다.

"신법? 난 그런 거 모릅니다."

"그럼 조금 전에 어떻게 내 앞에 나타났지?"

"보법을 말하는 건가요?"

"보법? 겨우 보법 따위로 그런 동작을? 가만, 네가 혹시 유령신보냐?"

"내가 누군지는 중요하지 않습니다. 노인께선 다시는 그런 짓을 해선 안 됩니다."

"크크크, 정말 웃기는 녀석이지 않은가."

"내가 웃깁니까? 그러는 노인이 더 웃깁니다."

"큭, 좋다. 유령이든 귀신이든 한번 재롱이나 피워봐라."

두 사람이 민감한 대화를 나누고 있는 동안 이미 장용 지부는 살벌해져 있었다.

쿠캉! 채챙!

규칙은 이 근처로 장주극이 나와 있다는 정보를 듣고 그의 눈에 들려고 온 것뿐이었다. 장달이 죽거나 치료 중인 두타가 죽거나 그와는 상관없었다.

그러나 눈앞의 먹이를 최대한 가지고 놀다가 죽이고 한꺼번에 처리를 해주면 알아서 자신에 대한 칭송을 늘어놓으리라.

"머……."

규칙은 먼저 움직이라고 말하려 했으나, 이미 등천화의 신형은 담장 위로 올라가 있었다.

역시 빠른 동작이었다.

"크크크, 눈을 피하는 재주 정도는 익힌 것 같군."

"움직일 때 보고 말하세요. 보지도 못해놓고 계속 두리번거리는 사람에게 평가받을 정도의 보법이 아니니까요."

등천화는 규칙과 같은 사람에게 보법을 평가받았다는 것이 무척이나 기분 나빴다.

"놈! 감히!"

규칙의 신형이 무서운 속도로 담장을 향해 날아왔다.

"정말 제법이라니까."

동파는 유유히 사라지는 등천화를 보며 따라가고 싶었다. 도움을 준다는 생각보다는 그 이상한 보법을 보고 싶은 것이었다.

그러나 일단은 눈앞의 배불뚝이부터 처리하는 것이 순서
였다. 더구나 이 장달이란 작자는 동파에겐 관심이 없는지 자
꾸만 뒤쪽을 쳐다보는 것이었다.

신경질 난다.

동파는 순간적으로 쌍심지를 켰다.

뒤에 있는 종명기와 가교일을 자신보다 더 조심하고 있다
는 말도 안 되는 생각을 하고 있었기 때문이다.

"이런 개 호랑말코보다 덜떨어진 놈이 감히 이 동파 어르
신을 대놓고 무시해! 뒈져!"

쿠왕!

거대한 그의 도가 한 바퀴 돌면서 그대로 장달의 몸을 반으
로 쪼개갔다.

그걸 시작으로 장용 지부의 마교 무사들은 일제히 종명기
와 가교일의 주먹과 검에 날아갔고, 장달은 제대로 된 지시도
내리지 못하고 연거푸 밀려야 했다.

동파의 실력도 실력이지만, 기회를 놓치지 않고 달려드는
모습이 물 만난 물고기처럼 잽쌌다.

일방적으로 밀려나던 그에게 지원군이 되어준 사람은 다
친 몸으로 누워 있던 오마령 중 한 명인 두타였다.

"내가 왔소, 장 지부장!"

콰쾅!

동파와 두타의 철추가 부딪치며 굉음이 터졌다.

“이건 또 뭐야?!”

동파는 끝낼 수 있는 상황에 끼어든 두타를 보며 욕을 해대기 시작했다.

“거머리 꼽추에 민대머리 배불뚝이! 너희들, 각오해!”

두 사람은 자신들의 별명을 불러대며 호통까지 치는 어린 애를 향해 살기를 마구 뿜어냈다.

“호호호, 조금 전에는 네가 이런 실력을 지녔는지 몰랐으나 이젠 어림도 없다. 두 마령, 잠시 쉬시구려. 내, 금방 끝내 겠소.”

규칙은 장용 지부를 벗어나 일 다경이 지나도록 등천화의 뒷모습만 봐야 했다. 도대체가 신법으로도 따라잡을 수 없는 보법이라니!

그의 잠마산영은 마교 내에서도 알아주는 신법이었다. 그런 신법이 왜 등천화를 따라잡을 수 없는지 이해할 수가 없었다.

‘저놈은 지금 전력을 다해서 보법을 펼치고 있는 중일 것이다. 조금 속도를 올려서 따라잡자.’

쉬악—

바람을 끌어당기며 쏜살같이 앞으로 쏘아져 나갔다.

당연히 손만 뻗으면 잡힐 거리로 좁혀 있으리라.

“……!”

규칙은 갑자기 허탈해지며 머릿속이 백지라도 된 것처럼 명한 상태로 변했다.

여전히 두 사람의 거리는 좁혀지지 않았다.

다시 내공을 끌어 모아 용천혈로 집중시켰다.

쾌에엑—

이젠 됐겠지.

잠마산영 같은 신법을 가지고 보법을 못 이기는 법이 세상에 어디 있냐고!

문제는 여전히 거리가 좁혀지지 않는다는 것이었다.

규칙은 심장이 덜컥 내려앉는 걸 느꼈다.

'저놈… 지금 나를 시험하고 있다. 지치지도 않은 것 같은데 제대로 하려고 마음이라도 먹으면… 헉! 이러다 쫓아가지도 못하는 거 아니야?'

그 다음은 생각도 하기 싫었다.

일단 등천화를 세우는 것이 순서였다.

"이놈! 머, 멈춰라!"

등천화가 슬쩍 뒤를 돌아보자 규칙이 지친 표정으로 말을 더듬으며 소리치는 모습을 볼 수 있었다.

"왜, 왜… 아니, 어떻게 그럴 수가 있지? 뻔히 내 눈앞에서 움직이는데 왜 안 잡히는 거냐?!"

우뚝.

등천화는 거짓말처럼 멈춰 섰다.

“노인장이 봤다고요?”

규칙의 말도 안 되는 소리에 멈춰 선 것이다.

규칙은 옳다구나 싶었으나 내색하지 않고 말을 이어갔다.

“당연하지. 너의 동작 전부를 빼놓지 않고 다 봤다.”

“엄… 이상하네? 난 보여준 게 없는데?”

“지금 노부와 장난치자는 거냐? 그럼 지금까지 네가 움직인 것은 뭔데?”

“얘기하자면 길지만… 땅이 나를 밀었다고 해야 하려나? 아무튼 그런 게 있어요.”

자보로 허공을 유영했다면, 발이 땅에 닿을 때는 음보로 전환했다. 아직은 땅을 들어 올릴 수 있는 단계에 도달하진 못했지만 땅의 힘을 빌려 몸을 밀어내는 것 정도는 가능했다.

등천화는 자신의 성취를 말로 표현한 것이 신기한 듯 웃었다. 보법을 제대로 펼쳤다는 자부심이 새삼스럽게 들었다.

그러나 규칙은 전혀 그렇지가 못했다.

보법에 대해 얘기하는데 땅이 밀어냈다는 황당한 소리나 하다니!

놀리고 있는 것이다.

감히 자신을 놀리고 있는 것이다.

규칙이 보기엔 전혀 친절하지 않았으나 친절한 등천화는 분노하는 규칙을 위해 배려를 해주었다.

“이쯤 시간을 끌었으면 된 것 같으니 그만 돌아가세요. 저도 이제 가봐야겠어요."

"뭐?"

"당신이 한 짓을 생각하면 응징을 하고 싶지만, 그러기엔 너무 불쌍해서 안 되겠어요. 세상에는 당신보다 더 잘 걷는 사람도 있다는 걸 알았으니 돌아가면 걷지도 못하는 애들을 죽이지 마세요."

"하! 큭큭큭."

규칙은 등천화의 훈계에 기가 막혔다.

응징하려 했지만 불쌍해서 놔준다니? 정말 사람 속을 긁는 데는 타고난 녀석이다.

신법의 고수인 자신보고 더 잘 걷는 사람도 있으니 입 다물고 조용히 살라는 말인 것이다.

"너 같은 애송이를 상대로 이 수법을 사용하게 될 줄은 몰랐구나. 이왕 멈춰 선 김에 다른 재주도 좀 볼까?"

그가 꺼낸 무기는 암기였다.

열 손가락에 맞춰서 제작된 암표.

동전만 한 크기의 동그란 쇠였지만, 테두리에는 톱니가 박혀 있어 웬만한 내공으로는 함부로 부딪칠 엄두도 내지 못하게 하는 암기였다.

그의 어깨가 살짝 움직였다.

핑―

'저 동전 같은 걸로 얼마나 많은 아이들을 죽였을까?'

이미 규칙의 신법은 등천화의 머릿속에 입체적으로 그려져 있었다.

신법을 주로 사용하는 자답게 허공에 머무는 시간이 많았지만 허공을 봐서는 소용없었다.

유일하게 멈춰 있는 시간인, 그의 발이 땅에 닿을 때를 기다렸다.

‘……?’

규칙은 등천화가 암표를 피한 상태로 가만히 서 있자, 훌쩍 허공으로 솟구치며 연속으로 나머지 암표를 날렸다.

쉬리리릭—

등천화는 날아오는 암표들을 가만히 바라보고 있었다. 어떠한 경로를 그리든 암기는 암기일 뿐이다, 정해진 목표가 사라지면 소용없는.

규칙은 착지 지점을 등천화와 멀리 떨어진 곳으로 정한 모양이다. 등천화는 지금까지의 규칙의 도약 거리를 떠올리곤 가볍게 움직였다.

여전히 상체가 먼저 움직이고 하체가 뒤를 따라왔다.

느려 보이는 상체지만 하체보다 빠른 중심 이동을 하고 있다는 반증이기도 했다.

뒤쪽으로 암표들이 땅속에 박혀드는 소리가 들렸다.

막 도약을 마치고 땅으로 내려서는 규칙.

그는 등천화가 서 있던 자리를 돌아보려 했다.

"헉!"
"늦어서 안 되겠어요."
퍽!
뒤쪽에는 길이 끊겨 있었다.

낯선 바람이 불었다.
스스슷—
마교 장용 지부 탄생 이래 이렇게 휑한 바람은 없었으리라.
모두 비었다.
지부장도, 도와주러 온 두타도, 하급 무사들까지도 모두 장원을 비웠다. 그들의 육신만 남겨놓고 혼이 모두 이승을 떠난 것이다.
"휴, 이제 끝났네."
동파는 도를 잡고서 한숨을 내쉬었다.
엄살이었다.
종명기나 가교일보다 훨씬 많은 수의 사람을 거침없이 벤 사람이 동파였다.
'잔인함을 타고났어. 저 녀석이 천사잠류신도를 대성하면 앞으로 더욱 잔인해지겠지? 지금이 적기가 아닐까?'
지금까지 천사잠류신도를 사사천림에서 사용한다고만 전해졌지 그 위력이 공개된 적은 없었다.
동파가 장달에 이어 두타까지 일도에 베어버리는 모습은

가히 신기에 가까웠다. 물론 종명기나 가교일도 두 사람을 상
대할 수는 있었다. 동파처럼 쉽게 이긴다고는 장담할 수 없지
만.

그러고 보면 사사천림이란 곳의 존재에 대해서도 알려진
정보는 거의 없었다.

"자네, 정말 대단하군. 장달과 두타를 죽였어."

"쳇, 중간에 끼어들지 않았으면 정말로 그렇게 됐을 거라
구요. 누가 도와달라고 했나?"

"난 도와준 일 없네."

종명기를 모른 척 고개를 돌렸다.

"도와주지 않았는데 저 장달이란 민대머리가 혼자서 허리
를 뒤틀어요?!"

그래도 고맙기는 했던 모양이다, 존댓말을 섞어서 사용하
는 것을 보니.

종명기와 가교일은 동파의 방방 뜨는 모습을 보며 즐겁게
웃었다.

그때,

"이런……."

시체 가득한 장원으로 들어서던 등천화가 놀란 목소리로
인기척을 대신했다.

"이제 왔네. 여긴 다 해결됐으니까 맡겨두라고. 일부러 힘
조절을 해뒀으니 그자는 내 몫이야. 우헤헤."

동파가 언제 지쳤냐는 듯이 벌떡 일어서며 거대한 도를 어깨에 짊어졌다.

"전부 죽은 건가요?"

등천화는 의아하다는 듯이 종명기와 가교일을 보며 물었다.

"보다시피 이렇게 됐네."

"안됐네요. 이 사람들도 모두 잘 걷지 못하는 아이들을 죽인 사람들인가요?"

"당연하지. 상습적으로 그 짓을 했던 놈들도 많아."

"하아… 왜 그렇게 살죠? 다시는 그런 짓을 안 하길 바라고 싶네요. 자, 그럼 저는 이만 가겠습니다."

등천화는 자신과 전혀 상관없다는 듯이 돌아서려 했다. 종명기는 그 때문에 머쓱해지고 말았다. 일부러 데려와서 이용만 했다고 화를 내도 사과할 생각이었기 때문이다.

"이, 이보게, 그냥 가나?"

"또 뭘 해야 하나요?"

"아, 아니, 그게 아니라……."

"그럼 가보겠습니다."

등천화는 다시 돌아섰다.

그때, 가교일이 한마디 건넸다.

"자넨 돌아가는 길을 모르잖는가? 긴히 할 말도 있으니 같이 가세."

가교일이 붙잡는 바람에 등천화는 결정을 내리지 못하고 가만히 서 있었다.

"이봐, 그자는 어디 있어?"

동파가 정문 밖까지 나갔다 돌아오며 물었다.

종명기와 가교일도 궁금했던지 역시나 돌아봤다.

"같이 안 왔는데요?"

"아니, 그 말이 아니잖아! 혹시 따돌린 거야? 내가 좀 더 기다려야 하는 거야? 그런 거야?"

"글쎄요. 이곳으로 올지는 나도 잘 모르겠네요."

등천화는 있는 그대로 대답하고는 몸을 돌려 밖으로 나갔다.

"어이, 이봐! 야, 족제비!"

동파가 급히 따라갔고, 그 뒤를 종명기와 가교일이 쫓아갔다.

*　　　*　　　*

장용 내에 위치한 주루 안.

자리에 앉은 사람은 등천화를 제외한 셋뿐이었다.

등천화를 잡으러 갔던 세 사람은 황당하게도 놓치고 말았다.

"쳇, 난 이래서 샌님 같은 놈들이 싫어. 이건 일 보고 뒤를 닦지 못한 것 같잖아!"

동파는 계속 투덜거렸다.

"그렇게 억울하면 쫓아가지 그래?"

종명기가 놀리듯이 말했다.

"엑! 그 이상한 족제비를 어떻게 쫓아가요?"

"그럼 억울해하지 말고 그만 돌아가."

"내가 말을 말아야지. 하여간 다음에 족제비를 보면 가만 놔두지 않을 거야."

동파가 이렇게까지 화가 나는 데에는 이유가 있었다.

등천화에게 밀린 것 같은 느낌.

규칙을 처리하지 못한 것이 영 마음에 걸린 탓이다.

가교일 역시 입맛이 썩 좋지는 않았다.

신법을 최대로 펼쳐 쫓아가다 등천화의 모습을 발견하고 불렀으나, 등천화는 인사만 할 뿐 애기는 건네지 않았다.

언제고 천추성에 오면 들르라고, 종명기와 함께 기다리겠노라는 말만 전하고 헤어져야 했다.

세 사람이 대화를 그치고 식사에 열중할 때였다.

한눈에 봐도 고수란 것을 알 수 있는 청년이 주루로 들어왔다. 시원스레 솟은 콧날과 똑바른 자세가 보기 좋았다.

"어섭서!"

점소이는 반갑게 청년을 맞이했다.

"향채와 만두 한 접시."

“예! 여기 향채와 만두 한 접시!”

주방을 향해 주문을 건넨 점소이는 주저없이 돌아섰다. 아마도 좀 비싼 것을 시킬 줄 알았던 모양이다.

청년은 천천히 식당 안을 둘러보다가 생뚱맞게 바라보는 동파와 시선이 부딪쳤다.

거대한 도, 양옆에 앉아 있는 사람들의 생김새.

“……!”

그는 깜짝 놀라 자리에서 벌떡 일어섰다.

천추성에서 나온 사람이 마교의 장용 지부를 쑥대밭으로 만들었다는 소문은 이미 인근에 퍼진 지 오래였다.

정도를 걷는 무인으로서 종명기와 가교일을 그냥 지나칠 수는 없었다. 당장 달려가 이름을 밝혔다.

“청수문의 겸중입니다. 두 분께선 종 대협과 가 대협이시죠? 평소 흠모하고 있었습니다. 영웅을 직접 뵙게 되어 영광입니다.”

종명기는 갑자기 무슨 일인지 몰라 어리둥절한 표정을 지었다.

“어찌 우리를 아는가?”

“마교 지부를 쑥대밭으로 만드신 분들을 왜 모르겠습니까?”

“정말 소문 한번 빠르군.”

“한데 규칙이란 자를 처치하신 분은 누구십니까?”

"규칙?"

동파는 식사를 하다 말고 삐딱하게 겸중을 쳐다봤다.

"지금 뭐라고 했지? 규칙? 수염 세 가닥 달린 규칙?"

"마, 맞습니다."

"그자가 어떻게 됐다고?"

"죽… 이셨잖습니까?"

"……!"

딸그랑.

동파는 손에 들고 있던 젓가락을 떨어뜨렸다.

놀라기는 종명기와 가교일 역시 마찬가지였다.

겸중의 말이 사실이라면 등천화가 규칙을 죽였다는 뜻이 되기 때문이다.

'가만, 그곳에는 규칙이 없었잖아?'

생각은 동파만 하는 것이 아니었다.

가교일이 갑자기 겸중의 목에 검을 들이댔다.

"자네는 지금 거짓말을 하고 있네."

"예?"

겸중은 깜짝 놀라 눈을 크게 치떴다.

"그곳에 규칙의 시체 따위는 없었어!"

동파가 자신있게 소리쳤다.

"그, 그곳이라니요?"

"네가 말하는 곳은 마교 장용 지부가 아니냐?"

"아, 아닙니다. 저는……."

겸중은 급하게 자신이 근처 대궁산에서 내려오며 겪었던 일을 늘어놓았다.

술과 건량이 떨어져서 요깃거리를 찾아 헤맸는데 자세히 보지 않으면 알 수 없는 동굴을 발견하게 됐고, 그곳에서 한 노인을 만났다고 했다.

"노인?"

종명기는 무슨 소리냐는 듯이 겸중을 쳐다봤다.

"노인의 곁에는 폐가 함몰된 시체가 한 구 있었습니다. 그가 누구냐고 묻자, 노인은 '규칙이란 자일세' 라고 했습니다. 산을 내려오면서 마교 장용 지부의 괴멸 소식을 들은 후라 깜짝 놀랐습니다."

"그 노인은? 노인의 신분은 뭐지?"

"그런 건 모릅니다. 하지만 시체를 묻어주지 않은 걸로 봐서는 친한 사이 같진 않았습니다."

"어떻게 생긴 노인이지?"

동파가 약간 누그러진 목소리로 물었다.

"전신에 털이 많았습니다. 노인답지 않게 건장한 체격에 목에 철적(鐵笛:철로 만든 피리)을 걸고 있었습니다."

"철적?"

동파는 종명기와 가교일을 돌아봤다.

누군지 말해달라는 눈빛이었다.

“수염이 덥수룩하고 철적을 지닌 노인이라면 한 명밖에 없지. 살음 자단!”

“살음 자단!”

종명기와 가교일이 동시에 외쳤다.

“그럼 족제비가 규칙을 죽였다는 말인가요?”

동파는 말도 안 된다는 표정을 말했다.

질문이 아니라 동조를 구하는 표정이었다.

“아마도 등 소형제가 처리한 모양이네.”

“제길! 그럼 우리를 감쪽같이 속인 거예요? 이런 빌어먹을 자식을 봤나!”

“속인 건 없지. 말을 하지 않았을 뿐이니까.”

가교일이 고개를 저었다.

바로 조금 전까지 순진하게 웃으며 집으로 향하는 등천화와는 어울리지 않는 생각이었다.

“그나저나 대단한 친구군, 규칙의 가슴을 함몰시켰다니. 나도 그런 건 자신없는데 말이야. 후후후.”

가교일은 맥 빠진 웃음을 터뜨렸다.

떠나기 전에 빠른 시일 내에 천추성을 방문하겠다는 말은 진실이었을까?

일단은 규칙의 죽음과 살음 자단이 나타난 것에 대해서는 보고를 해야 할 것 같았다.

그때,

탁.

"일어납시다."

동파가 갑자기 자리에서 일어났다.

"왜 그러나?"

종명기가 물었다.

"내 눈으로 확인해 봐야겠어요. 이봐, 시체를 본 곳으로 안내해."

"예?"

겸중은 동파의 한마디에 바짝 얼었다.

종명기와 가교일한테 함부로 대하는 것만 봐도 대단한 고수임이 분명했다.

'감히 순진한 척을 해? 순 엉터리잖아! 그럼 뭐야? 일부러 봐줬다는 거 아냐? 아, 정말 짜증나네!'

동파는 고약한 표정을 짓고는 겸중을 앞장 세웠다.

종명기와 가교일도 어쩔 수 없이 뒤따라야 했다.

두 사람의 궁금증은 하나였다.

만약이라도 등천화가 규칙을 정말로 죽였다면 이는 강호에 새로운 신성의 등장을 예고하는 것이 된다. 규칙을 상대할 고수는 많지만 등천화의 나이로 상대할 고수는 거의 없기 때문이다.

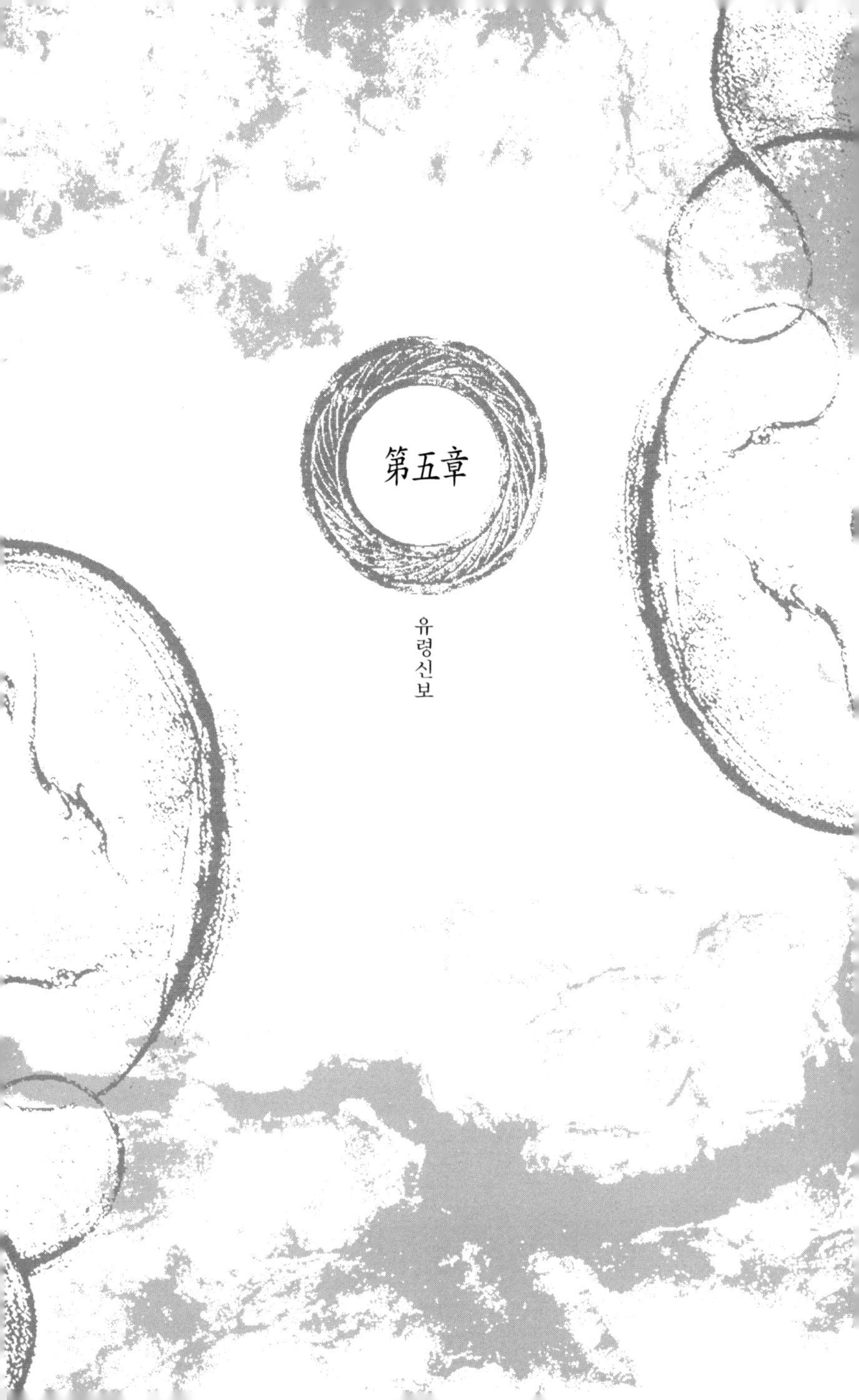

第五章

유령신보

步法
無敵

푸릅.

풀을 뜯던 토끼가 귀를 쫑긋 세우고 나뭇잎 사이로 얼굴을 들이밀었다가 엄청난 속도로 몸을 뒤틀더니 그대로 후닥닥 달아나 버렸다.

등천화는 귀여운 토끼가 달아나는 모습을 보다가 한가로이 흐르는 강을 바라봤다.

강을 건너기 위해 배를 탔다.

그전까지 이틀 내내 십보를 펼쳐서 몸은 무척이나 가뿐해진 상태였다. 펼치면 펼칠수록 오히려 힘이 나게 해주는 것이 십보의 효능이다.

동파 등과 헤어진 뒤로 무조건 앞으로만 달렸다. 산을 건넜고, 강을 건너서 이곳까지 다다르게 됐다.

강을 건너며 멀리 바라다 보이는 풍경 덕분에 어렴풋하던 고향의 길이 떠올랐다. 앞으로 산 몇 개만 넘으면 율촌이 나오리라.

철썩! 철썩!

노를 젓는 사공의 긴 막대 짓이 듣기 좋았다.

'표익수는 지금 뭘 하고 있을까? 아직도 아이들을 괴롭히고 있을까?'

당시에는 정말로 표익수의 행동이 괴롭힌다고는 생각하지 않았다. 엉뚱하게도 놀자는 식의 다른 표현인 줄 알았다고나 할까?

지금 생각하면 참 못난이였던 것이다.

"후후후."

"손님, 젊은 사람이 왜 그렇게 실없이 웃으쇼?"

"옛날 생각이 나서요."

"예끼, 여보쇼. 나이도 어린 사람이. 참, 다들 출세하러 밖으로 나가는데 이런 촌구석에는 뭐 하러 들어가쇼?"

"십 년 만에 집으로 가는 길이에요."

"십 년? 허! 젊은 사람이 꽤나 객지 생활을 오래했네그려."

"……."

다들 보고 싶었다.

얼마 지나지 않아 배는 나루터에 도착했다.

언덕을 넘으며 주위 경관을 감상하며 걸었다.

아직도 가끔씩 딴 곳에 정신을 팔면 비틀거리는 건 고쳐지지 않았다.

"다시 달려볼까?"

너무 맑은 날이라 괜히 마음이 동했다.

그때,

어디선가 말발굽 소리가 들려왔다.

두두두두―

"어?"

등천화는 눈을 빛내며 마차 행렬을 쳐다봤다.

"마차다! 우와! 우와아!"

마차를 자세히 보기 위해 재빨리 벼랑 쪽으로 갔다.

아래쪽을 내려다보자 화려한 백색 마차 한 대가 짐을 실은 마차들의 호위를 받으며 달리고 있었다.

"멋지다!"

등천화의 얼굴을 가리고 있던 긴 머리칼이 바람에 의해 한쪽으로 일제히 움직였다.

머리카락이 뒤로 젖혀지며 착해 보이는 눈과 갸름한 얼굴 윤곽이 드러나자 잘생긴 이마며 곧게 내려 뻗은 콧날 등이 빛을 발했다.

등천화는 위쪽에서 잘 보이지 않는 구석진 곳에 마차 행렬이 멈출 때까지 눈을 떼지 않았다.

당연히 아래쪽으로 이동했다.

마차 행렬에 거의 다가갔을 때, 놀라운 광경이 등천화를 멈춰 서게 만들었다.

백색 마차의 문이 열리며 한 여인이 걸어나왔다.

멍—

등천화는 얼빠진 얼굴이 됐다.

면사를 쓴 여인이 움직일 때마다 주위가 출렁이는 것 같았기 때문이다.

굉장한 미인이었다.

"아, 또 구겨졌네."

여인이 내린 마차에서 한 명이 더 나왔다.

잘생긴 청년으로, 가슴에 '종리' 라는 글자를 새긴 옷을 입고 있었다. 종리세가의 식솔만이 입을 수 있는 옷이었다.

무척이나 깔끔한 성격인지 옷에 잡힌 주름을 못마땅해하며 툴툴거렸다.

두 사람이 모두 내리자 수염이 덥수룩한 중년인이 다가갔다.

"피곤하진 않으십니까, 아가씨?"

묵직한 목소리였다.

청년은 그를 보며 갑자기 반색을 했다.

"노 단주님, 마침 잘 오셨습니다. 정말 쉴 틈도 없이 몰아

붙이네요. 아가씨께서 목이 무척 마르실 것 같습니다. 물 좀 가져다주시겠습니까?"

"자네가 목이 마른 게 아니고?"

"제 몫도 있나요?"

중년인은 태연하게 되묻는 청년을 무표정하게 쳐다봤다. 하지만 청년은 전혀 수그러들지 않고 마주 봤다.

이 모습을 강호인 중 한 사람이 봤다면 까무러칠 일이 아닐 수 없었다.

중년인이 바로 냉면무정 노중일이었기 때문이다.

마교와 관련된 일에는 어김없이 나타나는 천추성의 네 개 단 중 비호단의 단주를 맡고 있는 사람이 그였다.

그러나 청년 역시 녹록한 신분은 아니었다.

궁, 창, 암기.

이 세 가지에 독보적인 경지에 이른 셋을 가리켜 사람들은 삼왕이라 불렀다. 그중 궁왕 종리강의 아들이 바로 청년이었 기 때문이다.

종리강한테는 두 명의 아들이 있었다.

종리추와 종리제청.

장남인 종리추는 후계자 수업을 받아야 하기에 세가에 있 는 시간이 많은 반면, 차남인 종리제청은 지금처럼 외부에서 보내는 시간이 많았다.

아무리 노중일이라도 종리세가의 차남을 무시할 수는 없

는 것이다.

"아가씨, 목이 마르십니까?"

노중일의 눈에는 아무런 감정이 없었다. 하지만 여인은 알고 있었다, 자신의 대답 여하에 따라 노중일의 도가 움직인다는 것을.

"예."

"알겠습니다."

여인의 대답에 노중일은 이렇다 할 대꾸 없이 곧바로 신형을 돌렸다.

종리제청은 피식 웃었다.

"뭐가 우습죠?"

여인이 물었다.

"창 소저도 생각해 보세요, 우습지 않나. 주루에서 맛있게 식사 잘하고 있다가 갑자기 마교에 쫓기는 신세라니. 어이가 없어서 그렇습니다."

신세 한탄이라고 하기엔 너무나 담담했다.

"저도 그 점은 이상해요. 도대체 왜 마교에서 종리 공자님을 공격했을까요? 저는 덕분에 무사히 그 자리를 빠져나올 수 있었지만요. 그곳에 안 계셨으면 많이 힘들었을 겁니다. 고마워요, 종리 공자님."

"하하하! 안 그러서도 됩니다. 덕분에 창 소저와 함께 마차를 타게 됐잖습니까?"

진심을 담은 말이었으나 창희소는 정색했다.

"종리 공자님, 또……. 어제부터 말씀드렸지만 지금이라도……."

"자리를 피하라고요? 하하하! 이미 마교에 수배령이 내려졌을 텐데 혼자 움직이다 어떻게 되라고요? 차라리 자살을 하라고 하십쇼."

"그러길래……."

창희소가 다시 말을 꺼내려 하자 종리제청은 양손으로 귀를 막으며 듣지 않겠다는 표현을 했다.

"참, 창 소저, 어제부터 계속 궁금한 것이 있는데 말해주시겠소?"

"뭐지요?"

"내가 왜 그 주루에 갔었던 거죠?"

"예? 그걸 왜 제게……."

"창가에 앉아 나를 유심히 지켜보는 눈을 봤죠. 음식을 시키는 동안만 해도 세 번이나 눈이 마주쳤고, 술을 한잔 들이켤 때마다 나를 지켜보더군요."

"……!"

창희소는 이마에 살짝 주름을 만들었다.

종리제청이 말하는 여인이 바로 그녀였기 때문이다.

"그건……."

"나중에 알았습니다, 마교의 고수가 제 뒤를 본의 아니게 따르고 있었다는 것을. 밖에서도, 주루 안에서도 제 뒤에 있었죠. 그것도 모르고 착각을 했지 뭡니까. 당연히 싸움이 일어났을 때 나설 수밖에 없었죠. 에구, 덕분에 몸이 성한 곳이 한 곳도 없네요."

"…죄송해요."

"그게 어떻게 창 소저의 잘못입니까."

종리제청은 창희소에게 죄송하다는 말을 듣기 위해 꺼낸 말이 아니었다. 그것보다는 하루 동안의 일이었으나 자신과 함께 있어서 좋았다는 말을 듣고 싶었던 것이다.

그러나 창희소는 끝내 그 말을 하지 않았다.

'하남성이라……. 거기까지 가면 내 마음도 그만큼 가까워지려나? 여자들이 하도 덤벼서 도망치던 내게 이 무슨 말도 안 되는 일인지…….'

종리제청의 잘생긴 외모와 언변은 꽤나 많은 여인들에게 인기가 있었다. 때로는 정도가 지나쳐서 혼담을 주선하겠다는 사람도 한둘이 아니었다.

차남이기에 이리저리 핑계를 대며 빠져나갔지만, 지금도 종리세가에 있었으면 혼담 때문에 무공도 익히지 못하고 있으리라.

몇 년 내 처음으로 종리제청의 마음에 든 사람이 눈앞의 창희소였다. 마교의 고수들을 상대로 차분하게 대응하는 모습은 가히 반하지 않고는 못 배기게 만들었다.

잠시 침묵이 흐를 때, 두 사람의 귀에 굵직한 목소리가 들렸다.

"아가씨, 드시지요."

"아, 고마워요."

창희소는 살짝 면사를 들추며 찻잔에 입을 적셨다.

그 모습을 종리제청은 정신이 나간 사람처럼 멍하니 지켜봤다.

"자네도 들게."

노중일이 잔을 건네며 종리제청의 시선을 막았다.

종리제청은 웃으며 잔을 받아 들다가 툭 한마디를 건넸다.

"노 단주님, 이 인원으로 하남성까지 갈 수 있다고 생각하는 건 아니겠죠? 비책이 따로 있으면 같이 좀 압시다."

"……."

"섬서에만 마교의 지부가 다섯 군데예요. 오마령을 모르시진 않을 테고, 대책이 있으니까 기어코 이곳으로 온 것 아니에요? 어차피 끼어들었으니 같은 식구잖아요. 말씀 좀 해주십시오."

종리제청의 눈빛은 진지했으나 노중일은 아무런 반응을 보이지 않았다.

"화산파예요."

창희소가 대신 말을 해주었다.

"화산파요?"

"마교가 이렇게까지 질기게 공격할 줄은 몰랐어요. 원래는 화산파의 호위를 받기로 되어 있었거든요."

"……."

종리제청은 순간적으로 이상한 생각이 들었다.

창희소가 '천추성의 어느 곳'이란 표현이 아니라, '화산파'란 표현을 사용했기 때문이다. 그렇다는 얘기는 창희소가 천추성의 인물이 아닐 수도 있다는 뜻이기도 했다.

"그분들과 만나기로 한 장소가 이 길 끝에 있는 황벽이에요."

"그분들?"

"화산오검이란 분이 나온다고 하더군요."

"화산오검!"

종리제청은 깜짝 놀라 하마터면 들고 있던 그릇을 떨어뜨릴 뻔했다.

세인들이 알고 있기로는 구대문파가 천추성에 속한 곳이라 알려져 있지만 그건 모르는 소리였다. 구대문파의 실질적인 정예는 모두 각 문파에 남아 있었다.

마교가 언제인가 각개격파로 구대문파를 깨려 하면서 크게 곤욕을 치른 적이 있었는데 그때부터 천추성의 지원이 없이도 막을 수 있는 인원을 배치해 두었다.

그중 대표적인 인물이 소림사의 소림삼신승, 무당파의 무당칠자, 화산파의 화산오검이었다. 나머지 여섯 문파 역시 이들보다는 못해도 고수를 밖으로 내보내진 않았다.

그런 고수가 마중을 나온다고 하는데 놀라지 않는 것이 이상한 것이다.

'도대체 창 소저의 정체가 뭐기에……'

창희소가 종리제청의 눈빛을 읽고서 뭐라고 말을 하려는 순간, 노중일의 눈빛에 변화가 일어났다.

"모두 아가씨를 보호해라!"

노중일의 외침에 쉬고 있던 무사들이 엄청난 속도로 마차를 에워싸며 방어진을 펼쳤다.

"적?"

종리제청은 자리에서 일어나 주위를 돌아봤다.

호위무사들은 마차에 기대어 산 위쪽을 쳐다봤고, 그중 몇 명은 창희소를 감쌌다.

"흐흐흐! 누가 창희소란 계집이냐?"

음산한 목소리와 함께 철추를 든 두꺼비 몸통을 지닌 노인과 검을 든 손이 유난히 비쩍 말라 뼈밖에 없어 보이는 노인이 나타났다.

"오마령 중 둘입니다, 아가씨."

노중일은 단번에 두 노인의 정체를 알아봤다.

"이곳은 제가 막겠으니 황벽으로 먼저 이동하시지요."

"노 단주님, 겨우 둘 가지고 너무 겁먹는 거 아녀요? 후후후."

종리제청이 자신있게 앞으로 나섰다.

“거들먹거릴 시간 있으면 아가씨나 황벽까지 모시게.”

“그냥 해치우죠?”

“자네.”

“예?”

“말 더럽게 많은 거 아나? 아가씨만 아니었으면 벌써 그 주둥이를 뭉개 버렸을 거야.”

“큭.”

종리제청은 노중일의 말에 어이없다는 듯이 웃고 말았다. 이런 상황에서 농을 할 양반은 아니고, 그동안 정말 쥐 패고 싶었던 모양이다.

“알겠습니다. 가시죠, 아가씨.”

“아니요. 종리 공자님 말대로 하죠. 피하기만 하는 것도 안 좋은 것 같아요.”

창희소의 말이 끝나기가 무섭게 마차에서 가장 멀리 떨어져 있던 호위무사 한 명이 비명을 지르며 쓰러졌다. 그것을 시작으로 사방에 검광이 난무했다.

번쩍.

빛이 번쩍일 때마나다 호위무사들의 수가 줄었다.

순식간에 장내는 아수라장을 방불케 했다.

그때,

쾅! 콰쾅!

방호와 조삼이 한 발씩 물러서며 노중일과 종리제청을 쳐다봤다.

"흐흐흐, 노중일. 제법 이름값을 하는구나."

"화살로 내 검을 막아? 네가 종리제청이란 애송이냐?"

두 노마는 살기를 더욱 뿜어내기 시작했다.

"자네, 이제 보니 궁 솜씨가 제법이군."

"노 단주님한테 그런 말 들을 처지는 아닌 것 같은데요? 하하하!"

그러나 지금은 여유 부릴 때가 아니었다.

웃고 있는 두 사람을 향해 방호와 조삼이 무서운 속도로 달려들었고, 검은 그림자가 창희소의 뒤쪽 벽에서 튀어나왔다.

사람들의 모든 시선은 방호와 조삼에 집중된 상황.

창희소는 뒤쪽에서 그림자가 자신을 노리고 있다는 사실을 아는지 모르는지 여전히 전방만을 주시하고 있었다.

"조심해요!"

휙.

방호와 조삼의 뒤쪽에서 튀어나온 소리는 곧장 창희소를 덮쳤다. 종리제청과 노중일은 소리를 듣고서 반응하려 했지만 이미 늦은 후였다.

"창 소저!"

"아가씨!"

두 사람의 애타는 외침에 반응한 것은 방호와 조삼의 비웃음이었다.

“어리석은 놈. 감히 본 교의 집행사자를 막아서겠다고? 흐흐흐.”

방호와 조삼은 검은 그림자에만 집중하고 있었다. 자신들의 뒤에서 튀어나간 인영이 아무리 빠르다고 해도 창희소를 구하기엔 늦었다고 자신하기 때문이다.

“집행사자?”

종리제청은 조삼의 검이 다가오는 것을 화살을 날려 막은 후 그 반동을 이용해 몸을 비틀어 최대한 창희소의 근처로 이동했다.

“엇!”

땅에 내려선 그의 눈에 황당한 모습이 들어왔다.

엄청난 속도로 방호와 조삼의 뒤에서 튀어나온 인영이 창희소를 안고서 뒤쪽의 검은 그림자를 피하는 것이 아닌가?

쾅!

그제야 그림자의 공격이 땅을 후려쳤다.

거친 음향과 함께 검은 그림자가 모습을 드러냈다.

“누구냐?!”

그림자의 외침에 방호와 조삼의 입이 쩍 벌어졌다.

“지, 집행사자께서 놓치시다니!”

“이럴 수가!”

방호와 조삼은 물론 노중일과 종리제청도 할 말을 잃고 말았다.

"소저, 놀라셨죠? 세상에! 그림자가 사람으로 변하는 건 처음 봤어요."

등천화는 진짜 신기한 듯이 집행사자를 순진한 얼굴로 보면서 창희소를 안심시켰다.

"혹시 화산파에서 나오셨나요?"

창희소는 흥미로운 눈으로 등천화에게 물었다.

"화산파요?"

"예."

"아닌데요."

"아니라고요?"

창희소는 자신이 등천화의 팔에 안겨 있다는 사실도 잊은 채 말을 꺼냈다가 깜짝 놀라 그에게서 떨어졌다.

화산파의 화산오검이 등천화와 같은 행색으로 다닐 리가 없었다. 또한 검을 차지 않은 화산파의 무인은 무언가 이상했다.

"그럼 누구시죠?"

"엄… 우연히 지나다가 사람이 있는 걸 보고서 왔다가 그림자가 소저를 공격하는 걸 보고서……. 혹시 제가 잘못한 건가요?"

"……."

횡설수설이지만 결론은 지나다가 도와줬다는 소리였다. 창희소는 등천화의 얼굴을 똑바로 쳐다봤다. 조금의 거짓이라도 발견되면 곧장 손을 쓸 생각이었다.

그러나 등천화의 눈에는 거짓이 보이지 않았다.

'이 사람의 말이 사실이라면 내 이목까지 속였다는 뜻이 되는데, 그게 가능할까?'

창희소가 빤히 쳐다보며 아무 말도 하지 않자 등천화는 무안해져서 눈만 깜빡거리고 있었다.

집행사자의 음산한 목소리가 다시 들렸다.

"감히 내 일을 방해해?"

쉭.

집행사자는 곧장 등천화를 향해 달려들었다.

그러나 그 정도의 공격에 당할 등천화였으면 창희소를 구할 수도 없었으리라.

"아!"

창희소는 등천화가 움직이는 것을 느끼지 못했다.

허전함을 느끼고 돌아본 곳에는 이미 빈 공간이었다.

신형을 옆으로 미끄러뜨리며 집행사자를 피했다.

"또 피해? 어디, 언제까지 피할 수 있나 보자!"

집행사자는 창희소를 거들떠보지도 않고 등천화를 찾자마자 다시 달려들었다. 그의 눈에 다른 사람은 아예 보이지도 않는 것 같았다.

콰웃.

그의 검이 등천화를 향할 때 이곳에는 그와 등천화만 있는

것이 아니란 것을 알려주기라도 하려는 듯, 그의 검을 막아서
는 사람이 있었다.

창!

"응?"

집행사자는 황당한 눈으로 자신의 검을 막은 사람을 돌아
봤다.

검집.

겨우 검집에 자신의 검이 가로막힌 것이다.

검집을 따라 시선을 이동했으나 그의 시선은 끝까지 이어
지지 못했다.

푸학!

그의 목이 몸과 분리되는 소리였다.

"뭐 그리 궁금한 것이 많아, 시끄럽게."

창희소는 차갑게 고개를 돌렸다.

"역시 검각이란 건가?"

어둠 속에서 잔인한 음성이 흘러나왔다.

싸우는 장소에서 멀지 않은 곳이었다.

잔인마검 명극섬.

섬서성으로 파견된 집행사자들의 수장이었다.

"언제 검을 뽑았는지도 모르게 목을 잘라? 흐흐흐. 그래,

저 정도나 되니까 천추성에서 욕심을 부리겠지. 역시 십이마군 중 소소마군이시다. 검각이 강호에서 사라진 지 이백 년이나 지났는데도 검후를 기억하고 계신 것이야. 부위, 검후에 대해서 알고 있느냐?"

명극섬의 시선이 뒤로 돌아가자, 뒤에서 시립하고 있던 사내가 급히 고개를 숙였다.

"잘 모르겠습니다."

"백 년 전, 당시 오마제 중 수라혈제님과 동수를 이룬 여고수가 있었다. 그녀가 바로 검후지."

"수, 수라혈제님과 말입니까?"

부위는 깜짝 놀라 반문했다.

"거짓말 같단 말이냐?"

"아, 아닙니다!"

"저 계집이 지금까지 실력을 숨기고 있었구나. 저런 실력을 지니려면 상당히 오랜 시간이 걸리지. 너도 봤잖느냐, 집행사자를 반으로 자르는 것을."

겁을 내는 목소리가 아니었다. 오히려 흥분하는 듯했다.

"한데, 창희소를 구해낸 저 애송이는 누구냐?"

"정보가 없습니다."

"뭐? 조사해 봐. 변수가 있어서는 안 돼."

"예."

쉭, 스륵.

명극섬의 손에 들린 반월 모양의 륜이 반으로 접혔다가 원래의 모습으로 돌아왔다. 명극섬을 잔인마검이라 불리게 만들어준 무기였다.

부위는 섬뜩함을 느끼며 고개를 숙인 채 아무 말도 하지 못했다.

"근데 말이야, 저놈이 펼치는 보법, 어디서 많이 본 것 같지 않아?"

"보법이요?"

"흠, 어디서 봤더라? 아니다. 직접 보면 알겠지."

"좀 더 조사를 해보겠습니다."

"됐다."

"…예."

마음을 먹기 전이라면 귀찮아서 움직이지 않겠지만, 한번 마음먹은 이상 직접 움직여서 깔끔하게 정리하는 편이 나았다.

"창희소가 천추성으로 가게 되면 곤란하게 될지도 모른다는 소소마군의 말씀이 이제야 실감나는구나. 저런 계집이 몇십 명이나 강호로 쏟아지면 곤란하지. 화산파의 영역으로 접어들기 전에 끝내자."

명극섬은 덩치에 맞지 않게 가벼운 몸놀림으로 자리를 박차며 날았다.

'대단하다!'

등천화는 창희소의 움직임을 보고서 할 말을 잃고 말았다. 검집으로 사람의 목을 자르는데도 잔인하다보다 아름답다 생각이 들 정도였다.

"도와주셔서 감사해요. 창희소라고 합니다."

창희소의 인사에도 등천화는 곧장 대답을 하지 못하고 머뭇거렸다. 저런 엄청난 실력을 가지고 있으면서 왜 도움을 받았는지 이해를 하지 못했기 때문이다.

"아, 저는 등천화라고 합니다. 저는 아까 말씀드린 것처럼 우연히 지나가다가… 그러니까… 저는 저 방향으로 가려고요."

"훗."

창희소는 등천화의 두서없는 말에 웃음을 터뜨렸다.

긴장한 모습이 꽤나 귀여웠다.

"보법이 굉장하시던데요?"

"소저한테 그런 칭찬을 들으니 쑥스러운데요? 마지막에 회전력만으로 목을 그은 동작은 정말 멋지셨어요."

등천화는 아무렇지도 않게 창희소가 펼친 동작을 흉내 냈다. 한 발 앞으로 다가갔다가 옆으로 회전하며 멈춰 섰다.

"그게 뭐죠?"

"소저가 펼쳤던 마지막 동작이요."

"예?"

창희소는 의아한 표정으로 고개를 갸웃거렸다.

등천화가 보여준 동작은 전혀 달랐다.

집행사자를 벨 때 사용했던 동작은 단순한 동작이 아니라 한상옥령검법 중 영한천지란 초식이었다. 물론 그중 발 동작만 따라 한 것이다.

'도대체 어떤 점이 비슷하다는 거지?

창희소는 굳이 길게 설명하고 싶지 않아 모른 척 웃고 말았다. 마침 방호와 조삼을 처리하고 다가온 노중일과 종리제청이 서둘러 떠나길 종용했다.

"창 소저, 일단 자리를 피하는 것이 좋겠습니다."

서두르는 종리제청을 보면서 창희소는 등천화를 소개해주었다.

"이분은 등천화 소협이세요."

"예?"

"도와주신 분께 인사는 드려야지요."

"아! 종리제청이라 하오. 어서 가시지요, 창 소저."

종리제청은 소개를 하며 궁을 어깨 뒤로 넘겼고, 노중일은 '노중일이네' 라고 짧게 말하고는 주위를 경계했다. 두 사람 모두 등천화에 관해서는 관심이 없다는 확실한 표현들이었다.

"등천화라고 합니다."

등천화는 두 사람의 반응에 상관없이 바르게 대답을 해주었다.

“한데 어쩌죠? 등 소협의 보법에 대해서 얘기를 더 나누고 싶지만 우리를 쫓는 사람들이 있어서 이만 헤어져야겠네요. 우리는 저 산을 넘어서 하남성 쪽으로 가요. 등 소협께서는 어디로 가시죠?”

창희소가 미안한 표정으로 말했다.

“아! 바쁜 분들이시구나. 저는 아까도 말씀드렸듯이… 저는 그냥 지나다가 우연히… 그러니까 저는 이 길을 따라서 쭉 가면 됩니다.”

등천화는 서 있는 길 앞쪽을 가리켰다.

그러자 종리제청의 얼굴이 보기 싫게 일그러졌다.

가뜩이나 실력을 발휘 못해 화가 나 있는 상황에서 창희소가 등천화의 보법을 마냥 칭찬하니 화가 나지 않을 수 없었다.

“창 소저의 말씀은 갈 길이 머니 이만 헤어지자는 뜻이오.”

“예? 아! 그러니까요, 저는 이 길을…….”

등천화는 종리제청의 사나운 말에 급히 대답했으나, 그것이 그를 더욱 화나게 만들었다.

종리제청에게는 한 말을 계속 반복하는 것으로밖에 들리지 않았기 때문이다.

“창 소저, 가시죠! 마교에서 저자를 쫓든 말든 상관할 필요 없습니다. 능글맞게 구는 걸 보면 자신이 있나 보죠.”

종리제청의 말에 등천화는 그제야 깨달았다는 표정을 지

었다.

"아! 그런 뜻이었구나. 사실은 산에서 내려온 지 얼마 안 돼서 길을 잘 모릅니다. 그래서… 아무튼… 누가 나타나면 피해서 가도록 하지요."

등천화는 걱정 말라는 시늉을 하며 방긋 웃기까지 했다. 하지만 그의 대답은 다른 사람들에게는 마교의 고수들 따위는 신경 쓰지 않는다는 말로 들렸다.

창희소 등은 황당하단 눈이 됐다.

뭔가 분위기가 이상하다는 것을 눈치 챘던가?

"엄… 제가 실례한 건가요?"

등천화는 진지했다.

세 사람 중 한 사람이라도 실례했다고 말을 해주면 곧바로 고개를 숙이기라도 할 것 같은 표정이었다.

"나참, 말을 말아야지."

종리제청은 답답함에 고개를 돌려 버렸다.

"등 소협, 종리 공자님이 저러는 것은 상황이 급하게 됐기 때문입니다."

창희소는 최대한 편안하게 말을 건넸다.

"상황이 급하면 그럴 수 있지요. 이해합니다."

"뭐? 저자가 보자 보자 하니까! 이해하지 못하면 어떻게 할 건데?!"

종리제청의 입에서 불같은 호통이 터졌다.

“아아…….”

답답한 사람은 누구보다 등천화였다. 빨리 헤어졌으면 좋겠건만 자꾸만 딴죽을 거는 사람이 누군데.

종리제청이 살기 어린 눈이 됐고, 무표정한 노중일 역시 좋은 감정은 아닌 것 같았으며, 창희소도 곤혹스러워하고 있었다.

불편한 상황을 지속시킬 필요는 없었다.

“그럼 먼저 가겠습니다.”

등천화가 산 쪽으로 올라가려고 몸을 틀었다.

“등 소협, 이 길로 가신다면서요?”

“이쪽으로 갔다가 내려가죠 뭐. 먼저 가세요.”

그때였다.

“호호호, 너희들이 흩어지면 다시 모아야 하잖느냐. 가만히 그대로 있어.”

“……!”

등천화를 제외한 세 사람의 얼굴이 딱딱하게 굳었다.

지금까지 만난 마교의 고수 중 가장 강한 자라는 것을 느낀 것이다.

유일하게 등천화만이 다가오는 사람을 쳐다보고 있었다. 긴장감이란 찾아볼 수도 없었다.

*　　　*　　　*

“흭!”

동파는 규칙의 시체를 만져 보고는 진저리를 쳤다.

대상이 자신이 아닌 것이 얼마나 다행인지 몰랐다.

‘우리한테는 어수룩하게 보이고 이런 잔인한 손속을 펼치다니, 괘씸한 작자 같으니라구.’

다시 한 번 순진한 얼굴의 등천화를 떠올렸다가 이내 고개를 흔들었다.

종명기가 다가와 규칙의 가슴을 만져 보았다.

물컹.

양쪽 가슴뼈 모두가 물처럼 변해 버렸다.

“휘유, 등 소형제… 굉장하군.”

종명기는 가교일을 돌아보며 고개를 저었다.

그러나 가교일의 생각은 다른 가능성을 생각하고 있었다. 저런 공격을 가할 정도로 독한 성격을 가졌다면 자신이 발견하지 못했을 리 없기 때문이다.

“겸중이라고 했나? 이 시체를 자단 선배가 봤다고 했지?”

가교일은 겸중을 쳐다봤다.

“예? 예.”

“사실 여부는 자단 선배가 갖고 있겠군. 이 상처로 봐서는 주먹 한 방으로 가슴뼈를 뭉갠 것 같은데? 명기, 자네의 백보신권으로 이런 모습을 만들 수 있겠나?”

가교일의 질문에 종명기는 고개를 갸웃거렸다.

주먹으로 가슴뼈를 뭉개는 것은 일도 아니었다. 하지만 상대가 규칙이라면 그런 기회를 잡는 것조차 힘들 것 같았다.

"혜천 사형이라면 몰라도… 힘들 것 같네."

"그렇지? 그럼 혜천 대사 말고 다른 사람이 있다면?"

"사형을 제외하면… 글쎄?"

"그거야 주먹으로 이 정도 위력을 발휘할 사람이 이곳을 지나갔다는 거지."

그때였다.

지금까지 아무런 말도 하지 않던 동파가 툭하고 한마디 던졌다.

"세상에는 마교와 천추성만 있는 게 아니라구요. 어디 보자… 아! 건곤무극권도 있고 오행만독권도 있고 철령패왕권도 있어요."

"그렇지!"

가교일이 갑자기 탄성을 터뜨렸다.

풀리지 않던 문제가 갑자기 모두 해결된 듯한 표정으로 동파의 어깨를 두드려 주었다.

"바로 그거야!"

"뭐, 뭔데요?"

"명기, 가세."

가교일은 동파의 의문을 풀어줄 생각은 않고 곧장 날아올랐다.

"어어……."

가교일의 갑작스런 행동에 종명기는 물론이고 동파와 겸중도 엉겁결에 뒤를 따랐다.

그때, 겸중이 갑자기 동파를 향해 물었다.

"동파 소협, 이번에 마교 장용 지부장을 직접 해치우셨다지요?"

"근데?"

"정말이군요! 우와! 이곳까지 오는 동안 장용 지부장이 죽은 일로 이 근처는 아주 난리가 났었습니다. 현 강호에서 동파 소협의 나이에 그런 일을 한 사람은 없지요. 정말 대단합니다."

"……."

동파는 겸중의 말에 고개를 약간 치켜세웠다.

앞서 움직이는 종명기와 가교일을 쫓아가는 것이 한결 수월해진 것 같았다.

'왜 저렇게 느리게 움직여?'

우쭐해서 그렇게 느끼는 것이리라.

그러나 동파의 움직임은 며칠 전과 크게 달랐다.

그의 몸을 알 수 없는 힘이 가볍게 해주고 있다고나 할까?

의식하면 사용할 수 없지만, 의식하지 않으면 자연스럽게 흘러나오게 되어 있는 것이 바로 천사잠류신도인 것이다.

겸중을 향해 대답하는 것도 잊지 않았다.

"내가 쯤 하지. 우헤헤헤. 아쉽지만."

"예? 뭐가 아쉽다는 말씀이신지……."

"응? 아! 별거 아니야. 자꾸 뭘 물어보는 놈이 있는데, 저 두 사람 때문에 죽이지 못하는 게 아쉬워서 중얼거려 봤어."

동파가 의미심장하게 겸중을 쳐다보자, 겸중은 재빨리 입을 닫았다. 등천화를 다시 못 볼지도 모르는 것이 아쉬웠기 때문이다.

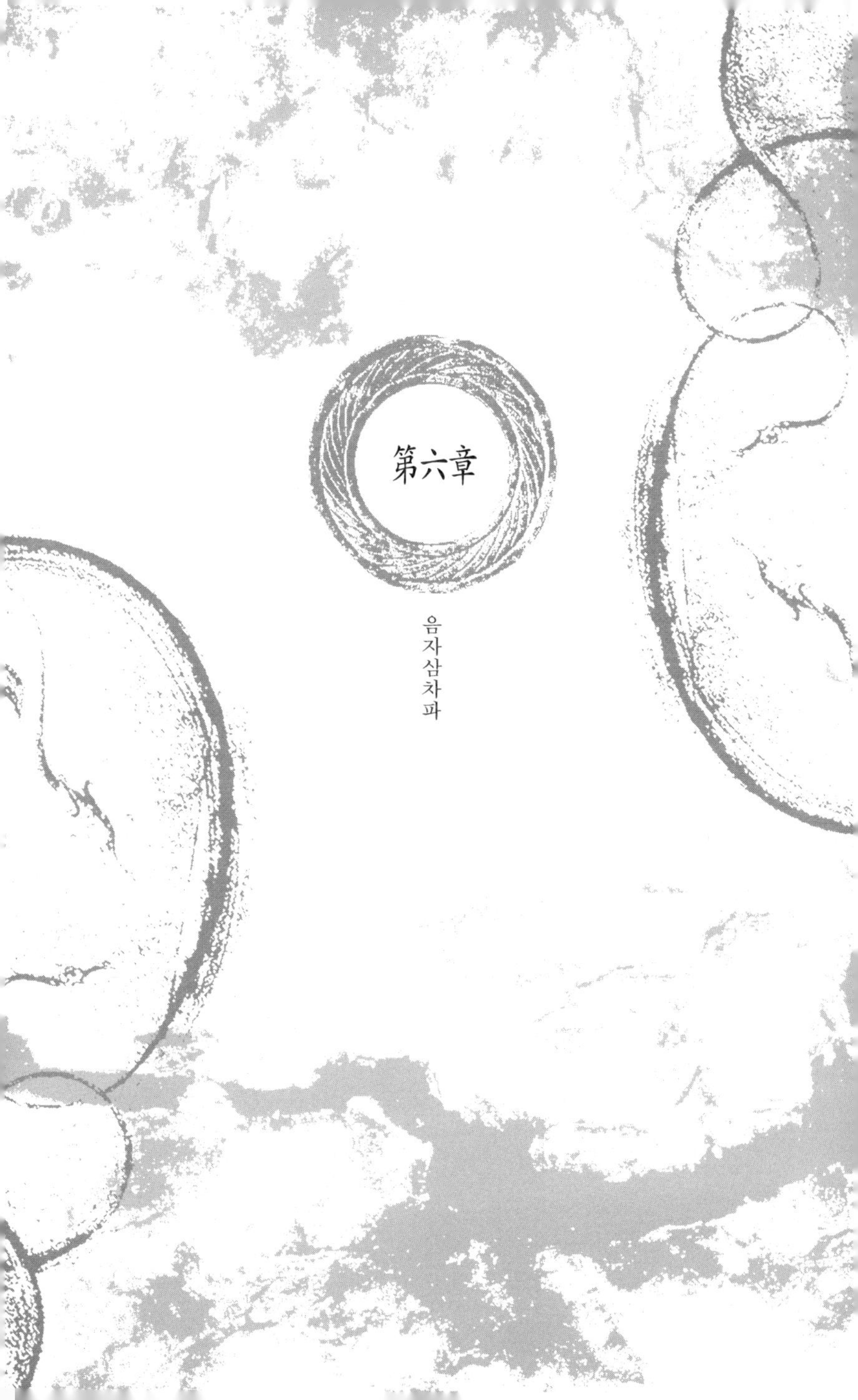

第六章

음자삼차파

步法無敵

핑, 팍!

"……!"

낮은 파공음과 함께 날아온 화살이 등천화 등이 있는 곳의 중앙에 박혔다.

그러나 아무도 움직이지 않았다.

"조금이라도 움직이면 화살이 몸을 꿰뚫을 것이다."

음침하게 들려왔던 목소리의 주인이 다시 말했다.

목소리의 주인인 명극섬이 나타난 곳은 위쪽이었다.

"흐흐흐. 창희소, 제법이더구나."

"당신 정도는 삼 초 안에 죽여줄 실력은 되지."

창희소의 표정이 냉랭하게 변했다.

언제든 검을 날릴 준비를 끝낸 모습이었다.

"큭, 겨우 집행사자 한 명 죽였다고 기고만장하는구나. 저 놈을 믿는 모양이지?"

명극섬의 시선이 등천화를 향했다.

등천화는 갑자기 시선들이 자신을 향하자 손가락으로 자신을 가리키며 의아한 표정을 지었다.

"저요?"

"네놈은 그 보법을 어디서 익혔느냐?"

"어디서라……. 엄… 당연히 사부님께 배웠죠. 당신은 무공을 누구한테 배웠는데요?"

씨익.

등천화는 당연한 질문을 왜 하느냐는 듯이 웃었다.

그 웃음은 상대가 어떻게 받아들이는가에 대해서는 전혀 신경 쓰지 않은 태도였다.

"큭, 사문을 밝히기 싫다?"

명극섬은 단호하게 말을 끝내고는 등천화가 뭐라고 말할 틈도 없이 자세를 잡았다.

척.

명극섬의 손이 올라갔다.

그와 동시에 창희소의 외침이 터졌다.

"모두 피해요!"

외침이 채 끝나기도 전에 종리제청과 노중일은 급히 벽 쪽으로 몸을 피했다. 하지만 등천화는 어리둥절한 표정으로 명극섬을 보고 있었다.

"하!"

창희소는 당연히 피할 줄 알았던 등천화의 황당한 반응에 허탈한 신음을 흘렸다.

"등 소협, 피하세요. 위에서 화살이……."

창희소는 말을 끝까지 할 수 없었다.

팍.

첫 번째 화살이 바닥에 박혔다.

그러나 등천화는 그때까지도 움직이지 않고 있었다.

쉬쉬쉭—

바람 소리와 구분되는 날카로운 음향이 날아들었다.

창희소는 등천화를 향해 손을 뻗으려 했다.

그러나 그녀를 잡는 손이 있었다.

척.

"종리 공자님, 뭐 하세요?"

"저자는 보법이 워낙 뛰어나니 알아서 피할 겁니다. 저자가 벌어준 시간을 헛되이 하지 말자구요."

종리제청은 말을 끝내자마자 재빨리 궁을 앞쪽으로 돌리고 장전된 화살을 날렸다.

큐웅—

"감히 궁으로 일가를 이룬 종리세가 사람 앞에서 화살을 쏘는 놈들이 어떤 최후를 맞이하는지 보여주지. 겁을 상실한 놈들."

그 와중에도 창희소가 보고 있다는 생각을 한 듯 최대한 멋진 자세로 화살을 쏘았다.

그러나 창희소의 시선은 어두운 천공을 향해 날아가는 화살에서 이미 벗어나 있었다. 그것도 모르고 종리제청은 다시 궁 시위를 당겼다.

피피핑—

한쪽 다리를 쫙 편 상태에서 반대쪽 다리로 중심을 잡고, 궁을 잡고 있는 좌측 팔을 일 자로 만들어 쏘았다.

"창 소저, 어떻습니까?"

"……."

"창 소저?"

창의소가 불러도 대답이 없자 고개를 돌렸다.

창희소와 노중일이 한곳을 바라보고 있었다.

"아가씨, 벽을 타고 올라간 것이 맞습니까?"

멍한 표정으로 벽을 바라보고 있던 창희소가 중얼거리듯이 대답했다.

"네."

'벽?'

종리제청은 두 사람이 하는 말을 알아들을 수가 없어 고개를 살짝 내밀어 벽을 쳐다봤다.

등천화가 마치 평지를 걷는 것처럼 자연스럽게 벽과 수직이 된 채로 올라가고 있었다.

쫙!

"에구, 미안해요."

등천화는 궁수 중 한 명의 뺨을 때리고 지나갔다.

순식간에 벌어진 일이라 다른 궁수들 역시 속수무책으로 당할 수밖에 없었다.

짜자자작!

몇 명은 막아보려고 했지만 막을 수 있는 손짓이 아니었다.

"누가 그런 생각을 할 수 있을까. 벽을 타고 올라오다니. 그것도 보법으로 말이다. 크하하!"

명극섬은 궁수들이 픽픽 쓰러지는 것엔 신경도 쓰지 않고 파안대소를 터뜨렸다. 상식이 통용되는 상황이었으면 벌써 손을 썼을 것이다.

등천화는 쏟아지는 화살비를 여유롭게 피한 것도 모자라 벽 쪽으로 이동하더니 평지처럼 달려서 올라갔다.

"움직이는 사람들을 피하는 것만큼이나 재미있네요."

등천화는 활짝 웃었다.

"움직이는 사람들을 피해?"

"예. 사람들이 싸울 때 그 사이를 걸어가는 거예요. 얼마

전에 한번 해봤는데 생각처럼 쉽진 않더라구요. 다음에는 한 명도 안 건드리고 성공할 생각입니다.”

“싸움터……. 혹시 네놈… 유령신보더냐?”

“유령신보? 아! 장용 지부란 곳에 갔을 때도 위사가 그렇게 묻기는 했죠.”

“천추성의 종명기와 가교일을 알고 있나?”

명극섬의 표정이 이전과 달라졌다. 안색이 굳어지며 약간 긴장을 하는 것 같았다.

“알죠. 그분들하고 장용 지부에 갔거든요.”

“……!”

명극섬은 놀란 표정을 지었다.

어디선가 본 듯하다는 생각이 든 까닭이다, 어디선가.

“장용 지부가 단 네 명에 의해 쑥대밭이 됐다고 했을 때 믿지를 않았건만. 규 순찰은 어찌했느냐?”

“규 순찰이요? 혹시 규칙이란 분을 말하는 건가요?”

“규 순찰을 어떻게 했느냐?!”

등천화가 규칙이란 이름을 말하자 명극섬은 갑자기 흥분하며 손을 뻗었다.

쉭.

“그렇게 무섭게 다가오면 대답을 할 수가 없잖아요.”

슥.

등천화는 명극섬의 공격을 피하며 옆으로 돌아섰다.

그리고는 목표를 잃은 명극섬의 등을 보며 섰다.

"잘 걷지도 못하는 어린애를 죽이는 것이 취미라는데 가만 있을 수는 없죠. 뭐, 그렇다고 걱정은 하지 마세요. 좀 높은 곳에서 밀었을 뿐이니까요."

"뭐? 거짓말도 그럴듯하게 해라! 규 형님은 신법의 고수시다. 높은 곳 따위에서 떨어졌다고 소식이 끊길 리가 없지. 흐흐흐, 어떻게 죽였느냐? 내가 그대로 네게 해주마."

명극섬이 화를 내는 것은 당연했다. 평소 호형호제하는 사이였기 때문이다.

그러나 저 순진한 표정으로 규칙을 죽였다는 생각이 들자 등천화를 쉽게 봐서는 안 될 것 같았다.

스륵, 쉭.

명극섬은 자신의 무기를 들어 올렸다.

이런 경우는 상대가 명극섬의 눈에 보이지 않는 경지의 무공을 지녔거나, 내공이 정말 일천할 때가 아니면 있을 수 없는 일이었다.

"참!"

뭔가 생각이 났다는 듯 등천화의 눈이 커졌다.

"궁금한 게 있는데요, 왜 저분들을 죽이려고 하는 거죠?"

"뭐?"

명극섬은 황당한 표정으로 등천화를 쳐다봤다.

"흐흐흐, 재미있구나."

"재미있나요? 정말요? 하하하! 사부님께선 항상 저보고 고지식하다고 놀리시곤 해서 전 제가 재미없는 줄 알았어요. 아닌가 보네요. 하하하!"

"……."

명극섬의 이마에 힘줄이 튀어나왔다.

"흐흐흐, 이젠 나를 놀리기까지 한단 말이지? 부위, 창가 계집과 나머지 떨거지들이 화산파의 영역에 도착하기 전에 죽여라. 이놈은 내가 직접 죽이겠다."

슛.

명극섬의 뒤쪽에서 흑의를 입은 사내가 나타났다.

"알겠습니다."

"집행사자들을 모두 데려가라."

"예? 괜찮으시겠습니까?"

"뭐?!"

명극섬의 얼굴이 잔뜩 일그러졌다.

부위가 어이없게도 자신을 걱정하고 있는 것이다.

"아, 아닙니다. 가겠습니다."

"빨리!"

"예!"

사라지는 부위를 보며 명극섬은 가볍게 몸을 풀었다.

"자, 이제 본격적으로 해볼까? 조금 전까지는 너를 살짝 얕본 것이 사실이다. 하나 이젠 그런 기대 따위는 하지 않는 것이 좋아. 네가 펼칠 수 있는 최고의 보법을 펼쳐라. 그래야 네 목을 자르는 것이 즐거울 테니.”

명극섬의 말은 얼마 전에 규칙이 했던 말과 거의 비슷했다.

“규칙이란 사람도 당신과 비슷한 말을 했죠. 한데 결국 높은 곳에서 떨어졌어요.”

“큭, 말 몇 마디로 속을 뒤집어놓는 재주는 탁월하구나. 어디, 보법도 그만큼 되나 보자. 더 얘기를 하다간 울화통이 터질 것 같아 안 되겠다. 각오해라!”

명극섬이 등천화와 떨어진 거리는 불과 이 장여.

그에게는 일 보도 안 되는 거리였다. 거대한 몸집과 달리 그의 움직임은 꽤나 매끄러웠다.

그러나 그가 다가오는 것과 동시에 등천화의 신형이 희미해졌다.

“안 되지.”

쉭.

명극섬은 기다렸다는 듯이 등천화가 움직인 방향으로 몸을 틀었다.

“어?”

등천화는 깜짝 놀란 표정을 지었다.

명극섬만이 유일하게 자신을 놓치지 않았기 때문이다. 하지만 곧 자보로 신형을 죽 늘이며 뒤로 물러섰다가 높낮이를 마음대로 조절할 수 있는 삼보를 펼쳐 명극섬의 시야에서 사라진 후 나무 뒤편으로 돌아갔다.

설명은 길었으나 그 모든 과정이 한 동작에 이루어졌다.

"헛!"

잘 쫓아오는 듯하던 명극섬은 순식간에 사라진 등천화를 찾지 못하고 허둥댔다.

그때였다.

"엇!"

소리난 곳으로 명극섬이 재빨리 돌아섰다.

등천화가 나무뿌리에 걸려 자빠져 있었다.

"뭐… 냐?! 지금 나를 갖고 놀겠다는 거냐?!"

명극섬이 아무리 고함을 질러도 지금 등천화의 귀에는 아무것도 들리지 않았다.

하필 이럴 때 넘어지다니.

눈으로 보지 않아도 명극섬이 다가오는 걸 느낄 수 있었다. 생각할 건 아무것도 없었다. 등천화는 일어나자마자 곧바로 아래쪽을 향해 무작정 뛰었다.

쾅!

거친 폭음 뒤로 명극섬의 황당한 목소리가 들렸다.

"지, 지금 도망을 가는 거냐?"

"후웁! 두 분은 나서지 마세요."

창희소는 한상옥령검법을 구성까지 끌어올렸다.

　궁수들이 없는 상황에서라면 이들을 상대하지 못할 것도 없었다. 다가오는 집행사자 여섯과 부위를 놓치지 않고 노려봤다.

　아래쪽에 셋, 위쪽에 둘, 앞뒤로 둘.

　쩌저적―

　내려뜨린 검 주위의 풀이 얼어붙는 소리를 냈다.

　한상옥령검법을 구성까지 끌어올리면 일어나는 현상.

　이제 옥령검이 지나간 자리에는 아무런 흔적도 남지 않으리라.

　끼악!

　옥령검이 비명을 토해내며 집행사자들을 그으려 할 때였다.

　“비켜요!”

　“……!”

　창희소는 등천화의 목소리라는 걸 알았으나, 이미 손을 멈추기엔 늦어버린 후였다.

　그 잠깐의 흐트러짐.

　집행사자 전원을 베었어야 하는 그녀의 검이 앞뒤와 아래쪽만 베고서 멈췄다.

　“궁― 탄!”

　종리제청의 목소리였다.

　콰콱!

창희소는 집행사자 두 명이 종리제청이 쏜 화살을 막으며 뒤로 날아가는 것을 봤다.

"창 소저, 괜찮습니까?"

"고마워요, 종리 공자님."

"별말씀을 다 하십니다. 뒤는 제가 맡겠습니다."

종리제청은 창희소의 앞으로 나서며 바닥에 내려서자마자 구르는 등천화를 한심하게 쳐다봤다.

"자신있게 올라가더니 꼴 좋군."

"에구구."

등천화는 자신이 생각해도 꼴사나운 모습이란 걸 인정하기에 아무 소리 못하고 머리를 긁적였다.

그때,

스륵, 쉭.

명극섬의 반월형 륜이 접혔다 펴지는 소리가 장내를 싸늘하게 만들었다.

"전부 마음에 안 드는 것들뿐이야! 마음에 안 들어! 족제비 같은 놈! 요리조리 피하기만 하는 놈! 잡히기만 하면 들개 먹이로 던져 줄 놈!"

씩씩대는 명극섬을 보며 창희소는 의아한 눈이 됐다.

등천화가 비록 도망치듯이 내려왔으나, 다친 곳은 눈을 씻고 찾아봐도 없었다. 마찬가지로 명극섬 역시 너무도 멀쩡했다.

“등 소협, 어찌 된 일이죠?”

“발이 꼬이는 바람에 저 사람 앞에서 넘어졌지 뭐예요. 히히.”

‘히, 히히?’

창희소는 등천화의 웃는 모습에 속으로 기함을 질렀다. 저런 표정이라니? 보호해 주고 싶은 마음이 저절로 들게 만드는 모습이었다.

“그러게 왜 혼자서 올라가셨어요. 노 단주님, 등 소협 좀 도와주세요.”

“……”

“노 단주님?”

“멀쩡한 광대를 도와줄 바에야 저들부터 상대하는 편이 낫겠습니다.”

“광대라니요?”

“……”

노중일은 창희소의 말엔 아랑곳하지 않고 곧장 명극섬과 집행사자들 앞으로 걸어갔다.

그러나 두 사람이 나름대로 신중한 표정을 짓고 서 있는 것과는 무관하게 명극섬을 비롯해 집행사자들의 시선은 둘을 향해 있지 않았다.

‘명극섬, 네 눈에는 저 광대밖에는 보이지 않는다는 말이냐?’

노중일의 이마에 힘줄이 돋았다.

명극섬은 오로지 등천화를, 나머지 두 집행사자는 창희소를 보고 있을 뿐이었다.

"쳇, 나는 안 보인단 말이지?"

종리제청의 잔뜩 비비 꼬인 음성이 끝나자마자 화살 한 발이 명극섬에게 날아갔고, 이어서 집행사자를 향해 두 발이 쏘아졌다.

쿵! 큐왕ㅡ!

상대가 집행사자들이라면 충분히 강력한 공격일 수 있었으나 명극섬이 앞에서 버티고 있었다.

투두둑.

너무도 간단히 화살이 반으로 잘린 채 바닥에 떨어졌다.

창희소는 그 틈을 놓치지 않고 검을 들었다.

'옥령빙천지를 성공시키지 못하면… 아니다. 어차피 저들 두 사람으로는 힘들어. 이럴 줄 알았으면 힘을 아껴두는 것인데……'

불끈!

그녀의 손이 옥령검을 쥔 채로 하얗고 긴 실을 마구 풀어냈다. 그 길이가 무려 삼 장여에 달했다.

"헛! 검사!"

명극섬은 급히 창희소의 검기를 향해 손을 썼다.

콰콰콰!

“헉!”

“끄음…….”

두 마디 각기 다른 신음이 창희소와 명극섬의 입에서 흘러나왔다. 하지만 두 사람 모두 큰 피해를 입은 것 같지 않았다.

‘막았나? 이제 더 이상 한상옥령검법은 펼치지 못하는데…….’

한 번 펼칠 때마다 엄청난 진기를 필요로 하는 무공 인데다, 다음 초식과 연결되지 않으면 처음부터 차례대로 펼쳐야 했다.

실전에선 시간을 기다려 주지 않는다.

창희소는 명극섬이 눈치 채지 않기를 바랐다.

반쪽짜리 무공의 한계가 분명히 드러나고 있었다.

필살의 자신이 없으면 펼치지 말라는 어머니, 검각주의 명령을 어기고 만 것이다.

상황이 상황인지라 어쩔 수 없었지만, 결과는 최악이 되고 말았다.

“우웩!”

“창 소저!”

종리제청이 급히 각혈하는 창희소를 부축했다.

“흐흐흐, 역시 검각의 검법을 대성하진 못했구나.”

스윽.

명극섬은 입가를 문지르며 웃었다.

창희소가 입은 피해와는 비교도 할 수 없는 약한 상처일 뿐
이었다.

등천화는 명극섬을 보며 인상을 썼다.

'괜히 내려와서 창 소저가……. 어떡하지?'

등천화는 당황해서 어쩔 줄을 몰라 했다.

그때, 낮지만 거역할 수 없는 무게를 지닌 음성이 장내를
울렸다.

"너무 늦은 건가?"

이 상황에서 당당하게 나설 수 있다는 것은 충분히 오해의
소지를 가지고 있었다. 명극섬과 한패가 아니라면 지금까지
나서지 않았을 이유가 없었다.

등천화의 가슴이 마구 뛰었다.

쿵. 쿵. 쿵. 쿵.

명극섬의 공격을 피하는 것은 어느 정도 자신이 있지만, 피
흘리며 쓰러져 있는 창희소까지 책임지기에는 마음이 바빴
다.

호흡을 최대한 가다듬으며 상황을 한눈에 새겼다.

전방에는 명극섬과 집행사자 둘, 위쪽에는 새로 나타난 한
명.

"드디어 만난 건가?"

'뒤, 뒤쪽도!'

등천화는 재빨리 뒤를 돌아봤다.

그곳에는 이목구비가 너무도 확실해서 돌로 깎은 것처럼 보이는 얼굴의 사내가 걸어나오고 있었다.

그 사내의 등장으로 노중일과 종리제청의 안색이 급격하게 어두워졌다.

등천화는 선택을 해야 했다.

'어쩔 수 없이 그걸 써야 하나? 처음인데……'

눈앞의 상황이 너무도 정확하게 인식되고 있기에 어떻게 하면 창희소와 종리제청, 노중일을 구할 수 있을지 잘 알고 있었다. 다만 밖에서는 한 번도 사용하지 않았기에 조심스러울 뿐이었다.

'어쩔 수 없다. 너만 믿는다, 음자삼자파!'

등천화가 배운 열 가지 보법 중 다섯 가지를 연속으로 펼쳐서 만들어내는 일종의 폭풍이었다.

누가 알려준 것도 아닌, 등천화가 스스로 만들어낸 보법이다. 항상 십보문과 함께 있도록 해달라는 국진력의 유언을 지키기 위해 십보문의 모든 건물을 부쉈다, 바로 이 보법으로.

쿼류룻—

"종리 소협, 노 단주님, 제가 움직이면 저 아래로 내려가세요."

"……?"

종리제청은 창희소를 부축한 채로 아래를 쳐다봤다.

길이 없는 낭떠러지였다.

“이런 상황에서 잘도 헛소리를…….”

“등 소협 말대로 하게.”

노중일의 표정이 진지했다.

“노 단주님!”

“지금은 아가씨의 안위가 우선이야.”

“……!”

종리제청은 어쩔 수 없이 창희소를 번쩍 안아 들었다.

그때, 그의 귓가로 중얼거리는 등천화의 목소리가 들렸다.

“음…….”

“……?”

종리제청은 창희소를 양손으로 안은 채 무슨 말인가 싶어
서 고개를 돌리려다가 노중일의 손에 의해 등이 낚여 아래로
떨어졌다.

“어, 어…….”

종리제청은 떨어지는 와중에도 고개를 돌려 위쪽을 계속
쳐다봤다.

얼마 내려가지 않았을 때였다.

웅우우우우—

위쪽에서 기이한 음향이 들려왔다.

그리고 곧바로 이어지는 진동.

드드드등—

“뭐지?”

“자네는 아가씨만 신경 써!”

“······.”

종리제청은 궁금해서 미칠 지경이었으나, 이내 노중일의 외침에 따라 고개를 돌리고 말았다.

‘거지새끼가 죽는 소리인가?

위쪽에 나타난 사내는 갑자기 낭떠러지로 떨어지는 창희소 일행을 보고 깜짝 놀랐다.

화산파의 백검 화군악.

아무리 기다려도 오지 않는 창희소를 직접 마중 나오다 이곳까지 오게 됐다.

등천화의 뒤쪽에 나타난 사내 역시 이상한 상황에 고개를 갸웃거렸다.

염황 예명.

며칠 전 그는 지나가는 길에 한 노인이 갑자기 머리 위로 떨어지는 사고를 당했다.

그럴 수 있다고 치면 그만이었으나, 떨어진 노인이 벌떡 일어나 다짜고짜 자신을 죽이려고 했다. 이에 예명은 어쩔 수 없이 노인의 가슴을 뭉개 버렸다.

그 노인이 바로 규칙이었다.

예명은 곧바로 규칙이 떨어진 곳으로 올라가 왜 떨어졌는지를 조사했다. 이유는 당연히 자신을 노리는 자들을 그냥 두지 않을 생각이기 때문이었다.

추적의 결과는 장용 지부.

그러나 그곳은 이미 쑥대밭이 돼서 실마리를 찾을 수가 없었다. 어쩔 수 없이 천추성으로 향했는데 도중에 이들을 만난 것이다.

명극섬의 입장에서는 위쪽은 화산오검 중 백검이요, 앞에는 정체불명의 고수가 버티고 있는 상황이 달가울 리 없었다.

'빨리 끝냈어야 했는데. 저… 뭐, 뭐냐, 저 미친놈은? 또 이상한 짓을!'

등천화를 보던 명극섬의 표정이 완전히 일그러지고 말았다.

등천화가 갑자기 제자리에서 돌기 시작했기 때문이다.

첫 회전 시에는 축이 곧아서 반경이 좁더니, '흔들' 거리는 동작이 한 번씩 지날 때마다 무섭게 바람이 일었다. 이것은 음보로 땅을 짚으며 서서히 회전하던 등천화가 보법을 자보로 바꾸면서 일어난 현상이었다.

빠름을 위해 태어난 자보였다. 당연히 회전속도는 빨라질 수밖에 없었다. 여기서 끝이 아니었다. 곧장 세 번째 보법인 삼보로 높낮이까지 조절하자, 옆으로는 반경이 넓어지고 위아래로는 회오리와 같은 와류가 생기기 시작했다.

장작불 위에서 춤을 추는 불꽃이 저러할까.

예측할 수 없는 회전에 의해 바람이 장내를 정적에 휩싸이게 만들었다.

그러나 등천화의 움직임은 아직 끝나지 않았다.

역자보라 불리는 차보를 펼쳐서 이미 만들어진 회전과는 별도로 또 다른 회전을 만들었다. 즉, 밖에는 순방향의 회전을, 그 안에는 역방향의 회전을 만들었기 때문이다.

이것은 무척이나 위험한 시도였으나, 신기하게도 두 회전력은 충돌을 일으키지 않았다.

등천화는 이미 두 가지 회전을 조율하느라 다른 곳으로 시선을 던질 생각을 하지 못하고 있었다. 아직도 한 가지 보법이 남아 있는 까닭이었다.

파보.

이 보법은 등천화가 가장 자신있어하는 보법이며, '음자삼차파'를 완성하는 일종의 열쇠이며, 부풀대로 부풀린 풍선을 찌를 바늘의 역할이라고 할 수 있었다.

지금까지 펼친 네 가지 보법이 공존하는 공간을 일시에 깨뜨려야 하기 때문이다.

웅우우우ㅡ

기이한 음향과 함께 사람들의 눈빛이 등천화에게 집중된 채로 빛을 뿌렸다.

'저 미친놈이 무슨 짓을 하는 거야! 이러다 저 둘까지 가세하면⋯⋯? 먼저 깨뜨린다!'

명극섬은 급한 마음에 양쪽의 집행사자를 돌아보고는 륜을 들어 올렸다.

"죽어!"

폭풍 속을 거침없이 파고드는 세 자루의 무기.

그러나 무기들은 등천화의 폭풍 근처에도 도착하지 못했다.

"뭐, 뭐냐?!"

어느새 움직인 화군악의 검이 명극섬의 머리를 찍어누르며 내려왔고, 예명의 권이 세 사람을 한꺼번에 날릴 것처럼 권풍을 일으키며 날아왔다.

당연히 폭음이 터지고, 기의 충돌로 과격한 충격이 전신으로 다가왔다.

콰압!

기이한 음향.

공격한 세 사람은 누구와도 부딪치지 않았다.

"으헛!"

"이게 뭐냐?!"

"끄앗!"

명극섬은 황당한 사태에 입을 쩍 벌렸으나, 서서히 폭풍 안으로 빨려드는 자신의 무기를 지켜야 했다. 상황은 다른 두 사람 역시 마찬가지였다.

화군악은 검사를 떨쳐 내며 폭풍의 힘에 저항했고, 예명은 연속해서 불의 권을 토해내기에 바빴다.

츄르르룻—

펑펑펑!

"어, 어……."

"빠, 빨려 들어간……."

"축융멸절!"

안에서는 폭발을 준비하고 있는 것도 모르고 오히려 도와주는 세 사람이었다.

드드드드드둥—

'편하다…….'

등천화는 신기한 경험을 하고 있었다.

대상이 없을 때 펼쳤던 음자삼차파의 폭풍은 주위의 모든 사물을 끌어당겼다가 터뜨렸다. 덕분에 산에 살던 짐승들까지 국진력의 무덤에 묻히고 말았다.

그러나 지금은 그때보다 훨씬 재미있는 현상이 일어났다. 사람들의 힘이 빨려 들어온다고나 할까? 외부의 움직임이 완전히 차단된 듯했다. 즉, 등천화 혼자만의 공간이 형성된 것처럼 느껴지는 것이다.

마음껏 걸을 수 있도록 만들어진 화원이라 생각할 정도였다. 모든 사물은 멈춰 있고, 등천화 혼자만이 자유로이 걸어다니는 공간, 그런 세계였다.

눈으로는 사람들의 움직임 하나하나를 모두 보고 있었으며, 그들의 움직임에 따라 발동작을 바꾸었다. 너무도 환상적인 순간이 아닐 수 없었다.

아쉽게도 이젠 끝내야 했지만.

“파―!”

주체할 수 없는 힘이 일시에 전신으로 퍼지며 그대로 하늘을 향해 솟구쳤다.

쿠콰콰콰콰!

굉음이 들렸다.

밀려오는 폭풍이 허공에 있는 몸을 때려서 멀리까지 날아갈 수 있도록 도와주었다.

‘걸을 수 있게 해주셔서… 아아… 또 어지럽다. 엄…….’

몸이 물먹은 솜처럼 무겁게 느껴졌다.

덕분에 의식이 몸과 분리되어 망량산으로 되돌아갔다, 아주 행복했던 때로.

＊　　　＊　　　＊

찌르르― 짹짹―

어서 밖으로 나오라는 듯 맑은 새소리가 귀를 간질였다.

등천화는 모른 척하며 눈을 뜨지 않았다.

햇살이 눈앞을 환하게 만들지만 않았다면 언제까지고 잠

을 자고 싶었다.

국진력을 따라 망량산으로 들어온 지 오 년이 지나자 눈을 감으면 떠오르는 무수한 형상들이 사라졌다. 아니, 형상보다 더 이해하기 어려운 보법 때문에 미처 그쪽에 신경 쓸 겨를이 없다는 것이 정답이었다.

등천화는 노곤함에 젖어 있다가 갑자기 자리에서 일어났다.

"아!"

늦잠을 잤다.

화들짝 놀라 재빨리 문을 열었다.

쏟아지는 햇살.

일순, 머릿속이 하얗게 비었다.

너무나 화창한 날씨였다.

눈을 가늘게 뜨며 손바닥을 펼쳐 햇빛을 가렸다.

하늘엔 새와 구름이 한 폭의 그림을 만들고 있었다.

"이야, 아름답다……!"

어제도 보고 그제도 보고 그 이전에도 늘 보던 모습이건만 오늘은 또 달랐다.

새들의 노랫소리에 바람이 박자를 실어다 주었고, 바닥에 솟아오른 풀잎들이 몸을 이리저리 흔들며 춤을 추었다.

오늘도 보법을 수련해야 하는데, 그러기엔 너무나 평화로운 광경이었다.

"좋다……."

혼자서 보기엔 너무나 아까웠다.

일단 소축 아래로 뻗어 있는 경사진 길을 향해 몸을 날렸다. 환한 햇살을 가슴에 안으며 곧장 허공을 향해 몸을 회전시켰다.

휘리릭, 착.

어른 손바닥보다 약간 큰 발을 쭉 내밀며 새로 배우기 시작한 역자보라 불리는 차보를 펼쳤다.

차라락—

풀이 쓸리며 소리를 냈다.

"우하하!"

한참 동안 길이만 칠십여 장 되는 연무장을 휘저었다.

회전하며 하늘을 올려다봤고, 몸을 가로로 죽 늘이며 양쪽을 가로막고 있는 울창한 숲을 향해 미소 지었다.

지난 오 년 동안 배운 보법은 모두 세 가지.

국진력을 처음 만났을 때 봤던 음보, 걷는 것보다 난다는 느낌이 들게끔 해준 자보, 자유자재로 높낮이를 조절할 수 있게 해주는 삼보.

어느 하나도 익히는 데 만만한 것이 없었다.

그러나 잘 걸을 수 있다는 국진력의 말을 믿었기에 모든 것이 가능했다.

퍽!

"아이쿠!"

얼굴을 바닥에 찧고 말았다.

매일같이 겪는 일이라 아무렇지도 않았다.

어느새 짚으로 만든 신은 산발한 머리처럼 엉클어졌고, 풀과 논 탓인지 엉덩이는 벌써 쪽빛이 됐다.

"우하하… 으아아… 어, 어, 어!"

두어 걸음에 한 번씩 넘어지던 등천화의 모습은 이미 사라지고 없었다.

아주 빠르고 날렵했다.

등천화는 행복에 겨웠다.

못 걸어서 눈치 볼 필요도 없었고, 잘 걷는다고 칭찬해 주는 사람도 없었다.

그냥 좋았다.

한 번도 살아 있다는 생각을 해본 적이 없다가 '아! 이게 살아 있다는 거구나' 라는 깨달음을 얻었다고나 할까? 걷는 것보다 좋은 것은 세상에 없는 것 같았다.

"흘흘흘, 오늘따라 왜 이리 열심이냐?"

"아! 사부님!"

등천화는 국진력을 향해 달려갔다.

꽈당! 다시 꽈당!

서너 번을 넘어지고서야 보법을 사용했다.

"녀석도. 그러니까 언제나 보법을 사용하라고 했잖느냐!

안 다쳤느냐?”

자상한 할아버지와 같은 국진력의 저 말투.

등천화는 그 때문에 또 웃었다.

“사부님, 저, 밖에는 언제 나갈 수 있어요? 이젠 연무장도 좁아요.”

“네가 저 돌조각과 풀에 걸려 넘어지지 않게 되면 언제든지.”

“정말요?”

“이 사부가 거짓말한 적 있더냐?”

“헤헤헤, 아니요.”

“흘흘흘.”

국진력은 대견스러운 눈으로 등천화를 쳐다봤다.

“자, 이제 시작해야지?”

“예, 사부님!”

“어이쿠! 녀석아! 늙은 사부, 귀 떨어지겠다!”

짐짓 혼내는 표정을 지었으나, 국진력은 이내 등천화가 펼치는 보법을 지켜보기 위해 자리에 앉았다.

“찻!”

등천화의 맑은 기합이 십보문의 아침을 환하게 만들었다.

착, 차작.

푸른 연무장에 보이지 않는 등천화의 발자국이 찍혔다, 오직 국진력의 눈에만 보이는 발자국이.

음보의 기본은 일보진해의 기운을 양쪽 발에 균등하게 갖
게 하는 것이라 했다.

하늘의 기운을 어깨에 올리고 발가락으로 땅을 움켜쥐며
움직이는데 따라올 사람이 누가 있을까?

*   *   *

피식.

등천화는 정신을 잃은 상태에서도 뭐가 그리 흐뭇한지 웃
었다.

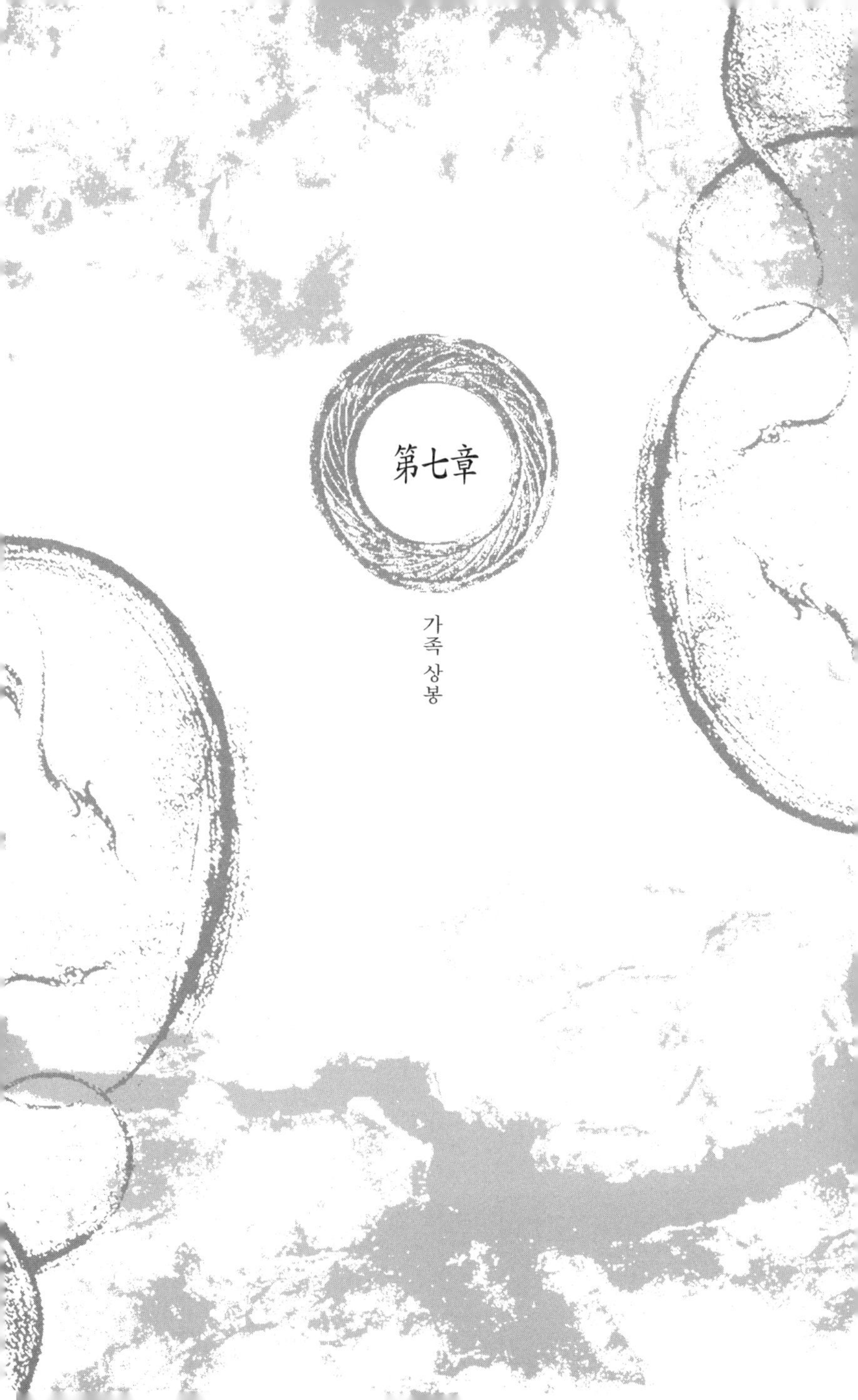
第七章
가족 상봉

일 년 내내 허리가 휘도록 농사를 지어도 돌아오는 것이라
고는 겨우겨우 밥 먹고 살 정도밖에 되질 않는다.

없는 사람들은 언제나 그렇다.

벌써 이십 년이 넘도록 반복되는 생활이지만, 등건은 그 생
활을 벗어나지 못하고 있었다. 아니, 그나마 먹고살 수 있다
는 것을 행복으로 알았다.

율촌에 사는 대부분의 사람들 생각이었다.

"끙……."

등건은 얼굴 전체에 주름이 퍼져서 나이보다 십 년은 늙어
보였다. 그 옆에서 짚으로 엮은 모자를 쓴 이화가 수건을 건

넸다.

"땀 닦아요. 오늘 해 넘어가기 전에 끝낼 수 있으려나? 안 그러면 표가 놈이 또 꼬투리를 잡을 텐데……."

"어허! 표가 놈이라니, 누가 듣겠소. 에이, 이놈의 농사를 그만두든지 해야지."

"그만두면? 뭐 할 거라도 있나 보네? 나이는 어디로 먹고사는지……. 일이나 해요!"

이화는 말도 안 되는 남편의 푸념에 일침을 놓고는 다시 밭을 갈기 시작했다.

해가 뉘엿뉘엿 지는 시간.

멀리서 두 사람을 향해 다가오는 청년이 있었다.

"아버지……."

목소리에 힘이 하나도 없었다.

등건의 둘째 아들 등기수는 나이가 스물여섯이었지만 아직까지 이렇다 할 변변한 일자리를 갖고 있지 못했다.

오늘도 표사 시험을 치르러 갔다가 떨어지고 돌아오는 길이었다.

등건보다 이화가 먼저 발견하고 손을 흔들었다.

"어이구, 우리 둘째 아들! 어떻게 됐… 또 떨어진 게야?!"

"……."

등기수는 함구한 채로 이화의 손에 든 호미를 잡았다.

"됐어. 들어가서 밥 먹어. 아들이라고 있는 놈들이 어째 하나같이 변변한 놈이 없어. 모두 지 아비를 닮아서 저렇지."

이화는 말은 화를 내는 것처럼 해도 일어나서 집으로 향하고 있었다. 시험이야 어찌 됐든 밥은 먹어야 내일도 움직일 수 있기 때문이다.

등건은 집으로 걸어가는 아내의 흰 등을 보며 혀를 찼다.

"쯧, 이번엔 왜 떨어졌나?"

"별거 있나요. 할 줄 아는 게 없으니 그렇지."

짧지만 그 안에는 등건의 질문에 대한 대답이 모두 들어 있었다. 무공 초식 하나 배운 적도 없고, 글도 잘 읽을 줄 모르는 등기수가 표국에서 할 수 있는 일이 있을 리가 없었다.

그러나 그보다 더욱 큰 이유가 있음을 누구보다 등건이 잘 알고 있었다. 등건은 길게 한숨을 내쉬고는 말없이 발을 맺다.

"저기… 혹시 저를 아세요?"

그때, 갑자기 들려온 생뚱맞은 질문에 두 부자는 고개를 옆으로 돌렸다.

꼬질꼬질한 차림새에 머리는 산발이었고, 두 사람을 바라보는 눈도 왠지 멍청해 보이는 청년이 서 있었다.

등건은 귀찮다는 표정으로 물었다.

"뉘슈?"

"정말요?"

이화는 십 년 만에 처음으로 전력을 다해 놀랐다.

식구들 역시 머쓱하니 서 있는 등천화를 보며 믿기 힘든 표정들을 짓고 있었다.

"애, 얘가 정말… 천화라구요?"

"……."

"아, 뭐라고 말 좀 해봐요."

"맞는 것 같소. 저 멍청한 눈과… 이곳까지 오면서 대여섯 번이나 넘어진 걸 보면……."

등건은 씁쓸한 얼굴로 대답했다.

어릴 때의 아들은 잘 걷지도 못해서 밭에도 데려가지 못했고, 하는 소리는 도통 알아들을 수 없어서 모자란 녀석이라 여겼던 녀석이다.

멀쩡했다.

키도 제법 크고 몸집이 약간 호리호리하긴 했지만 저만하면 훌륭히 자랐다고 할 수 있었다.

그런데… 왜 넘어지느냔 말이다!

어릴 때와 하나도 변하지 않은 녀석이라면 집으로 돌아와도 하나도 반갑지 않은 것이다. 결국 입이 하나 더 는 것뿐이니.

"휴우……."

등건의 한숨에 이화는 천천히 등천화에게 다가가 얼굴을 요리조리 뜯어보았다.

“천화… 니?”

“예, 어머니.”

씨익.

등천화가 처음으로 자신을 반겨줄 것 같은 어머니한테 안기려 한 걸음 다가가려는 순간,

“어, 어…….”

의지와는 상관없이 옆으로 움직이고 말았다.

왼쪽 관자놀이에서 느껴지는 감촉이 있었다.

언제 손을 뻗었는지 이화의 손이 등천화를 밀어버린 것이다.

“하나도 변하지 않았구나.”

“변할 게 뭐 있나요.”

“좀 변하지 그랬니?”

“예?”

“…….”

이화는 잠시 등천화를 바라보고는 고개를 저었다.

“일단 밥부터 먹자.”

“예!”

등천화는 최대한 밝고 큰 목소리로 대답했다.

뒤에서 보고 있던 등건은 순간 겁이 덜컥 났다.

‘이, 이놈… 밥을 정말 좋아하는가 보구나.’

한 집안을 책임진 사람으로서 당연히 들 수 있는 생각이었다.

"어디서 뭐 하고 살았냐?"

등기수는 식사 후에 등천화를 데리고 나와 풀밭에 앉으며 말을 건넸다. 등건과 이화의 눈짓이 아니더라도 자신 역시 궁금했기 때문이다.

"우와! 하나도 변하지 않았네?"

등천화의 눈은 예전과 하나도 변하지 않은 길, 달빛과 함께 여전한 소나무 등에 닿아 있었다.

국진력의 손에 이끌려 엉기적거리며 떠났던 길이 바로 눈앞이었다.

피식.

생각났다.

나무들과 얘기 나누고, 길과 소나무와 바람과 얘기를 나눴었다. 그땐 너무 많은 얘기와 너무 많은 길이 보여서 곤란하기까지 했었다.

지금도 눈만 감으면 무수한 입체 형상이 마구 쏟아질 것만 같았다.

막 당시의 기억으로 넘어가려는 순간,

"천화야?"

아직은 익숙한 이름이 아닌지 약간은 어색한 등기수의 목소리가 상념을 깼다.

"예?"

"예는 무슨, 형인데. 첫째 형은 장가가서 하남성 어디에 산
다더라. 넷째는 집 나가서 아직 소식이 없고. 하하하, 그리고
보니 둘이 나가고 하나가 돌아왔네."

등기수는 셈을 하는 자신의 모습이 이상한지 실없이 웃기
만 했다.

"예에……."

첫째 형의 얼굴은 기억나지 않았다. 아니, 형제들 얼굴이
모두 기억나지 않는다는 것이 옳았다. 하긴, 아버지와 어머니
의 얼굴도 직접 보기 전까지는 생각나지 않았으니.

"어디서 뭐 하고 살았냐고."

"아… 그게… 사부님을 따라서… 걷는 거 배웠어요."

"사부님? 누가 들으면 무공이라도 배운 줄 알겠다. 아무튼
너 떠나고 어머니가 그러시더라, 너를 걷게 해주고 싶다는 노
인이 데려갔다고. 솔직히 말하면 난 그때 어머니가 너 내다
버린 줄 알았다. 큭."

등천화가 뭐라고 할 줄 알았던가.

등기수는 등천화를 보며 잠시 말을 멈추었다.

"너를 내다 버린 줄 알았다고."

"예에……."

"……."

등기수의 눈이 멍해지고 말았다.

어릴 때와 전혀 변하지 않은 어리버리한 등천화의 눈에는

정말로 어떠한 서운함도 나타나지 않았다. 더 이상 그때의 일에 대해서 말한다는 것이 무의미하게 여겨졌다.

"흠흠, 들어가자. 내일부터는 네 일자리도 알아봐야겠다. 참, 걷는 거 외에 할 줄 아는 건 없냐?"

"…없는데요."

"알았다. 뭘 기대하겠냐."

등천화는 돌아서는 등기수의 모습에 자신이 뭔가 굉장히 미안한 일을 저지른 것 같은 느낌을 받아야 했다.

있는 그대로 말한 것뿐인데 등기수의 얼굴이 왜 어두워지는지.

다음날, 아침 일찍 누군가가 등천화를 깨웠다.

"……."

"잠깐 나와 볼래?"

막내 형 등완이었다.

등천화는 말없이 자리에서 일어나 따라 나갔다.

밖으로 나온 등완은 등천화를 집에서 조금 떨어진 곳으로 데려갔다.

등완은 걸어가면서 몇 번이고 돌아봤다.

"안 넘어지네? 너, 그 병은 고친 거야?"

"무슨 병이요?"

"넘어지는 병 말이야."

“병… 이었나요?”

“…….”

등완은 잠시 대답을 하지 못했다.

집안 식구들이 다들 병이라고 하니까 그런가 보다 한 것뿐이지 그것이 병인지는 알 수 없었다.

“에이, 몰라! 병이든 아니든. 자, 지금부터 형이 하는 말 고깝게 여기지 말고 들어.”

등완은 언제 고민했느냐는 듯이 거드름을 피우며 등천화의 어깨를 두드렸다. 뭔가 중대한 사명을 위임받은 사람처럼 제법 진지하기까지 했다.

“천화야, 우리 식구는 너의 복귀로 인해 중대한 결정을 내리게 됐다.”

“뭔데요?”

“말 끊지 말고!”

“…예.”

“그 중대한 결정이 뭐냐, 네 일에 대한 거다. 사실 너도 알다시피 우리가 못살잖냐. 즉, 네가 일을 하지 않으면 많이 힘들다 이 말이야. 십 년 전에 네가 떠났을 때, 크흑, 우리 모두는 엄청 힘들어했지. 막내를 보내는 이 형의 마음이야 그렇다 쳐도, 부모님의 마음은 오죽했겠냐. 이 형 말, 알아듣지? 알아들을 거야. 그래서… 조금 있다 둘째? 형이 가자고 하면 아무 소리 말고 따라가.”

“어딜…….”

“아무 소리 말고 따라가라고 했어, 안 했어?!”

등완은 등천화를 겁주려는 듯 과장된 행동으로 답답해했다.

“했어요.”

“그럼 따라갈 거지?”

“예.”

등천화는 웃으며 대답했다.

등천화를 설득해 보라는 등건과 등기수의 명령을 무사히 수행했건만 너무 말을 잘 들어서일까, 왠지 등천화가 불쌍해졌다.

아침 식사를 할 때는 어제저녁과 완전히 달랐다.

등천화가 얼마를 먹든 말하는 사람이 없었다.

식사가 얼추 끝나가자 등건이 등기수에게 눈짓을 했다. 그러자 등기수가 조심스럽게 입을 열었다.

“아침에… 완이 말 들었지?”

“예.”

“그럼 가자.”

“예.”

등천화가 순진한 웃음과 함께 일어나서 등기수와 함께 간 곳은 꽤 큰 건물의 장원이었다. 정문을 지키고 있던 위사 둘이 등기수를 알아보고 이죽거렸다.

“죽어도 안 오겠다더니? 킥킥킥.”

“배 곯게 생겼는데 안 올 리가 있나.”

두 위사의 거들먹거림에 등기수의 안색이 딱딱하게 굳었다.

“시답잖은 소리 그만 해, 확 뭉개 버리는 수가 있으니까.”

등기수의 살기 어린 표정에 두 위사는 금방 움츠러드는 척했다.

“아이구, 알아모십죠. 그나저나 이곳은 어쩐 일이래?”

위사를 모집한다는 얘기를 건넨 장본인이 바로 자신이면서 모른 척 되물었다. 그러자 등기수는 등천화의 목을 잡아서 그들의 앞에 내밀었다.

“엥? 그 거지는 누구야?”

“내 동생이다. 이곳에서 위사를 모집한다는 소릴 듣고… 하고 싶다고 해서 찾아왔다. 대인은 안에 게시냐?”

“게시기야 하지만, 네가 아니라면 안 해줄 텐데……”

“그런 건 네가 신경 쓸 것 없고, 안내나 해. 기별을 해주든지.”

“쳇, 곧 죽어도 자존심은 살아서.”

위사는 퉁퉁거리면서 들어가라는 시늉을 했다.

두 형제는 안으로 들어가면서 장원의 내부를 둘러보았다. 꽤 넓었다. 한쪽에는 어딘가로 옮길 준비를 끝낸 쌀가마니가 산을 이루었고, 그 위쪽에는 한적한 풍경의 정원이 건물 사이로 보였다.

"형, 누굴 만나나요?"

"그래."

"누구요?"

"있어."

"예에……."

등천화는 더 이상 묻지 않았다.

정원 쪽으로 걸어가던 등기수는 손짓으로 한 방향을 가리켰다.

"저곳에 들어가면 뚱뚱한 사람이 네게 이것저것 질문을 할 게다. 무작정 다 할 줄 안다고 해. 알았냐?"

"뭘 다 할 줄… 알았어요."

등천화는 급히 입을 닫았다.

정원에 있는 연못이 보이는 정자 위.

비쩍 마른 문사 차림의 집사는 의자가 위태위태해 보일 정도의 체구를 가진 중년인을 연신 말리고 있었다. 하지만 거대한 체구의 중년인은 그의 말에는 아랑곳하지 않고 계속 무언가를 입에 넣기에 바빴다.

"장주님, 건강을 위해서 기름진 음식은 삼가시는 편이 좋습니다."

집사의 말에 중년인은 닭다리를 하나 더 입에 집어넣으며 씹지도 않고서 삼켰다.

“쩝쩝… 그건 내가 알아서 할 거야. 익수 녀석은 요즘도 무공을 익히느라 바쁜가? 그런 걸 할 시간에 장사나 배우라고 하니까 왜 말을 안 듣는지 모르겠어. 우걱우걱! 쩝쩝!”

표인붕은 오 인분의 음식을 해치우고 나서야 트림과 함께 상을 물렸다. 입을 닦은 후 입가심으로 술을 한잔 들이켜던 그는 집사를 쳐다봤다.

“요즘 들어 몸이 많이 약해졌어. 자꾸만 십 년 전 일이 떠오르지 뭔가.”

“십 년 전이요?”

“자네는 그때 없었나? 십 년 전에 이상한 노인네가 우리 장원에 쳐들어왔잖은가.”

“그땐 제가 여기에 없었습니다.”

“그런가? 율촌 알지?”

“알고 있습니다.”

“거기 등가네가 소작을 하는 밭이 몇 평이지?”

“장주님께서 매년 줄이라고 하셔서 이젠 백 평 남짓한 것 같습니다.”

“꼴 좋다. 그러기에 왜 나를 건드리냐고. 괴롭히면 나타날 거라고? 헹! 어디 나타나나 보자고. 나타나기만 하면 앞니 빠진 이빨을 몽창 빼줄 테니까.”

표인붕이 술을 다시 입가로 가져가려 할 때였다.

밖에서 누가 찾아왔다며 알려왔다.

"누구라더냐?"

"율촌의 등건 아들 둘이 뵙기를 청합니다."

"등가? 들여보내라. 흐흐흐. 이봐, 집사. 내 직감이 어떤가?"

"매번 느끼지만 대단하십니다."

집사는 평소에도 표인붕의 직감을 무척 신뢰하는 편이었다. 손해 보지 않고 대부분의 장사에서 이익을 내는 것이 바로 저 직감 때문이리라.

집사는 다가오는 두 형제의 행색을 보고는 깜짝 놀라고 말았다. 두 사람 모두 행색이 말이 아니었기 때문이다.

"저… 들입니까, 장주님?"

"엥? 한 놈은 못 보던 놈인데?"

"얼굴을 다 알고 계십니까?"

"둘 중 더 더러운 놈은 첨 봐."

"저 순진해 보이는 청년 말입니까?"

"청년은 무슨, 거지새끼지."

표인붕은 거만한 표정으로 이빨을 쑤시며 등기수에게 말을 건넸다.

"쩝, 등가는 잘 있느냐?"

"……."

등기수는 애써 외면했다.

반면에 등천화는 뭐가 그리 신기한지 계속 주위를 둘러보고 있는 중이었다.

"꼴에 자존심은. 네 아비는 잘 있냐고."

"이보게, 말을 해야지. 장주님께서 묻잖은가."

집사가 등기수에게 대답을 재촉했다.

"잘 계십니다."

등기수는 이를 악물고 대답했다.

"누구 덕분에?"

"……."

"너희들 생활을 보장해 주는 사람이 나 말고 더 있나 보지? 그럼 나머지 밭도 거둬들여야겠다. 집사."

"표 장주님 덕분입니다!"

등기수는 이를 악물며 대답했다.

예전에도 한번 자존심을 내세웠다가 밭 백여 평을 거둬간 적이 있었다.

떨리는 주먹을 쥐고서 억지로 참아야 했다.

"너도 네 아비 때문에 참 고생이 많다. 하지만 어쩌겠느냐, 참아야지. 푸헷, 우헤헤헤!"

표인붕은 재미있어 죽겠다는 듯이 마구 숨을 헐떡거렸다.

"형, 저 뚱뚱한… 읍!"

"……!"

등기수는 등천화의 입을 막은 상태로 표인붕을 쳐다봤다.

혹시라도 그 말을 들었으면 큰일이기 때문이다.

"저 거지가 뭐라고 한 거야, 집사?"

"잘 못 들었습니다."

표인붕의 시선이 등기수에게 다시 돌아갔다.

슬쩍 등천화를 째려보는 것도 잊지 않았다.

"자, 할 말 있으면 해봐."

"위사 자리를 얻고 싶어서 왔습니다."

"위사?"

"모집한다고 해서요."

"누구?"

"저희 둘이 다 할 수 있으면 좋겠습니다. 정 안 되면 이 녀석이라도 넣고 싶습니다."

"엥?"

표인붕은 마시던 술잔을 내려놓고 등천화를 자세히 살폈다. 생김새만으로는 둘의 사이를 판단하기 어려웠다. 지저분해서 얼굴이 잘 드러나지 않은 것도 있지만, 너무 안 닮았기 때문이다.

"둘은 무슨 관계?"

"형제입니다."

"형… 제?"

표인붕의 거대한 얼굴이 찌푸려졌다.

"내가 모르는 등가의 식구라고는… 혹시 십 년 만에 돌아온 네 막내 동생이냐?”

“……?”

등기수는 표인붕의 말에 깜짝 놀라 대답을 하지 못했다. 소개하기도 전에 등천화의 정체를 알아차렸기 때문이다.

머릿속이 갑자기 환해지는 이 느낌이란!

그동안 왜 고생을 했는지, 밭이 왜 자꾸만 주는지.

그 이유가 어쩌면 옆에 있는 자신의 동생 때문일지도 모른다는 기묘하고도 얼토당토않은 생각이 스치고 지나간 까닭이다.

등기수가 뭐라고 대답하기도 전에 등천화가 말문을 열었다.

“맞습니다. 제가 형의 막내 동생 등천화입니다. 반갑습니다.”

“……!”

등기수는 입을 쩍 벌리다 말고 표인붕의 얼굴을 쳐다봤다. 혹시나 자신의 예측이 맞기라도 하면 큰일이기 때문이다.

표인붕의 거대한 얼굴이 씰룩거리며 살에 파묻힌 눈이 거의 보이지 않을 정도로 일그러졌다.

“네가 등천화란 말이지? 집사, 익수를 데려와.”

“예? 도련님을 지금 말입니까?”

“데려오라면 데려오지 뭔 말이 그렇게 많아! 개잡놈이 왔다고 말하면 당장 뛰어나올 게다.”

“개, 개잡놈!”

집사도 익히는 아는 사람이었다.

표익수가 무공을 배우는 이유가 바로 입버릇처럼 ‘개잡놈’을 때려죽이기 위해서였다. 무공도 때려죽이기 쉽게 권법을 익힌다는 소릴 들은 것도 같았다.

‘딱한 놈이네. 행색을 보니 십 년 동안 징그럽게 고생만 한 것 같은데, 집에 돌아오자마자 죽게 생겼네. 쯧쯧쯧.’

집사는 고개를 흔들며 표익수가 있는 곳으로 달려갔다. 그 모습을 지켜보던 등기수는 마른침을 삼켰다. 뭔가 안 좋게 돌아가는 상황을 느꼈기 때문이다.

“장주님, 천화를 어찌 아십니까?”

“왜 몰라! 저 씹어 먹어도 성에 안 찰 놈을!”

“천화가 잘못한 일이라도…….”

“저놈 때문에 십 년 전에 죽을 뻔한 일을 생각하면 지금도 잠을 못 자!”

표인붕은 스스로 화를 주체하지 못하고 등천화를 노려봤다. 하지만 등천화의 행동. 자신에게 화를 내는 것도 모르고 주위를 한가롭게 둘러보고 있었다.

툭.

“천화야.”

등기수는 안색이 창백해져서 등천화의 옆구리를 찌르며 목소리를 낮춰 물었다.

“예?”

“도대체 십 년 전에 무슨 일이 있었기에 표 장주가 저렇게 화를 내는 거야?”

“십 년 전… 모르겠는데요?”

너무도 태연한 대답은 곧장 표인붕의 귀에 들어갔다.

“모, 몰라? 개잡놈아, 너 때문에 우리 부자가… 어이구, 목이야!”

“아버지, 그만두세요. 야! 등신새끼, 오랜만이다?”

표익수의 말을 끊으며 나타난 스물서너 살은 되어 보이는 청년. 얼굴 한가득 ‘싸가지 없음’ 이란 말을 써놓지도 않았는데 한눈에 그가 누군지 알 수 있었다.

‘표익수, 저 개망나니가 직접 나왔다. 도대체 천화 이 녀석이 무슨 짓을 했다고 이 난리야?’

소문난 망나니 표익수까지 살기 어린 눈으로 나타날 줄이야… 등기수의 등짝에 식은땀이 흘렀다.

그러나 더욱 놀라운 일은 그 다음에 벌어졌다.

“어? 넌… 그때 그…….”

등천화가 표익수를 아는 척하며 활짝 웃었다.

“기억이 나나 보지?”

“네가 나 많이 때렸잖아.”

“그래서 그 이상한 늙은이를 보낸 거냐?”

“이상한 늙은이?”

“네 사부란 늙은이 말이야! 더럽게 못생겨서 아직도 기억나는 그 늙은이 말이야!”

“사부님이 왜?”

“왜? 왜? 왜? 이 개잡놈의 등신새끼가 아주 지랄을 하고 있군. 너 때문에 아버지하고 내가 무슨 꼴을 당했는지 알아? 니가 부탁했지? 아버지와 나한테 해코지 좀 해달라고 니가 부탁했지?!”

표익수는 말을 마치고는 곧장 주먹으로 등천화를 후려쳤다.

훙—

“천화야!”

등기수는 곧 표익수의 주먹에 맞아서 나가떨어지는 등천화를 상상하며 두 눈을 감았다. 하지만 두 눈은 금방 다시 떠지고 말았다.

“난 안 그랬는데?”

“닥쳐!”

“정말 안 그랬는데.”

“이 개잡놈아, 닥치고 좀 맞아! 맞아! 좀 맞으란 말야!”

표익수의 외침에 한쪽 눈을 뜨자, 희한한 광경이 연출되고 있었다. 등천화의 몸이 흔들거리며 표익수의 주먹을 모두 피해내고 있었다.

‘어? 잘 걷지도 못하는 놈이 어떻게……?’

등기수의 생각으론 도저히 이해할 수 없는 일이 눈앞에서
벌어지고 있었다. 그렇다고 등천화의 모습이 멋있다거나 하
진 않았다.

오히려 엉덩이를 씰룩거리는 모습이 누가 볼까 걱정스러
울 지경이었다. 이렇게 되자 당연히 표익수의 실력이 형편없
다는 생각밖에 들지 않았다.

굼벵이도 기는 재주가 있다더니 등천화가 그 짝이었다. 지
켜보던 등기수는 자신도 모르게 웃음이 흘러나왔다.

그때,

열이 머리끝까지 뻗친 표익수의 고함 소리가 터졌다.

"으아아아아아!"

한참 동안 악을 쓰던 표익수는 갑자기 주위를 두리번거렸
다.

"너, 너! 저 개잡놈, 잡아! 잡아!"

표익수가 가리킨 무사들은 떨떠름한 얼굴로 쉽게 나서지
못했다. 사실 그들은 대부분 소작을 할 수 있게 해주겠다며
데려온 집의 자식들이었다.

"흐흐흐. 익수야, 다른 놈들 부를 것 없다."

표인붕은 등기수를 향해 말했다.

"너, 우리 장원의 위사가 되겠다고 했지?"

"……."

"네 동생에게 움직이지 말라고 해. 그러면 소작도 늘려주

고 위사로도 써주지. <u>호호호</u>.”

표인붕은 승자의 여유로운 표정을 지었다.

등기수에겐 대단한 제안이 아닐 수 없었다.

“믿… 어도 되는 겁니까?”

“그럼. <u>호호호</u>.”

표인붕의 대답에 등기수는 고민스러운 표정을 짓다가 곧장 등천화에게 다가갔다.

“천화야, 우리가 왜 여기에 왔는지 이젠 알겠지?”

“예. 위사라는 걸 하려고 온 거잖아요.”

“그래. 그래서 하는 말인데…….”

“…….”

등천화는 순진한 표정으로 등기수의 다음 말을 기다리고 있었다.

“그냥 맞으면 안 될까?”

“쟤 주먹을요?”

“그래. 그래야 위사가 될 수 있다고 하거든?”

“위사라는 게 좋은 거예요?”

“아까 정문으로 들어올 때 서 있던 두 사람 봤지?”

“예.”

“그 사람들과 같은 일을 하는 거야.”

“그렇구나. 그럼 다른 곳에서 하면 되잖아요.”

“에효, 그건 네가 몰라서 그러는데…….”

“천추성이란 곳은 어때요?”

“천추… 뭐?”

“천추성이요.”

“네가 거길 어떻게 알아?”

“거기에 아는 분이 계시거든요.”

멍―

등기수는 할 말을 잃고 표인붕을 돌아봤다.

표인붕은 물론 장원에 있는 모든 사람들이 다 들은 후였다.

분명히 ‘천추성’ 이라고 했다.

현 강호에서 가장 강한 정도 세력.

아무리 궁벽한 시골구석이라고 해도 못 들을 수가 없는 이름 천추성!

그런 곳을 등천화가 아무렇지도 않게 말한 것이다.

“꿀꺽.”

누군가의 목젖이 울리는 소리였다.

표인붕은 거대한 몸을 억지로 일으켜 세웠다.

“지, 지금 뭐라고 했는지 다시 한 번 말해봐… 주겠나?”

“천추성에 아는 분이 계시니까 굳이 여기서 위사를 하지 않아도 되겠다구요.”

“컥! 지, 집사! 나, 나 좀……!”

표인붕은 곧장 자리에 쓰러지고 말았다.

그러나 한 사람만은 등천화의 말을 곧이곧대로 듣지 않

았다.

"개 같은 소리! 너 같은 등신새끼가 어떻게 천추성을 알아? 어디 시골구석에서 한 수 배운 모양인데, 천추성이 그렇게 만만한 줄 알아! 데려와 봐! 하지만 만약이라도 거짓말이면 니들 식구는 그날로 다 죽은 목숨이야! 알았어?"

표익수의 원독에 찬 눈빛이 예사롭지 않았으나, 역시 등천화의 한마디는 무시할 수 없었던 것이다.

집으로 돌아가는 길에 등기수는 자꾸만 터져 나오는 웃음을 주체할 수가 없었다.

"하하, 하하하……!"

"형, 왜 웃어요?"

"너, 그런 건 어디서 배웠냐?"

"뭘요?"

"나한테까지 숨길 필요 없어. 너 때문에 우리 식구 다 죽게 생겼으니까."

다분히 장난기 섞인 말이었으나 상황은 달라질 게 없었다, 등천화의 말이 거짓말이라는 가정하에서.

등천화는 등기수의 말을 잘 이해하지 못하고 어리둥절한 표정을 지으며 되물었다.

"뭘 숨기지 말라는 거예요?"

"천추성."

"천추성이요?"

"그래. 그곳은 어디서 들었어?"

"종명기란 분하고 가교일이란 분이 꼭 들르라고 했어요. 집으로 오는 도중에 만난 분들이거든요."

"종명기? 가교일?"

등기수가 강호의 소식에 조금만 해박했어도 두 사람의 이름을 듣지 못했을 리 없었다. 율촌이란 시골구석에서만 살아온 그가 알 수 있는 이름이 아니었다.

"그 이름도 지어낸 거 아니야?"

"지어낸 것? 형, 나는 지어낸 것 없어요."

"알았다, 알았어. 일단 집으로 가서 의논해 보자. 후후, 하하하!"

"하하하."

등천화는 등기수가 왜 웃는지도 모르고 따라서 웃었다. 태어나 처음으로 형과 함께 웃을 수 있는 기회를 놓치고 싶지 않았다. 앞으로의 일은 앞으로의 일일 뿐이니까.

"하하하!"

웃음을 흉내 내는 동생을 보며 등기수는 더 크게 웃었다. 오랜만에 이토록 후련한 적이 없었다. 당황하는 표인붕과 그 아들놈의 얼굴을 식구들이 다 봤어야 했다.

집으로 가는 내내 두 형제는 미친 사람들처럼 주거니 받거니 하면서 웃었다.

두 사람 모두 가족이 있어 행복하다는 생각을 태어나 처음
으로는 하는 중이었다.

집으로 돌아온 등기수는 기대에 찬 식구들의 눈빛을 외면
하며 일단 등천화와 함께 밥부터 배불리 먹었다.
"잘됐구나. 그치?"
이화는 느긋한 등기수의 태도에 눈을 빛냈다.
기대에 찬 눈은 등건과 등완도 마찬가지였다.
"형, 표 장주가 뭐라고 했는지 빨리 말해줘."
"둘째야, 밥만 처먹지 말고 뭐라고 말 좀 해봐라."
밥을 모두 비운 등천화가 먼저 트림을 했다.
"끄억, 배부르다."
"천화야, 많이 먹었나?"
"예."
"녀석……."
등기수는 등천화의 어깨를 두드려 주고는 식구들을 둘러
보며 말문을 열었다. 그리고는 표가장에서 있었던 일을 하나
도 빼놓지 않고 그대로 얘기했다.
얘기를 듣던 식구들의 표정이 점점 해쓱해지는 것을 보면
서도 등기수는 끝까지 말을 끊지 않았다.
털썩.
식구들은 방바닥에 주저앉더니 쌍심지를 켜고 등천화를

노려봤다.

등건이 제일 먼저 물었다.

"천추성… 정말 아는 사람이 있니?"

"그럼요!"

등천화는 자신있는 목소리로 대답했다.

너무도 당당해서 질문한 등건조차 다음 질문을 건네지 못하고 말았다.

"아는 사람이 있다는데……?"

"으이구, 이 양반아! 그런 곳에 있는 사람을 아는 놈의 행색이 이 모양이야! 너, 솔직하게 말 안 해? 아니다. 이럴 게 아니라 일단 짐부터 싸자. 어차피 밭이고 논이고 다 뺏어갈 테니까 더 이상 이곳에 머물 필요 없다. 니가 돌아오자마자 이게 무슨 꼴이냐, 이 웬수야!"

이화는 진저리를 치며 등천화를 밀치려 했다.

"어?"

이화의 손이 허공을 밀치며 앞으로 고꾸라지려는 순간, 그녀의 팔을 붙잡는 손이 있었다.

"어머니, 괜찮으세요?"

"너, 조금 전에 어떻게 한 거야?"

등천화는 대답없이 예의 순진한 웃음을 지으며 머리를 긁적였다.

무의식적으로 이화의 손을 피하고 만 것이다.

“하남성이 여기서 얼마나 걸려요?”

“하남성은 왜?”

“가서 위사 자리가 있나 알아봐야죠. 천추성인가 하는 곳이 거기에 있대요.”

등천화의 한마디에 식구들은 모두 할 말을 잃고 말았다. 끝까지 진짜라고 우기는 데에야 더 이상의 설득은 무의미했다.

이때, 등기수가 결정을 내렸다.

“아버지, 어머니, 믿죠.”

“뭘 믿어, 형? 믿었다가 죽으면 어쩌려고!”

등완이 갑자기 소리를 지르며 등천화의 머리를 주먹으로 한 대 쥐어박는 시늉을 했으나, 등기수가 막으며 한 가지를 제안했다.

“윗동네에 사는 모건 아시죠? 그 친구가 표사로 일하니까 서찰을 전해달라고 해볼게요. 혹시 알아요, 사실일지.”

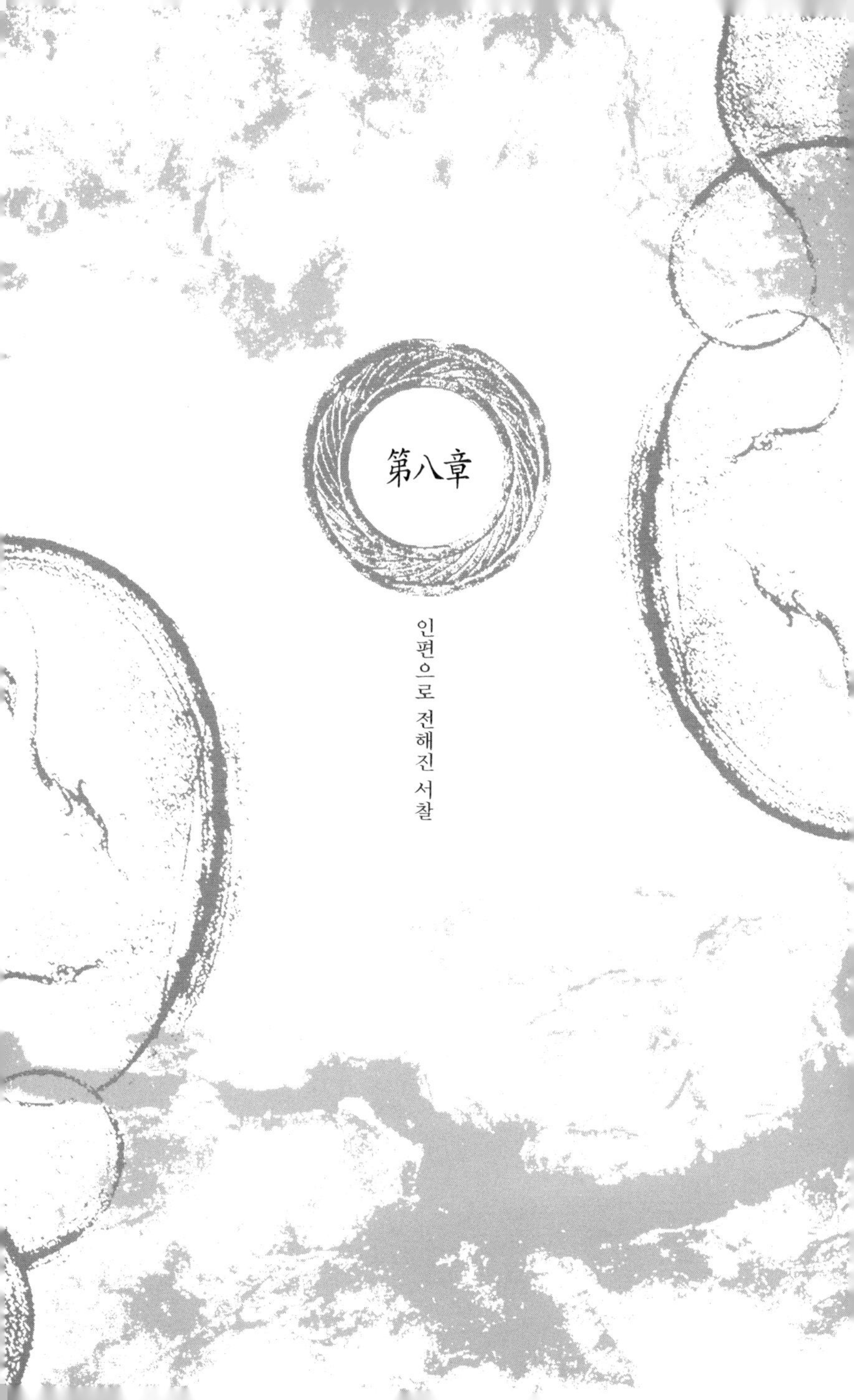
第八章

인편으로 전해진 서찰

태산.

산동성 태안 북방에 위치한 산이며, 오악 중 동악이라 불리는 명산이다. 장인봉의 기개가 하늘을 찌를 듯이 솟아 있으며, 봉선의 예가 행해진 곳답게 묘우가 많았다.

전설에 의하면 황제가 이곳에서 천하의 각종 귀신들을 회합시킨 적이 있는데, 그때 황제를 보좌한 여섯 마리의 용과 수레를 끄는 신조의 날개만으로 하늘이 모두 가려졌다고 한다. 그때 귀신들이 황제의 근처로 근접하지 못하도록 만든 신이 풍백과 우사였다.

천추성이 이곳에 자리를 잡은 것은 우연이 아니었다.

풍백과 우사의 무공을 대대로 발전시킨 풍우세가의 현 가주가 바로 천추성주이기 때문이다.

천추성에 속한 무인들은 한 명 한 명이 모두 고수라 불리기에 충분한 실력들을 지니고 있었다.

팡— 파팡—!

수련에 열중하는 무인들의 손과 손이 마주치며 내는 소리였다. 음향은 천추성 곳곳을 울리다가 '천건전'에서 멈췄다.

천건전은 천추성의 체계에 따라 구성되는 일원, 이전, 사당 중 건당의 집무실과 같은 역할을 하는 곳이다.

일원은 원로원을 말하며 구대문파의 전대 장문인들이 주축을 이룬 곳이고, 이전은 나후전과 은하전이라 알려졌지만 구성원은 알려지지 않았다. 사당은 천건당, 천곤당, 천감당, 천리당을 말하는데, 이 네 개의 당이야말로 천추성을 떠받치는 기둥이었다. 그 아래로 팔로대, 삽십이천명대 등이 있는데, 이들 역시 고수 아닌 자가 낄 수 있는 곳이 아니었다.

종명기는 사당 중 천건당 소속으로 일건이란 신분을 갖고 있다. 무공에 따라 각 당은 일건, 일곤, 일감, 일리 등의 신분을 갖게 된다.

천건당에는 일건이 네 명, 이건이 여덟 명으로 구성되어 있다. 물론 다른 당 역시 마찬가지였다.

천건전 내부.

말끔한 백삼 차림의 중년인과 종명기가 마주 앉아 뭔가를 의논하고 있었다.

"사제, 너는 언제쯤이나 돼야 다른 사람 말에 휘둘리지 않고 살 거냐?"

"그건 또 무슨 말입니까?"

종명기는 귀를 후빈 손가락을 혹 하고 불고는 딴청을 부렸다.

중년인은 천추성에서 종명기가 사형이라 부르는 유일한 사람이자, 종명기가 어릴 때 본 이후 한 번도 못 본 사부 요료 성승의 속가의 대제자이며, 천건당의 당주 진휘악이었다.

좀 더 설명을 보충하자면, 모든 일이란 일은 종명기에게 시켜먹으면서 요료 성승을 만나 칭찬받는 건 혼자서 다 하는 자였다.

"더 이상 말할 것 없다. 이번엔 중요한 일이다. 네가 아니면 안 되니까 나갈 준비나 해라."

"싫습니다."

"뭐?"

진휘악은 종명기의 입에서 한 번도 나오지 않은 말을 듣고서는 믿을 수 없다는 표정을 지었다.

"지금 뭐라고 했느냐?"

"중요하다는 일이 뭔지는 모르지만, 그건 사형한테나 중요한 일이지 저와는 상관없는 일이잖습니까? 이번에 너무 무리를 해서 좀 쉬어야겠습니다. 다른 사람에게 맡기세요."

평소 같았으면 진휘악과 싸우기 싫어서라도 명령을 들었을 종명기였으나, 이번엔 알아봐야 할 문제가 있어서 명령에 따르고 싶지 않았다.

이 정도 고집을 피우면 그동안의 수고를 생각해서라도 물러서 주겠지 싶은 생각이 든 까닭이다.

그러나 진휘악은 그렇게 해줄 생각이 없는 듯 안색을 딱딱하게 굳히며 명령을 내렸다.

"지금 항명을 하겠다는 거냐? 어서 나가! 지금 당장!"

진휘악의 입장에서는 당연한 반응이었다.

한 번도 자신의 명령을 어긴 적이 없는 멍청한 사제가 갑자기 반기를 들었기 때문이다. 하지만 해서는 안 될 말을 하고 말았다.

"하, 항명? 큭, 언제부터 사형이 내게 명령을 했습니까? 그럼 지금까지 부탁이라고 했던 게 전부 명령이었다는 소립니까?"

종명기는 고개를 한쪽으로 기울이며 진휘악을 쳐다봤다.

'이놈이 돌았나?'

진휘악은 당황할 수밖에 없었다.

"종명기! 똑바로 고쳐 앉아!"

"……."

"종.명.기."

진휘악의 이마에 힘줄이 툭툭 불거져 나왔다.

저래도 된다고 생각하는가? 왜?

고생은 종명기 혼자서 죽음을 담보로 해왔건만 오히려 큰 소리는 사형이 치고 있었다.

"사형."

"똑바로 앉으라고 했다."

"사형!"

종명기는 더 이상 참지 못하고 자리에서 벌떡 일어났다.

"……!"

"가렵니다. 이젠 마교의 떨거지들하고 싸우는 것도 아주 지긋지긋합니다! 욕먹으려고 이곳까지 온 줄 아십니까? 쳇!"

"지, 지금 무슨 말을 지껄이는 거야! 그 말이 사형한테 할 소리냐? 종명기, 빨리 사과하고 나가서 시키는 일이나 해! 어서!"

진휘악의 부릅뜬 눈이 종명기의 눈을 뚫을 것처럼 노려보자 이번엔 종명기도 피하지 않았다.

"정말… 해도 너무하시네. 예전에는 척 하면 착 하고 알아듣더니 너무 안에만 있었던 것 아닙니까, 사형? 사문으로 돌아간다고요."

종명기의 말은 진심이었다.

진휘악은 순간적으로 살의가 일었다.

꼭두각시처럼 자신의 뜻대로 움직이던 인형이 갑자기 말을 듣지 않는 것이다.

진휘악의 입에서 신음과 같은 음성이 다시 흘러나왔다.

“마지막……."

“아, 마지막이고 뭐고 안 해, 안 해!"

종명기는 있는 대로 소리를 지르고는 밖으로 나가 버렸다. 이것이 진휘악을 위해 해줄 수 있는 마지막 안배였다.

천추성의 모든 주요 건물은 최고 회의 기관인 일원을 중심으로 퍼져 있었다. 그중 네 개의 당인, 사당 건물은 외성에서 내성 방향으로 둥그렇게 펼쳐져 보기 좋은 형상을 이룬다.

이들은 내성의 고급 기관이랄 수 있기에 모두 제각각으로 움직이는 것은 기본에, 각 당주들은 자신을 드러내고 싶어 기회만 노리고 있었다.

“교일, 있나?"

밝은 녹색으로 칠해진 문이 열리며 반가운 얼굴이 나왔다.

“왔나? 자네, 무슨 일이라도 있었나? 왜 그리 안색이 안 좋아?"

“이젠 점도 보나? 화산파에선 별걸 다 가르치는군."

“일단 들어오게."

가교일은 문을 열어놓고 안으로 들어갔다.

방으로 들어간 종명기는 방 안에 있는 사람을 보고는 멈칫했다.

“천감당의 척광필 알지?"

“알기야 하지만……."

“등 소형제 때문에 내가 부탁한 일이 있어서 왔네.”

“등 소형제?”

종명기는 척광필에게 인사도 건네지 않고 눈을 반짝였다. 그러자 인사도 못한 척광필이 묘하게 웃으며 먼저 입을 열었다.

“정말 궁금하군. 도대체 등천화란 청년이 누구기에 가 일곤에 이어 종 일건까지 그런 관심을 보이는지 모르겠군. 아, 규칙을 죽인 사람은 찾았소.”

“누구요?”

종명기는 언제 얼굴을 찌푸렸냐는 듯이 활짝 웃었다.

“며칠 내로 직접 보게 될 거요.”

“며칠 내에? 이보게, 교일. 등 소형제가 아니었나?”

“세외삼천에서 손님들이 온다고 하더군.”

가교일은 차를 따르며 대답했다.

“세외삼천이라면 세외의 강자들이라고 불린다는? 하나 그것도 옛말 아닌가?”

“그건 모르겠고, 세외삼천 중 축융단에서 오는 자가 규칙을 그렇게 만들었다는군.”

“축융단?”

의아한 표정을 짓는 종명기를 보며 척광필이 설명을 해주었다.

"세외삼천은 빙궁, 축융단, 검각을 칭하고, 이번에 오는 자들은 차례대로 빙백수 옥서시, 염황 예명, 화검린 창희소, 이들 셋이오."

다음 말은 이미 들은 가교일이 덧붙였다.

"세외삼천은 그동안 여러 번에 걸쳐 마교의 공격을 받았네. 무공이 비약적으로 성장한 모양이야. 일례로, 검각에서 보낸 창희소라는 여고수는 마교의 집행사자 넷을 일검에 잘라 버렸다고 하더군. 말했다시피 축융단에서 보낸 예명이란 자는 규칙의 가슴을 으깨어 버렸고. 재미있지 않나? 후후후."

"가만, 백검? 화산오검 중 백검?"

종명기는 놀란 눈으로 가교일을 쳐다봤다.

"맞네. 군악이일세."

"우와, 정말 화산오검의 자격을 얻었군. 십 년 전에는 코흘리개였는데 말이야. 하하하! 공 일감, 검후를 데려오는 사람이 군악이오, 화군악. 무당파에서 마중 나가지 못해 배 아프지 않소? 검각의 고수라면 검을 쓰는 사람들은 앞 다퉈 겨뤄 보고 싶다고 하던데."

"훗, 사실 배는 많이 아프오. 천감당이 정보를 먼저 알았다면 내가 나갔을 정도로. 백 년 전 여중제일고수 검후의 위명을 누가 보고 싶지 않겠소?"

척광필이 대답을 하며 가교일을 향해 은근히 야속하다는 눈빛을 던졌다.

가교일은 그의 눈빛에서 불꽃이 일었다가 사라지는 걸 볼 수 있었다.

분위기가 이상하게 돌아가려 하자 종명기가 화제를 돌렸다.

"한데 왜 갑자기 그들을 부른 거지?"

역시 척광필이 대답을 해주었다.

"그들의 내부에 무슨 문제가 있다고만 들었소. 아! 그리고 우리가 부른 것이 아니라 그들이 우리의 정보력을 빌리자고 한 것이오."

"그렇군. 세외에서도 후계자는 다 정해진 모양인데 우리는 덩치만 커가지고 왜 이렇게 뜸을 들인담?"

종명기의 말은 천추성의 가장 큰 걱정을 표현한 것이다.

현재 천추성은 과거 그 어느 때보다 강성한 시기를 맞이하고 있었다.

오직 한 사람이 있기에 가능한 일이었다.

현 정도제일인 천추성주 풍우신장.

그한테 거는 기대만큼이나 큰 문제가 있었다. 바로 그의 나이가 육십이 넘었는데, 자식과 제자들 중에서 그의 독문 무공인 십이천강추를 익힌 사람이 아직까지 나오지 않고 있었기 때문이다.

마교의 무공과 유일하게 상극인 무공이라 오직 십이천강추만이 마교 서열 십위 안에 드는 고수들을 상대할 수 있었다.

십이천강추를 구성 이상 성취를 얻기 전에는 오마제와 부딪쳐서는 안 된다!

이 말은 풍우신장이 직접 한 명령이었다.

그만큼 마교의 무공은 무서웠다.

수라혈제, 적혈마제, 광혈마제, 폭멸마제, 지옥마제.

이들 오마제의 능력은 가히 풍우신장과 겨룰 만한 고수들이었다.

그러나 만약 시간이 이대로 흘러 풍우신장이 죽기라도 한다면? 그 다음은 누가 마교를 상대할 것인가.

이것이 현 천추성 원로원의 화두였다.

급기야 풍우신장 한 사람에게만 정도의 미래를 맡겨놓을 수 없다는 판단으로 후계자 양성에 들어갔으나, 그것이 벌써 십 년이 지나고 이십 년이 다 되어가고 있었다.

마교는 여전히 왕성하건만 천추성은 늙어만 가고 있는 것이다.

상황이 이렇게 되자 강호를 향해 있던 천추성의 공세가 수비 형태로 바뀌었고, 후계자가 나올 때까지 숨을 죽이고 있는 형편이 됐다.

왜 아무도 십이천강추를 익히지 못할까?

원로원에선 오랜 기간 동안 분석에 들어갔고, 한 가지 결론을 유추해 냈다.

십이천강추는 애초부터 풍우신장을 위해 만들어진 무공이

었다. 아니, 조금 더 정확히 말하면 십이천강추를 익히기 위한 조건을 풍우신장이 타고났기에 가능했다.

그런 무공을 아무나 익힐 수 있을 리가 없었다.

그래서 초대한 고수들이 바로 세외삼천의 제자들 중 우수한 인재들이었다. 그들이라면 풍우신장의 자식들과 제자들에게 자극이 되지 않을까 하는 안배였다.

물론 반대의 경우도 고려해야 했지만, 급한 쪽은 천추성이기에 어쩔 수 없는 선택이었다.

세 사람은 정도의 미래를 걱정하며 술잔을 기울였다.

그렇게 답답한 천추성의 하루가 또다시 흐르고 있었다.

다음날.

종명기는 마신 술이 깨지 않아 꿀물을 한 사발이나 들이켠 후에야 밖으로 나섰다.

기다리고 있던 부하 한 명이 다가오며 무언가를 건넸다.

"종 일건님, 누가 서찰을 전해달랍니다."

"서찰? 내게?"

종명기는 거의 천추성에 붙어 있는 적이 없었다. 그러니 당연히 부하의 보고에 뚱한 표정을 지을 수밖에.

"다시 알아봐."

"몇 번이나 확인했습니다. 맞습니다."

"그래? 누군데?"

"이 서찰을 전해 드리라고만 하던데요?"

"줘봐."

종명기는 서찰을 들고서 내용을 죽 훑기 시작했다.

기억하실지 모르겠습니다만, 등천화라고 합니다. 장용 지부에 함께 갔었죠? 시간이 되면 언제든 찾아오라고 하신 말씀을 기억하고 인편을 통해 서찰을 보냅니다. 한 가지 부탁이 있는데요, 천추성이란 곳에서는 위사를 안 뽑나요? 집안에 일이어서 위사를 해야 할 것 같아서요.

와락!

종명기는 서찰의 내용을 다 읽고서 갑자기 미친 듯이 웃음을 터뜨렸다.

"푸핫! 파하하하!"

"......?"

"너는 지금… 아니다. 내가 직접 가보겠다."

위사로 일 좀 하게 해달라니? 마교의 순찰을 보법만으로 따돌린 실력자가 말이다.

종명기는 자꾸만 헛웃음이 나왔다.

*　　*　　*

등기수가 친구 육모건을 찾아간 것은 서찰을 부탁한 후 보름쯤 지났을 때였다.

탕탕!

문을 두드리자 얼마 있지 않아 육모건이 나왔다.

"왔나?"

"언제 돌아왔어?"

"어젯밤 늦게 도착했다. 지금도 졸려서 비몽사몽이야. 안 그래도 찾아가려고 했다. 아함!"

육모건을 졸린 눈을 비비며 하품을 크게 했다.

등기수는 표정만 보고서 알았다.

재미난 일이 있으니까 잠도 못 자고 일어났으리라.

'거짓말이었구나.'

등기수의 안색이 완전히 구겨지고 말았다.

"기수야, 십 년 만에 돌아왔다는 네 동생 말이야. 정말로 천추성에 아는 사람이 있대?"

"뭐? 서찰 전해주러 안 갔어?"

"갔지."

"근데?"

"갔더니 서찰만 받고서 기다려도 별말이 없기에 돌아왔지. 표행 때문에 오래 기다릴 수 있어야지."

"뭐어?"

등기수는 친구라고 믿은 녀석의 한마디에 짜증이 잔뜩 일어났다.

"그럴 거면 내가 왜 네게 부탁을 했게! 천화가 안다는 종명기란 사람이 있는지는 알아왔어야 할 거 아냐!"

"있어."

"뭐?"

"종명기란 사람은 있더라구. 서찰을 받아 든 위사가 단번에 알아듣는 걸 보면 제법 위치도 있는 것 같던데?"

"그래?"

"그래. 게다가 내가 뭐 하는 사람이며, 어떻게 아는 사이냐고 하도 물어서 슬그머니 도망 왔다니까. 정도 최고의 세력 앞에서 서 있는 기분… 으흐흐, 넌 모를 거야. 아주 환상이더라니까."

"……."

말은 길어졌으나 육모건을 통해 뭔가를 알아내긴 그른 것 같았다. 이젠 돌아가서 대책을 세워야 했다.

표인붕이라고 손 놓고 기다리고만 있을 리는 없을 테고, 아마도 이곳저곳 쑤시고 다니며 알아봤을 것이다.

막 돌아서려 할 때였다.

"도대체 네 막내 동생은 십 년 동안 어디에 있다 왔다니? 오자마자 표가장하고 붙은 거 보면 보통은 아니겠지만 천추성이라니, 나참."

"그 녀석 덕분에 이사 가야 할 판이다. 뭘 하다가 왔는지 궁금하지도 않아."

"하여간 난 해달라는 대로 했다?"

"그래, 고맙다."

등기수는 돌아보지도 않으며 손을 흔들고는 집으로 발걸음을 재촉했다.

"그런 사람이 있대?"

이화는 들어오는 등기수를 붙잡고 물었다.

그러나 대답은 엉뚱한 곳에서 들렸다.

"있기는 뭐가 있어요. 둘째 형 얼굴을 봐요. 빨리 짐이나 싸서 튀자구요. 표익수 그 자식이 지 사부까지 데려오면 튀지도 못한다구요."

"넌 입 좀 다물지 못해!"

이화가 등완을 향해 버럭 소리를 지르고는 등기수에게 대답을 재촉했다.

등기수는 대답하지 않고 곧장 등천화에게 다가갔다.

"너, 똑바로 말해. 정말 종명기란 사람을 알아?"

"어? 알아본다고 하지 않았어요?"

등천화는 어리둥절한 얼굴로 멱살을 붙잡혀 주었다.

한동안 멱살을 붙잡고 있던 등기수는 손에 힘을 풀었다. 등천화를 때린다고 해결될 문제가 아니었기 때문이다.

'이 녀석만 오지 않았어도……'

등천화가 없는 십 년은 불편하긴 했어도 이렇게 불안하게 하루하루를 살지는 않았다.

"서찰을 전하기는 했대요."

"그래? 그럼 됐네!"

이화는 웃으며 박수까지 쳤다.

"어머니, 아는 사람이 서찰을 전했는데 서찰을 전한 사람을 그냥 돌려보내겠어요? 서찰 내용 보셨잖아요. 뭐라고 말이 있었어야죠."

"……."

이화는 등기수의 말을 듣고 보니 정말 그런 것 같았다. 지금까지 한마디도 하지 않고 있는 등건한테 다가가 발로 툭 찼다.

"여보, 이젠 어떻게 해요?"

"일 다 저지르고 이제 와서……. 으이구, 나도 몰라. 이왕 이렇게 된 거, 아들 녀석들이 하자는 대로 할 거야."

등건은 등천화를 슬쩍 돌아보고는 아무 말도 하지 않고 밖으로 나갔다.

그 눈빛.

등천화는 아버지의 눈빛에서 다른 식구들과 같은 원망의 기색을 찾을 수가 없었다.

그 눈빛이 마음에 걸렸다.

"형, 나 잠깐 나갔다 올게."

덥석.

등천화의 뒷덜미를 잡은 것은 이화의 손이었다.

"가긴 어딜 가."

"아버지 위로해 드리려고요."

"뭐?"

"예전에는 어머니도 아버지 말씀에는 꼼짝도 못하시더니 이젠 안 그러시네요? 형들도 그렇고. 나라도 위로해 드리려고요."

등천화의 뒷덜미를 잡은 이화의 손이 스르르 풀렸다.

한 번도 생각해 보지 못한 말을 들었기 때문이다.

등건만 고생했나? 그녀 역시 그 못잖게 고생했다. 이 정도의 화는 낼 자격이 그녀에겐 있었다. 하지만 등천화의 한마디에 자신도 모르게 '정말 저이가 언제부터 저랬지' 라는 생각이 들고 만 것이다.

이화는 등천화를 뒤따라가려는 등완을 말렸다.

"완아, 내버려 둬."

"저러다 도망……."

"그럴 녀석이었으면 지금까지 있지도 않았어."

"그런가? 에이, 모르겠다."

등완은 머리를 헝클어뜨리며 자리에 주저앉았다.

"아버지, 어디 가시게요?"

“왜 나왔어?”

화를 낼 줄 알았던 등건의 입에서 다정한 목소리가 흘러나왔다.

“제가… 표가장에 갈게요.”

“뭐 하러?”

“위사 하겠다고 하면 되죠 뭐.”

“위사? 허허허.”

등건은 아들의 실없는 농담 아닌 농담에 너털웃음을 터뜨렸다. 순진한 얼굴로 어린애처럼 말하는 것이 영락없는 막내아들의 모습이었다.

“녀석아, 위사가 뭔지 알아?”

“정문 지키는 사람이라면서요?”

“그거 아무나 하는 거 아니다.”

“그럼요?”

“당연히 훌륭한 사람이 하는 거지. 예전에 우리 마을에도 큰 문파에서 위사를 하다 정착하신 분이 계셔서 잘 안다. 그 분은 얼마나 멋지셨다고.”

“저는 못할 것 같아요?”

“잘 걷지도 못하는 녀석이 그런 걸 어찌해? 객쩍은 소리 그만 하고 들어가서 엄마나 잘 다독여 줘. 나 때문에 고생만 한 사람이야.”

“……”

등천화는 등건의 곁에 쭈그리고 앉았다.

이런 기분을 느끼기 위해 그 먼 길을 물어물어 온 것 같았다.

뭐라고 구박을 해도 웃을 수 있었다. 가족들의 눈빛에 담긴 걱정을 알기에 가만히 있고 싶었다.

잠자고 있을 때, 막내 형이 일어나 이불도 덮어준다.

그것 때문에 깼지만 따뜻함이 느껴져 더 푹 잘 수 있었다.

"돈이 많이 필요한가요?"

"뭐?"

"식구들이 매일 웃으며 살려면 얼마나 필요해요?"

"돈, 그거 아무리 많아도 소용없어. 사람이 일을 해서 벌어야지 공돈 생기면 다 망가져. 아, 표가를 봐. 그게 어디 사람이냐, 돼지지. 허구한 날 처먹기만 하니 그렇지. 사람은 모름지기 일을 해야 돼."

"돈이 아니라 일이요?"

"일을 하려면 땅이 있어야지."

"엄… 그럼 땅이 필요하겠네요?"

등천화는 씨익 웃으며 등건을 일으켜 세웠다.

"들어가세요. 종 대협이 바빠서 서찰을 못 받았을 수도 있잖아요. 며칠 기다렸다가 제가 직접 가볼게요."

"간다고 무슨 대책이 있겠냐. 그냥 기다려 보자꾸나. 아니면 식구들이 모두 나서서 어떻게 해보지, 뭐. 허허허."

등건은 등천화의 말을 믿지 않았다. 아니, 믿고 말고 할 것
도 없었다. 가본다고 해결될 일이 아니라 생각하고 있었기 때
문이다.

"우하하하!"
"킥킥킥."
"허……."
등기수와 등완, 그리고 등건까지 웃었다.
"아유, 저 녀석. 나이는 어디로 먹은 거야. 그렇게 걷는 건
기녀들이나 하는 거야."
짝!
이화는 엉덩이를 씰룩거리는 등천화의 등짝을 후려 쳤다.
그동안 뭐 하고 지냈냐는 식구들의 단합 공세에 등천화는 어
쩔 수 없이 보법을 펼쳐 보이는 와중이었다.
식구들은 등천화가 일부러 웃기려고 재롱을 피우는 줄 아
는 모양이다. 그도 그럴 것이, 말투나 행동만 보면 영락없는
십대 소년 정도로밖에 보이지 않는다.
등천화 나름대로 진지하게 펼쳐 보인 보법이 한순간에 우
스꽝스러운 동작으로 전락되고 말았다.
"아파요, 어머니."
"아버지하고 형들이 하란다고 정말 하냐? 으이그, 이 바보
야."

"어머니도 궁금하다고 하셨잖아요."

"뭐, 그런 거 없어? 무공을 배웠으면 돌멩이를 깬다든지, 나무를 뽀갠다든지. 그런 거 아니면 난 볼 일 없다."

"돌멩이… 나무… 아!"

등천화는 갑자기 떠오른 것이 있었다, 음보와 자보를 평소보다 빠르게 펼치면 회전 반경 안의 물체들이 부서진다는 것이.

"해볼까요? 저, 나무 껍데기는 벗길 줄 알아요."

등천화의 말에 식구들은 일제히 손을 내저었다.

나무 껍데기를 못 벗기는 사람은 없겠지만… 등천화는 중요한 한마디를 하지 않았다, 손도 안 대고 나무를 부러뜨린다는 말을.

식구들은 이내 흥미를 잃고 주위로 흩어지고 말았다.

"어머니, 보시고 나중에 말씀해 주세요."

등완이 제일 먼저 일어났다.

"진짠데……."

등천화는 억울하다는 듯한 눈으로 이화를 쳐다봤다.

"알았다."

"어머니, 진짜예요. 아버지……."

"그래, 안다. 이 아비는 네가 무슨 말을 해도 믿어. 그러니 굳이 힘쓰지 마."

"진짜라니까요."

떼를 쓰는 모습으로 보였던 모양이다.

"아! 다들 바쁜 거 안 보여? 정 할 일 없으면 가서 장작이나 패!"

등완이 매몰차게 쏘아붙이고는 밖을 향해 움직였다.

"그건 막내 형이 한다고 했잖아요?"

"네가 하고 싶어하는 것 같아 양보하는 거야. 난 괜찮으니까 뒤뜰에 가서 패. 아니면 내가 널 팰지도 모르니까."

"……."

등천화는 등완의 패고 싶은 욕구를 읽고서 어쩔 수 없이 뒤뜰로 움직였다.

*　　　*　　　*

호기심이 남다른 겸중은 종명기의 호출에 곧바로 뒤를 따랐다. 마교의 순찰사자 규칙을 한 방에 죽여 버린 사람은 아니더라도 규칙과 일 대 일로 겨룬 사람을 만나러 간다는 소리에 열 일을 제쳐 둔 것이다.

"종 대협, 정말 그 사람의 나이가 스물두 살이 맞습니까?"

"이봐, 몇 번을 물어? 맞아."

"정말 대단한 분이네요. 아, 여기서 내려가면 됩니다. 율촌이란 곳에 거의 다 왔습니다."

"참 열악한 환경이군."

종명기는 주위를 둘러보며 고개를 내저었다.

보이는 것이라고는 풀과 나무가 전부였다.

옆에서 따르던 겸중이 미안한 얼굴로 말을 건넸다.

"저도… 이런 곳에서 자랐습니다, 종 대협."

"그래?"

"예. 하지만 이런 곳이라고 인재가 나오지 말라는 법은 없지요. 저만 해도…….."

"알았네. 서두르세."

"예? 예."

겸중은 언제 자신에 대한 얘기를 하려 했냐는 듯 아무렇지도 않게 앞장섰다. 이곳까지 오는 동안 종명기의 성격을 어느 정도 파악한 뒤였기에 가능한 행동이었다.

두 사람이 개울물 소리가 나는 길을 따라 한참을 걸어갔을 때다.

아래쪽에 검을 찬 일곱 명이 돌다리를 건너가고 있는 모습이 보였다.

"종 대협, 저 사람들에게 물어볼까요?"

"흠, 사람이 사는 곳이긴 하군. 한데 이런 곳에도 무인들이 있나?"

"그러게요. 다들 검을 찼네요."

"주변을 신경 쓰지 않고 건너는 걸 보면 이곳 사람들이 분명하긴 한 것 같군."

"율촌이 얼마나 남았는지 물어보겠습니다."

경중은 곧장 돌다리를 건너는 사람들에게 소리쳤다.

"이보세요, 돌다리 건너시는 분들!"

한 사람이 겸중을 돌아봤다.

겸중은 반갑게 질문을 던지려 입을 열었다.

"이 근처… 어?"

아는 척을 하는 줄 알았던 무사가 고개를 돌려 버렸기 때문이다.

"저 사람, 예의가 없는데요? 무안하게……."

"빨리 움직여!"

표익수는 호위무사가 고개를 돌리자 짜증을 냈다. 이곳에선 자신이 왕이었다.

누가 부르든 신경 쓸 게 없는 것이다.

"내가 하라는 것만 해. 이래서야 어디 몸값이나 하겠어? 당신들에게 들어간 돈이 얼만 줄이나 알아?"

"소장주, 그만 하시게. 적인 줄 알았… 응?"

표익수의 사부 청살권 노룡은 반 존대를 썼다.

아무리 제자라지만 돈줄을 쥐고 있기에 대우해 주는 척할 필요가 있는 것이다.

노룡은 돌다리를 다 건넌 후 멀리서 소리친 두 사람을 슬쩍 쳐다봤다.

‘이상하다. 둘 중 오른편에 있는 자는 낯이 익은데?’

공포의 대명사로 불리는 한 사람과 무척이나 흡사한 모양새를 갖춘 자였다. 하지만 자신이 알고 있는 사람은 이런 곳에서 볼 수 있는 자가 아니었다.

‘아니겠지.’

노룡은 표익수의 명령에 따라 등천화란 애송이를 혼내주러 가는 길이었다.

보법이 뛰어나다는 소릴 들었으나, 이런 촌구석에서 뛰어나 봐야 거기서 거기란 생각을 했다.

“소장주, 한데 사람들에게 알아보라고 한 사람이 누군가?”

“종명기라고 합니다, 사부.”

“종명… 헉! 종명기?”

“왜 그러세요?”

“저, 저…….”

노룡의 눈이 찢어질 듯 커졌다.

허공을 좁히며 다가오는 두 사람 중 한 사람의 이름이 바로 종명기였기 때문이다.

종명기는 등천화의 집을 둘러보다가 입맛을 다셨다.

정말 집 전체가 ‘이곳은 가난합니다’ 라는 푯말을 써놓은 것처럼 열악했다.

낮게 기침을 하며 사립문을 열었다.

“등 소형제, 계신가?”

조심스럽게 들어선 종명기는 마당에서 나물을 말리던 이화와 눈이 정면으로 마주쳤다.

이화는 겁먹은 눈으로 말을 더듬었다.

“뉘, 뉘신지……?”

“이곳이 등 소형제 댁이 맞습니까?”

“등… 소형제라시면…….”

“아, 죄송합니다. 등천화라는 청년이 이곳에 살지요?”

“처, 천화… 사, 살기는 합니다만… 무슨 일이시죠?”

이화는 긴장을 풀지 않고 종명기를 살폈다.

종명기는 너털웃음을 터뜨리며 이화에게 다가가 포권을 취했다.

“어머님 되시는군요. 저는 종명기라 합니다.”

“조, 종명… 에그머니나!”

이화는 눈을 동그랗게 뜨며 들고 있던 광주리를 엎고 말았다.

종명기라면 등기수가 말한 그 사람이었기 때문이다.

그녀는 급히 안쪽을 향해 소리쳤다.

“여보! 애, 애들아, 나와 봐라!”

방문이 열리며 등건이 나왔다.

이어서 뒤뜰에 있던 등기수가 모습을 드러냈고, 사립문 저쪽에서는 빈둥거리던 등완이 다가왔다.

“누구세요, 어머니?”

둥기수는 종명기의 위엄에 눌려 자신없는 목소리로 물었다.

“그… 막내가… 그… 네 친구… 아니, 아니, 그 사람이야.”

“예?”

둥기수의 답답해하는 얼굴을 더 이상 볼 수 없었는지 종명기는 다시 자신의 이름을 밝혔다.

“둥 소협제가 보낸 서찰을 받고 왔습니다. 길을 찾는 것이 여간 힘들지 않더군요. 종명기라 합니다. 하하하!”

“예에… 예? 조, 종 대협!”

“대협이라니 과찬이십니다. 한데, 둥 소협제는 어디 갔습니까?”

종명기는 식구들의 한결같은 반응을 보며 사람 좋은 웃음을 지어 보였다.

“저… 천화는 이 뒤쪽에 있… 어요.”

보고만 있던 둥완이 고개를 내밀며 기어들어 가는 목소리로 말해했다.

종명기가 누구냐는 듯이 쳐다보자, 둥완은 ‘천화 막내 형’이라고 대답하고는 다시 고개를 움츠렸다.

“어머니, 가봐도 되겠습니까?”

“예? 어이구, 물론이죠!”

이화는 과장된 목소리로 말하고는 수건으로 이마의 땀을

훔쳤다. 따라가려는 등건과 등기수를 붙잡고 그녀는 마음을 진정시킨 후 물었다.

"저, 저 사람이 맞죠, 여보? 그렇지, 기수야?"

등건과 등기수가 동시에 대답했다.

"응."

"예."

이화는 아직도 뛰는 가슴을 억지로 진정시키며 다시 한 번 마른침을 삼켰다.

"진짜였네. 세상에… 막내가 한 말이 진짜였어."

"이러다 정말 천추성의 위사라도 되는 거 아니야?"

등건은 그제야 등천화가 한 말이 빈말이 아님을 깨달아야 했다.

"세상에……."

"안 가보실 거예요?"

등기수는 멍하니 서 있는 두 사람을 재촉했다.

"가야지."

"나도 가요!"

등완이 사립문을 뛰어넘으며 들어왔다.

"종 대협! 직접 오신 거예요?"

등천화는 종명기를 발견하고는 예의 순진한 웃음을 지으며 맞이했다. 옆에는 장작을 패려고 했는지 잘려진 나무가 세워져 있었다.

"사람도. 다른 사람도 아닌 자네가 부탁할 게 있다는데 와 야지. 하하하!"

뒤쪽으로 등건과 이화, 두 형이 조심스럽게 모습을 드러냈 다.

"종 대협, 부모님과 형들이세요."

"인사했네."

"좋은 분들이세요."

"그런 것 같더군."

"참, 천추성에서도 위사는 뽑나요?"

"안 그래도 물어보려고 했네. 왜 굳이 위사를 하겠다는 건 가? 자네 정도면……."

"할 수 있는 거예요?"

"자네 정도면… 다른… 암, 충분하네. 자네는 최고의 위사 가 될 걸세."

"하하하! 아버지, 들으셨죠? 거봐요. 제가 할 수 있을 거라 고 했잖아요."

등천화는 당장 등건한테 달려가 안길 것처럼 좋아했다.

그 모습을 보고 종명기는 뒷말을 잇지 않은 것이 참으로 다 행이란 생각을 했다.

'하긴, 시골에서만 사셨으면 위사가 세상에서 제일 좋은 자리인 줄 아실지도 모르지. 하하하!'

상황이 너무도 우스웠다.

종명기는 다소 어이없는 눈으로 등천화와 기뻐하는 식구들을 바라보기만 했다.

"참! 자네, 표익수란 청년을 아나?"

"표익수!"

등천화가 대답하기도 전에 이화가 먼저 부르짖었다.

그 모습에 종명기는 괜히 미안해져서 되물었다.

"어머니께서 아는 청년입니까?"

"저, 저 위, 위쪽……."

이화는 겁먹은 얼굴로 말까지 더듬었다.

"어머니, 제가 말할게요."

등기수가 나섰다.

"윗마을 표가장의 소장주입니다. 왜 그러시죠?"

걱정이 가득한 얼굴이었다.

이상해진 분위기에 종명기는 상황을 어느 정도 짐작할 수 있었다.

'그놈들, 죽어도 아니라고 하더니 잘됐군. 등 소형제에게 좋은 선물이 되겠어.'

지금 밖에서는 겸중이 일곱 명을 데리고 종명기의 신호만 기다리고 있었다.

"오다가 만났다네. 등 소형제에게 선물을 줄 게 있다고 하던데? 겸중, 들어와!"

“……?”

모두들 의아한 얼굴로 밖을 쳐다봤다.

겸중은 뒤쪽에 죽 늘어선 일곱 명을 딱한 눈으로 쳐다봤다.

“길을 물어볼 때 순순히 대답해 줬으면 이런 꼴은 당하지 않을 거 아니야. 쯧.”

“무사님, 정말로 저 딸… 이 아니라, 천화가 엄청난 고수란 말이 사실입니까?”

표익수는 등천화가 엄청난 고수라고 한 겸중의 말을 도저히 믿을 수가 없었다.

겸중이 고개를 갸웃거렸다.

“뭐야, 종 대협께서 저렇게 직접 나서신 걸 봐도 모르겠어? 모르긴 해도 나 정도는 손짓 하나면 끝일걸? 마교의 순찰사자 규칙을 한 방에 날려 보내셨다니까?”

“컥! 마, 마교!”

표익수보다 눈 주위가 밤탱이가 된 청살권이 기겁을 하며 뒤로 자빠졌다.

“저, 정말로 저 집에 사는 분이 마, 마, 마교의…….”

“쉿!”

겸중은 재빨리 입 닥치라는 신호를 보냈다.

집에서 자신을 부르는 소리가 들렸기 때문이다.

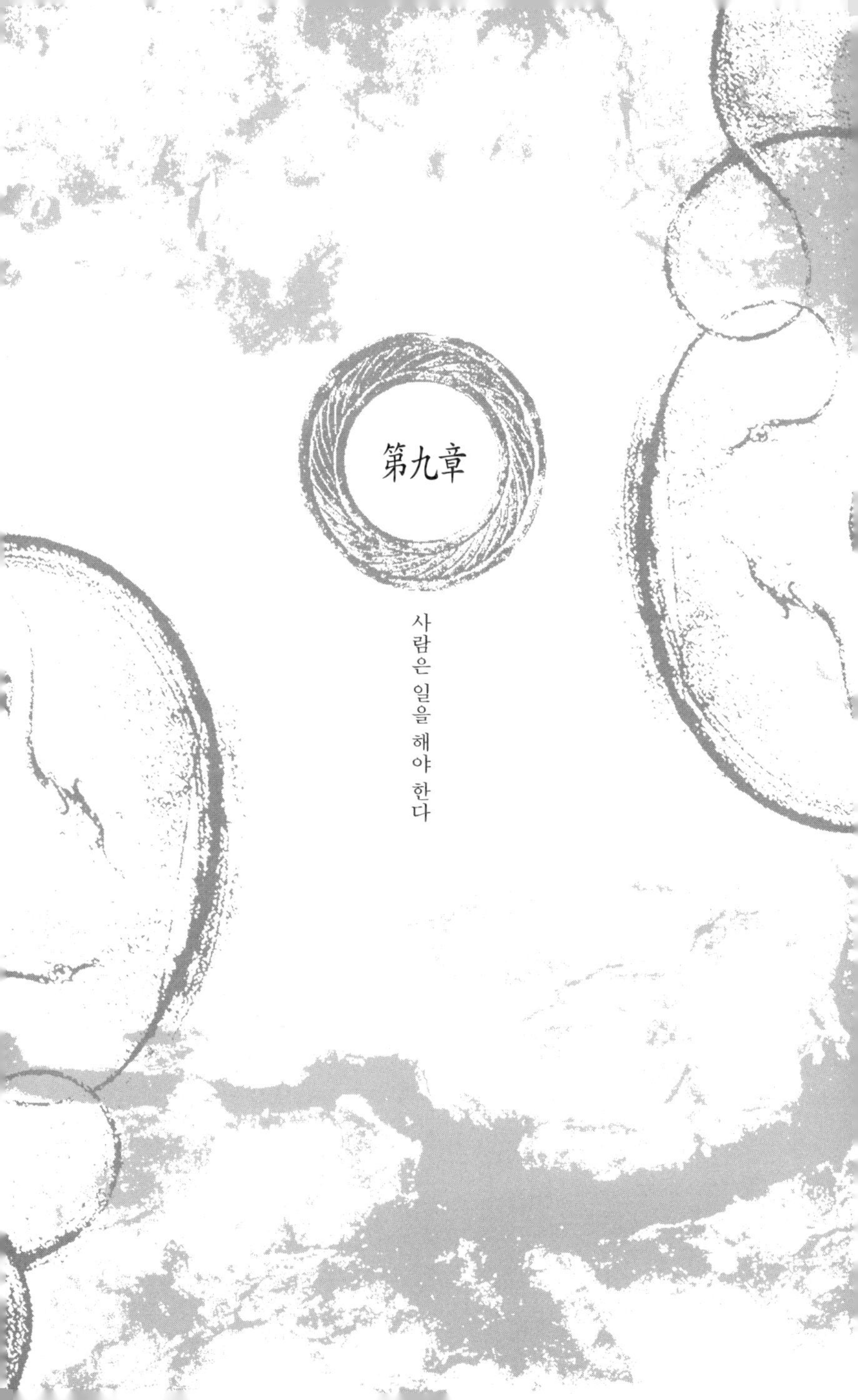

第九章

사람은 일을 해야 한다

步法
無敵

"종 일건이 떠났다고? 하하하! 역시 착한 놈이야. 절강성으로 갔겠지?"

진휘악은 보고를 하는 심복 반규륵 일건을 보며 반색하며 되물었다.

"아닙니다. 섬서성으로 갔습니다."

"섬서성?"

"이번에 복귀하면서 데려왔던 떨거지 한 명을 데리고 갔다고 합니다."

"내 명령을 수행하러 간 것이 아니고?"

진휘악의 차가운 얼굴이 굳어졌다.

“데려올 사람이 있다고…….”

“그놈이 감히 내 명령을 거역했단 말이지!”

“절강성으로는 누굴 보내는 것이 좋겠습니까?”

반규륵은 흥분하는 진휘악을 조심스럽게 살피며 말을 건넸다.

“그렇지. 절강성부터 해결을 해야지. 보자… 너는 이곳에서 나를 보좌해야 하니 안 되고… 나머지 일건 둘을 보내라.”

“둘 모두 말입니까?”

“그래, 둘 다.”

“다른 당에서 촉각을 곤두세우고 있습니다. 이런 상황에서 두 사람을 모두 보내면 곤란하지 않을까요?”

“후후후, 마교의 무리가 절강성을 건드리는 건 새로운 일도 아니야. 이번에는 좀 과한 것 같지만 곧 물러설 게야. 적당히 조사하는 척만 하면 돼, 곧 부를 테니까.”

“이번 일이 끝나면 저도 뭐가 있는 겁니까?”

“당연한 걸 왜 물어? 자넨 내 심복이야. 후후후.”

“가, 감사합니다!”

반규륵은 이미 알고 있는 사실이었으나 다시금 다짐을 받으니 뛸 듯이 기뻤다.

절강성에서 일어난 소요는 정체 모를 자들이 갑자기 천추성을 공격한다는 보고로 시작됐다. 처음엔 절강 지부인 철혈문에 맡겨두었는데, 한 달쯤 지났을 때 철혈문도 중 한 명이 직접 진휘악에게 보고를 올렸다.

그는 절강성에 정체 모를 자들이 셋이나 찾아와서 철혈문이 위기에 처했다는 것이다.

이런 일을 섣불리 보고하는 것은 아주 어리석은 일이었다. 진휘악이 종명기를 보내 그곳의 동태를 파악하려고 한 이유이기도 했다.

철혈문주가 위협을 느낄 정도의 고수들이라면 보내는 사람은 적어도 그들의 손에서 언제든 도망을 칠 수 있어야 했다.

신법이 느린 종명기라면 진휘악이 원하는 것처럼 그곳에서 죽어주지 않을까?

"사제의 죽음에 대한 복수를 멋지게 펼치고 싶었는데… 어쩔 수 없지. 아끼는 부하 둘의 죽음으로 공을 세우는 수밖에. 후후후."

'사제의 죽음? 사제라면… 역시 종 일건인가?'

쉴 새 없이 흘러나오는 진휘악의 잔인한 웃음은 멈추지 않았다.

"당주님, 궁금한 것이 있습니다."

"뭐냐?"

"왜 그토록 종 일건을……."

망설이는 반규륵을 보며 진휘악이 말을 끊었다.

"미워하느냐고?"

“…예.”

“그냥.”

“예?”

“그냥 보기만 해도 싫은 놈이 있잖아? 명기가 그래. 후후후. 그럼 왜 지금까지 데리고 있었냐고? 죽으라고 보낸 곳에서 정말 징그럽게 안 죽고 돌아왔다면 이해가 가겠나? 더 얘기를 들으면 자네도 평생을 천추성 바깥으로만 다녀야 하는데, 괜찮겠어?”

“……!”

반규륵은 직감적으로 자신이 위험 수위 근처에 와 있다는 것을 느꼈다.

“아닙니다.”

“현명한 판단이다. 나가 봐.”

“예.”

나가는 반규륵의 뒷모습에 진휘악의 차가운 시선이 박혔다. 마치 종명기가 앞에 있다는 듯이 조용히 읊조렸다.

“명기… 나는 그날을 잊을 수 없다. 으드득!”

진휘악은 이를 갈며 사부이자 원로원의 최고 원로 중 한 명이 요료 성승의 한마디를 떠올렸다.

십여 년 전 어느 날,

요료 성승은 무심코 소년인 종명기를 보며 ‘저 녀석은 너보다 성취가 빠른 것 같구나. 다른 것도 익히게 해주어라’ 라고 했다.

그걸로 종명기의 운명은 정해진 것이다.

진휘악은 자신보다 뛰어난 사람을 인정할 줄을 몰랐다. 전혀 신경 쓰지 않던 종명기에게 처음으로 관심을 가졌다.

백보신권과 금강부동신법.

그때 종명기가 익히고 있던 무공이다.

당연히 그 뒤로 어떠한 무공도 알려주지 않았고, 지금까지 종명기가 익히고 있는 무공은 그 두 가지가 전부였다.

*　　　*　　　*

쾅!

"뭐, 뭐냐?!"

표인붕은 잘 자다가 정문 부서지는 소리에 깼다.

정자와 정문을 가린 건물 사이로 하인들과 돈을 주고 고용한 무사들이 아우성을 치며 도망치는 모습이 보였다.

'뭐, 뭐지? 내가 지금 꿈을 꾸고 있는 건가? 어떻게 십 년 전과 똑같은 일이 벌어질 수가 있지?'

십 년 전, 앞니 빠진 노인이 이곳을 휘저을 때와 하나도 다르지 않은 모습이었다.

"지, 집사!"

"예, 갑니다!"

정자로 넘어오는 다리를 건너던 집사가 큰 소리로 외쳤다.

"이게 무슨 일인가?"

"일전에 왔던 어리버리한 청년이 일행과 함께 장주님을 찾고 있습니다."

"일행? 누군데?"

"그게… 종명기라고 했답니다."

"종명기?"

"왜 있잖습니까, 천추성에 아는 사람이 있다던……."

"헉! 조, 종명기! 그럼 막아야지 이리로 오면 어떡해, 이 등신아!"

"그게… 막을 수가 없습니다. 장주님이 나가 보셔야 할 것 같습니다. 세상에… 정문을 주먹으로 부수는 자는 처음 봤다니까요."

"그, 그럼 조, 조금 전에 난 소리가……."

"예, 정문 부서지는 소리였습니다."

집사는 여차하면 도망갈 태세로 표인붕과 정문 쪽을 번갈아 가며 쳐다봤다.

"정말로 주먹이었느냐?"

"예."

"……."

표인붕으로서는 상상도 할 수 없는 고수라는 뜻이다.

"처, 청살권! 은자 백 냥짜리보고 막으라고 그래!"

"이미 얼굴이 작살나서 소장주님과 함께 끌려오는 중입니다."

"이, 익수와? 흡!"

표인붕은 더 이상 말을 꺼내지 못했다.

연못 건너편에서 순진하게 웃고 있는 등천화의 악마와 같은 모습을 봤기 때문이다. 그 옆에 덩치 좋은 사내가 종명기란 자이리라.

"파하하하! 종 대협, 이렇게 만나뵙게 되어 영광입니다. 제가 비록 장사치에 불과하지만 강호의 소문에는 항상 귀를 열고 있습니다."

"말이 많은 자군."

쾅!

폭음이 터지며 종명기의 손짓 한 번에 거대한 바위가 허공으로 떠올랐다가 그대로 연못에 첨벙 하며 빠졌다.

"등 소형제, 알아서 처리하게."

"예."

등천화는 표인붕의 허둥대는 모습을 보며 물었다.

"궁금해서 묻는 건데요, 왜 십 년 전에 한 약속을 지키지 않으셨어요?"

"시, 십 년 저언……?"

표인붕의 눈이 아들 표익수의 퉁퉁 부은 얼굴로 향했다. 고개를 숙인 걸로 봐서 다 분 모양이었다. 표인붕은 눈동자를 이리저리 굴리다가 창백해진 얼굴로 곧장 정자에서 벗어나기 위해 움직였다.

종명기의 주먹이 정자로 향할 경우, 도망치지도 못하고 죽을 것 같았기 때문이다.

표익수는 그런 아버지의 행동을 보고서 갑자기 벌떡 일어나 소리쳤다.

"아버지, 나만 버리고 도망가면 어떡해요!"

"도망?"

등천화는 이해할 수 없다는 눈으로 표익수를 돌아봤다.

"아버지이! 으허엉……!"

표익수는 급기야 아버지를 부르며 애타게 울었다.

보다 못한 종명기가 표인붕을 향해 주먹을 뻗었고, 곧 무시무시한 경기와 함께 정자가 부서지는 소리가 들렸다.

콰쾅!

우뚝.

표인붕의 뒤뚱거리던 몸이 완전히 정지하며 최대한 애처로운 표정으로 바닥에 납작 엎드렸다.

"사, 살려주십시오, 대협. 제가 잠시 정신이 어떻게 됐던 모양입니다. 지, 집사!"

표인붕은 집사를 시켜 재물을 가져오라고 명령을 내렸다. 얼마 되지 않아 수많은 금붙이와 귀한 보석이 쌓이게 됐다.

"저기… 이런 거 말고 땅은 없나요? 농사를 지으려면 땅이 필요하다고 하시던데……."

"따, 땅! 있네! 왜 없겠어! 집사! 빨리 땅문서 가져와! 뭐 해!"

표인붕은 집사를 닦달하며 녹록하지 않은 등천화를 식은 땀을 흘리며 쳐다봤다. 종명기만 아니었으면 어떻게 해보겠지만, 고용한 무사 전원이 벌벌 떠는 모습을 보고는 엄두가 나질 않았다.

십 년 전에 국진력과 약속한 땅을 고스란히 전해주었다. 나중에라도 국진력이 다시 나타나는 날에는 목숨은 고사하고 전 재산을 다 뺏길 것만 같았기 때문이다.

등천화는 곧 받게 될 땅문서를 생각하자 기분이 좋아졌다. 사실 등천화에겐 문서니 보석이니 하는 것들은 의미가 없었다. 하지만 가족들이 원하는 것을 들어줄 수 있게 됐다는 생각 때문에 뿌듯해졌다.

집으로 돌아온 등천화가 땅문서를 꺼내려고 하자, 종명기가 슬며시 나서며 땅문서를 가져갔다.

"종 대협, 왜요?"

"이건 아버님께 내가 전해 드리겠네. 괜찮겠나?"

"예? 예, 그러세요."

등천화는 웃으며 땅문서를 건넸다.

누굴 의심하는 것과는 담을 쌓은 사람처럼 너무도 순순히

건네는 바람에 달라고 한 종명기가 오히려 머쓱해질 지경이
었다.

"사람도 참."

종명기는 등건을 조용히 한쪽으로 데려가 땅문서를 건넸
다.

"이게 뭡니까?"

"등 소형제가 집을 떠날 때 등 소형제의 사부님께서 표 장
주에게 사놓은 땅이랍니다. 그동안 아버님과 어머님을 속여
서 땅을 갈취한 것이지요."

"이런 나쁜 놈!"

등건은 눈에서 불을 뿜어내며 화를 냈다.

"뭘 그렇게 화를 내요, 우리 것인 줄도 몰랐으면서?"

이화였다.

"당신이 안 해도 될 고생을 했잖아!"

"……."

이화는 눈이 동그래졌다.

등건이 저런 말을 할 줄은 몰랐기 때문이다.

위로를 해주려다가 오히려 남편의 말에 감동받은 이화는
아무 말도 하지 못했다.

"……."

종명기는 두 부부의 묘한 분위기에 슬며시 한쪽으로 물러
서다 다른 식구들과 눈이 마주쳤다. 모른 척하기에는 두 사람

의 목소리가 너무 컸다.

"부부 금실이 아직까지도 이렇게 좋으시네요. 하하하! 등소형제, 뭐 하나, 짐 안 챙기고?"

"예?"

"천추성으로 간다고 했잖은가."

"아, 맞다!"

등기수와 등완은 등천화의 미련없는 대답에 당혹스러운 표정을 지었다.

"천화야, 무슨 소리야? 가긴 어딜 간다고 그래?"

"그래, 오자마자 가면 어쩌라고."

두 사람은 재빨리 등천화의 양팔을 붙잡고서 놓아주질 않았다.

"엄……."

"며칠 더 있다가 가. 이대로 떠나면 부모님께서 많이 서운해하실 거야."

등기수의 말이 꽤나 설득력이 있었다.

등천화는 난감한 표정으로 종명기를 돌아봤다.

종명기도 충분히 느낄 수 있었다.

근 십 년 만에 만난 사람들, 가족과 금방 헤어지긴 싫으리라.

"먼저 가 있을 테니까 준비가 되는대로 오게. 하남성이 멀기는 해도 자네 걸음이면 한 달을 넘기지 않을 걸세."

"그래도 되나요?"

등천화는 반색을 하며 물었다.

"이대로 자네를 데려간다면 식구들이 나를 뭘로 생각하겠나. 천천히 오게. 하하하!"

"감사합니다, 종 대협."

"한 게 뭐가 있다고. 아무튼 우린 그럼 먼저 떠나겠네. 가자, 겸중."

"예? 예⋯⋯."

막 돌아서려는 순간, 등건과 이화가 두 사람을 불러 세웠다.

"종 대협, 이대로 가시면 죄송해서 어찌합니까?"

"흑, 십 년입니다. 십 년을 잊고 지내다 돌아온 자식, 입 하나 늘었다고 귀찮아했지 뭡니까? 종 대협 덕분에 아들도 찾고 집도 좋아졌습니다. 뭐라고 감사의 말씀을 드려야 할지 모르겠습니다."

등건과 이화가 진심에서 우러나오는 인사를 건네자, 종명기는 자신도 모르게 안심이 됐다.

이런 것이 가족인 것을.

가족들이 힘들게 지내온 시간과 등천화가 혼자서 지내왔을 시간을 생각하자 쉽게 결정을 내릴 수 있었다.

이대로가 좋은 것이다.

그는 괜스레 가슴이 따뜻해졌다.

이때, 그의 옆에서 훌쩍이는 소리가 들렸다.

"흑… 이렇게 아름다울 수가… 흑……."

지금까지 조용히 서 있던 겸중이었다.

"자네, 지금 뭐 해?"

"종 대협, 너무 감동적이지 않습니까? 가족이란 모름지기 저래야지요. 훌쩍."

"자넨 가족 없나?"

"있죠."

"근데?"

"등 소협은 무공도 상당하다면서 마음씨도 착하고… 좋네요."

"자네도 착해."

"그런 얘기, 많이 듣기는 합니다."

겸중의 대답에 종명기는 곧장 돌아섰다.

"어? 조, 종 대협, 같이 가요."

"빨리 따라와. 갈 길이 멀어."

"정말 감동입니다. 훌쩍."

겸중은 다시 진한 감동을 받은 얼굴이 됐다.

"이번엔 또 왜?"

"한번 맺은 인연을 소중히 하시는 종 대협의 모습에 감동 받아서 그렇습니다."

"……."

며칠 후.

등천화는 등건의 배웅을 받으며 집을 나섰다.

"위사는 그 문파의 얼굴이다. 평생을 위사로 살아오신 분께서 하신 말씀이니 새겨들어."

"예."

식구들 모두가 등건 같지는 않았다.

이화는 잘 걷지도 못하는 애가 무슨 위사를 하느냐고 차라리 형들하고 집에서 농사나 지으라며 붙잡았다.

두 형도 마찬가지였다. 십 년 만에 만난 동생의 활약에 홀딱 반한 상태라 좀 더 머물렀으면 하는 바람을 읽을 수 있었다.

하지만 지금이 딱 좋았다.

가족 모두가 등천화를 반겨주는 것을 확인했으니 된 것이다.

등천화는 홀가분하게 떠날 수 있을 것 같았다.

*　　*　　*

삼문협(三門峽).

섬서성에서 하남성으로 넘어가기 위해 뱃길을 이용하는 협로였다.

거센 물살을 가르며 손님이라고는 여인 한 명뿐인 배가 강을 건너고 있었다.

머리를 뒤쪽으로 해서 묶은 자태가 고운 여인.

사람들은 때때로 원하지 않는 사건으로 인해 엉뚱한 일에 휘말리게 되는데, 오늘 곽수정이 그런 일을 당했다.

그녀가 아버지로부터 전해 받은 무공의 이름은 혈영신공이었다. 배운 지 두 해가 지나기 전에 바위를 녹였고, 오 년이 지나서는 손에 닿는 사물을 전부 녹일 정도까지 됐다.

체질적으로 그녀와 맞는 무공인 것이다.

그녀가 혈영신공을 완성한 것은 익히기 시작한 지 십 년이 되는 해였다. 외부에 나간 적도 없고 누굴 해코지한 적도 없는 부녀였으나, 갑작스럽게 나타난 고수에 의해 집안이 몰살당하고 말았다.

마루 밑에서 지켜보던 그녀는 이를 갈며 복수를 다짐했다. 얼굴은 볼 수 없었으나 허리춤에서 달랑거리는 물체.

푸른 옥빛의 노리개였다.

만년한옥으로 만든 노리개의 주인을 찾아내리라!

혈귀란 별호는 그렇게 얻게 됐다.

정사를 가리지 않고 남의 물건을 탐내는 자, 무공만 믿고 힘없는 사람을 죽이는 자, 모두가 그녀의 손에 죽음을 맞이해야 했다.

그러나 그녀가 명성을 떨치면 떨칠수록 오라는 원수는 나타나지 않고 엉뚱한 불나방들만 늘어났다. 혈귀를 죽였다는 명성을 얻으려는 자들이었다.

어제만 해도 또래의 젊은 남녀와 주루에서 부딪쳤다.

실력으로 싸우면 일초지적도 안 되는 것들이었으나 두 남녀는 곽소정의 혈영신공을 알고 있었다.

그녀의 유일한 약점이랄 수 있는 움직임을 파고들어 피하기만 하는 데에야 방법이 없었다.

참는 것도 한계가 있었다.

배는 고파 죽겠는데 피하기만 할 거면서 왜 시비를 거는 건가!

곽소정은 주루로 되돌아오는 내내 청풍루의 음식 냄새가 주린 배를 마구 괴롭혔다.

꼬르륵.

생각만으로도 입에 침이 고였다.

배에서 내리자마자 곧바로 청풍루로 달려갔다.

"됐다. 일단 배를 채우자. 죽이는 건 그 다음."

건방진 청춘 둘을 죽이는 것보다는 배를 채우는 것이 급선무였다.

등천화는 둘째 형 등기수가 잘 찾아가라고 길까지 친절하게 알려줬으나, 길에 대한 개념이 다른 사람들과 다르기에 알려준 길과 상관없이 걸어가고 있었다.

그러나 운 좋게도 길을 제대로 온 모양이다.

등기수는 계곡을 따라 흐르는 거대한 강을 볼 수 있을 거라 했다. 바로 눈앞의 삼문협 그가 설명한 강이 분명했다.

지금까지 봤던 어떤 강보다 컸고, 주위 경관은 가히 예술작품처럼 빛났다.

"확 트인 공간을 보니까 가슴이 뻥 뚫리는 것 같다."

등천화는 가만히 멈춰 선 상태로 한참 동안 강을 바라보며 감상에 젖었다.

"음?"

솔솔―

어디선가 기가 막힌 음식 냄새가 바람에 실려왔다.

음식 냄새를 따라 고개를 돌릴 때였다.

한 여인이 정면으로 바라보이는 주루로 쏜살같이 달려가는 모습이 보였다.

얼마나 맛있으면!

등천화는 주저할 것 없이 곧장 여인이 들어간 청풍루로 발걸음을 옮겼다.

안으로 들어가자 요리를 기다리는 여인의 옆모습이 보였다. 꽤나 예쁜 얼굴이었다. 하지만 더 살필 겨를이 없었다. 여인의 앞에 요리가 차려졌고, 그녀의 손이 빠르게 식탁을 훑었기 때문이다.

'대단한 식성이다.'

등천화는 갑자기 실천 욕구가 일었다.

"여기요."

"예, 손님."

"주문 안 받나요?"

"저희 주루에 처음이신가요?"

점소이가 다가오며 친절하게 말을 건넸다.

"엄… 그러면 안 되나요?"

"하하하, 원 농담도. 저희 주루에서 가장 자신있는 음식을 말씀드리려…….."

"저 소저가 먹는 음식으로 주세요."

"예?"

"저 소저… 참 잘 먹네요."

"……."

점소이는 잠시 딱하다는 듯한 표정으로 등천화를 지켜보다가 조용히 말을 건넸다.

"혹시 저 소저를 아십니까?"

"모르는데요."

"이런, 저 소저는 보기엔 요조숙녀 같지만, 강호에 소문난 여고수예요. 사람을 한 줌의 핏물로 만든다고 해서 혈귀라고 한답니다. 오늘도 벌써 한바탕했다니까요. 상대가 누군지 아세요? 기가 막히게도 칠룡삼봉 중 두 명이었어요. 곧 저 혈귀를 잡으러 사람들이 몰려올 겁니다."

“엄… 음식, 먹고 싶어요.”

등천화의 집중하지 않는 태도에 점소이는 삐친 표정으로 본연의 자세로 돌아갔다.

“그래도 같은 걸로 드시겠습니까?”

“예.”

씨익.

등천화는 그제야 점소이가 말귀를 알아들었다고 여겼는지 환하게 웃어주었다.

점소이는 잠시 등천화의 말쑥한 모습을 살펴봤다.

풍류공자라고 생각했던 자신의 판단이 틀렸다는 증거를 확보하기 위해서였다.

점소이가 오해할 소지는 다분했다.

등천화는 망량산에서 입고 온 옷을 벗고 이화가 만들어준 옷을 입고 있었다. 기본적으로 태(態)가 다른 것이다.

이마의 푸른 건이 고른 치아와 잘 어울렸다.

“아, 알겠습니다. 제가 몰라뵈었습니다. 곧 준비하라고 이르겠습니다.”

점소이는 칠룡삼봉이 곽소정을 노린다는 말까지 했는데도 등천화가 눈 하나 깜빡이지 않자 태도를 확 바꾸었다.

‘혈귀 정도는 충분히 상대할 고수인가 보네. 생긴 건 그렇지 않은데……’

점소이가 예고한 사건은 얼마 지나지 않아 일어났다.

잘생긴 남자 둘과 미인 한 명이 주루로 들어온 것은, 음식을 맛있게 먹던 여인 곽소정이 막 젓가락을 놓았을 때였다.

주루로 들어선 홍의여인은 행복에 겨운 표정을 하고 있는 곽소정을 향해 소리쳤다.

"우릴 잘도 따돌렸더구나, 혈귀!"

다른 두 남자가 탁자를 부수며 여인의 말에 지지를 하고 나섰다.

"운 형, 저 여자가 바로 나 무당일룡 조민과 아미적봉 능희연 소저를 따돌렸던 혈귀입니다."

조민의 시선이 공공무룡 운혁에게 향했다.

"생긴 건 예쁘장하군요."

세 남녀가 나타나면서 주루의 주인은 조심스럽게 나설 순간만 찾고 있다가 그 순간을 놓치지 않고 조용히 다가가 최대한 공손한 어투로 말을 건넸다.

"칠룡삼봉 중 세 분께서 저희 주루에 친히 왕림해 주셔서 뭐라고 영광의 말씀을 드려야 할지 모르겠습니다… 만 싸움은 제발 밖에서……."

"너무 걱정하지 마시오. 금방 끝날 테니까."

조민의 날 선 대답에 주인은 찔끔했다.

그러나 주루를 운영하기 위해서는 용기를 내야 했다.

"그, 그래도……."

"알았다고 하잖아!"

“예? 그, 그럼 기물 피해를 최소한으로다가… 헤헤헤.”

비굴한 웃음으로 마무리 지은 주인은 실망한 눈으로 쳐다보는 점소이의 머리를 사정없이 패고는 안으로 들어가 버렸다. 물론 구경하기 위해 빼꼼히 문을 열어놓는 건 잊지 않았다.

“이봐, 혈귀. 우리 말을 듣고 있나?”

“…….”

곽소정은 조민의 질문에는 대답할 생각을 하지 않고 입을 닦으며 옆쪽을 돌아봤다.

칠룡삼봉 중 둘과 상대를 해본 상태이기에 셋이라도 걱정은 되지 않았다. 더구나 식사까지 해서 배를 채운 뒤라 우습게 보이기까지 했다.

문제는 따로 있었다.

‘저자, 뭐지? 칠룡삼봉이 왔는데 전혀 신경 쓰지 않고 있어. 하면 왜 나를 감시했지?’

주루에 들어서자마자 줄곧 자신이 식사하는 모습을 지켜본 걸 알고 있었다. 내색하지는 않았으나 식사하는 내내 엄청 신경 쓰였다.

“후루룩, 쩝쩝.”

등천화의 자리에서 나는 소리였다.

요란을 떨며 먹는 것은 아니었지만, 워낙 주루 안이 조용하다 보니 음식 먹는 소리가 모두에게 들린 것이다.

이런 상황에서 태연히 식사를?

곽소정이 의심할 만한 일이긴 했다.

하지만 일단 눈앞의 칠룡삼봉 중 셋이 먼저였다.

등천화에게 신경을 끊고 막 자리에서 일어서려던 곽소정은 갑자기 들리는 목소리에 흠칫 놀랐다.

"저……."

"……!"

언제 다가왔는지 등천화가 곽소정을 보고 있었다.

곽소정은 눈을 동그랗게 뜨고는 손가락으로 자신을 가리켰다. 그러자 등천화는 순진한 웃음을 지으며 고개를 끄덕였다.

"뭐냐?"

"덕분에 맛있게 잘 먹었습니다."

"덕분에?"

곽소정의 눈에서 붉은 안광을 토해졌다.

혈영신공을 운용하면 자연스럽게 일어나는 현상이었다. 하지만 등천화는 그녀의 변화에 전혀 동요하는 기색이 아니었다.

"부끄러워하실 것 없습니다."

'뭐, 뭐야? 내 눈빛을 저렇게 간단히 받아내?'

곽소정의 당황하는 표정을 지켜보던 칠룡삼봉 역시 황당한 얼굴들이 됐다.

등천화의 말이 이어졌다.

"아! 아까 들으니까 이곳에서 싸움이 자주 일어나서 주인이 걱정을 많이 하던데, 혹시 싸울 거면 밖에서 싸우는 게 좋겠네요. 그럼."

"……!"

곽소정은 기가 막혔다.

마치 내가 있는 곳에선 싸우지 말라는 듯 경고를 하고 있는 것처럼 보였기 때문이다.

'내가 착각을 한 건가?'

한쪽에서 은근히 싸움이 벌어기만을 기대하던 점소이들의 대화가 그녀의 귀에 들려왔다.

"저것 봐, 내가 뭐랬어. 칠룡삼봉도 무서워하지 않는다니까? 대단한 사람일지도 몰라."

"에이, 설마."

"봐봐. 어, 어… 곧장 칠룡삼봉에게 가네?"

등천화의 입장에서는 당연한 걸음이었다.

정확한 대답을 들려주어야 하기 때문이다.

그런 등천화를 보면서 곽소정보다 더 황당해하는 이들이 바로 칠룡삼봉 중 셋이었다. 특히 능희연은 전신을 부들부들 떨기까지 했다.

칠룡삼봉을 대놓고 무시하는 자.

자존심 강한 그녀의 성격으로 참을 수가 없었다.

"멈춰."

능희연은 등천화를 향해 경고하며, 곧이라도 일자수미검을 펼칠 자세를 취했다. 그러자 황당하게도 등천화의 입에서 '예' 하는 대답과 함께 동작이 멈췄다.

조민과 운혁이 다가왔다.

"저자는 누구요?"

"서란다고 서?"

지켜보던 곽소정. 도저히 등천화가 무슨 생각을 하고 있는지 짐작할 수가 없었다.

'저자, 도대체 정체가 뭐야?'

고수들이 있는 자리에서 아무렇지도 않게 행동하는 모습도 이상했지만, 긴장감 따위는 지나가던 개에게 던져 줬는지 찾아볼 수가 없었다.

등천화의 입가에는 여전히 웃음이 걸려 있었다.

능희연은 머쓱함을 털어내기 위해 등천화에게 쏘아줄 말을 떠올리려 했으나 딱히 할 말이 생각나지 않았다. 덕분에 곽소정과 싸울 맛도 나지 않았다.

탁.

곽소정은 더 이상 참기 힘든지 자리에서 일어나며 세 남녀를 향해 손짓했다.

"이곳에 더 있을 테냐? 저자 때문에 맥이 빠져서 여기서 싸우는 건 피하기로 하지. 혈수를 맛보고 싶은 자들은 따라와."

곽소정은 곧장 창문을 통해 몸을 날렸다.

"멈춰!"

능희연은 곽소정을 쫓아가려다 돌아서서 등천화를 노려봤다.

"네놈은 꼼짝 말고 이곳에서 기다려. 저 계집을 죽인 후 다시 올 테니까."

"소, 소저!"

등천화가 뭐라고 대답하기도 전에 세 사람의 신형이 실내에서 사라졌다.

"이런, 가버렸네."

등천화는 난감한 표정으로 창문을 쳐다봤다.

그러자 싸움을 구경할 수 있을 거라 기대에 차 있던 점소이가 실망한 목소리로 말했다.

"에? 뭐야, 싱겁게?"

투덜대던 점소이는 어깨에 걸치고 있던 수건을 털면서 자리를 치우기 위해 다가왔다. 자리에는 이제 등천화 혼자만 남아 있었다.

점소이는 말도 안 되는 생각에 킥킥거렸다.

"손님, 혹시… 아까 아미적봉이 한 말 때문에 그러신 겁니까?"

"아미적봉이요?"

"붉은색 옷을 입은 여자요."

"아! 예, 이곳에 있으라니 너무한 거 아닌가요? 가봐야 할 데도 있는데."

점소이는 입을 벌린 채로 아무 말도 하지 못했다.

그러다 자신이 생각해도 기가 막힌지 웃음을 터뜨리고 말았다.

"푸핫! 저, 정말로 그 말 때문에 안 가시는 거예요?"

"예."

등천화의 표정은 진지했다.

'이것 봐라? 순딩이처럼 꼬박꼬박 존댓말을 하네?

점소이는 문득 장난기가 발동했다.

"에이, 그런 걸 가지고 무슨 고민을 하세요. 지금이라도 늦지 않았으니 따라가세요. 가서 아미… 능희연 소저에게 먼저 가겠다고 하면 되잖아요."

주루에서 괴팍한 사람을 하도 많이 봐왔기 때문에 여차하면 도망칠 준비도 마친 상태였다. 그러나 등천화의 반응이 기가 막혔다.

"아! 하하하! 정말 그러면 되겠네요."

"예?"

"갈게요."

"소협… 협!"

점소이는 등천화를 부르려다 말고 자신의 입을 손으로 막았다.

누가 손으로 잡아당긴 것처럼 창문으로 빨려 들어가는 등천화를 봤기 때문이다.

마른침을 삼키고 뒤를 돌아봤다.

주루의 주인은 물론이고 다른 점소이들도 황당한 표정이었다. 그들 모두 이구동성으로 한마디를 잊지 않았다.

“저런 사람을 놀린 거야? 너… 안됐다.”

“나, 난……..”

“알아. 말할 시간 있으면 어서 짐 싸.”

휙.

등천화에게 장난을 쳤던 점소이의 신형이 보이지 않을 속도로 자신의 방으로 뛰어갔다.

청풍루에서 멀지 않은 나루터.

칠룡삼봉 중 셋이 곽소정을 둘러싼 채로 노려보고 있었다.

곽소정의 혈수를 이미 경험한 능희연과 조민은 조심스러운 반면, 운혁은 자신의 신법을 믿고 여유만만해 보였다.

“지금이라도 순순히 천추성으로 잡혀가면 정상은 참작하마.”

운혁이 곽소정을 타이르듯이 말했다.

곽소정은 냉소를 지으며 붉어진 손을 들어올렸다.

“운 형, 조심하세요. 저 혈수와 부딪치는 건 모두 녹아버립니다.”

“운 공자님, 조 공자님의 말은 사실이에요.”

조민과 능희연이 주의를 주었으나 운혁에게 두 사람의 말은 더 빨리 손을 쓰라는 말과 다름 아니었다.

‘흥! 지들과 나를 비교하면 안 되지.’

사람들은 칠룡삼봉의 실력이 비슷비슷하다고 여기지만 거기에도 서열은 존재했다. 운혁의 실력은 중간 정도였고, 능희연과 조민은 약한 축에 속했다.

“걱정 마시오, 맞지 않으면 아무리 흉측한 무기라도 소용이 없으니.”

쉭.

운혁의 모습이 갑자기 뿌옇게 변하더니 이내 자리에서 사라졌다. 그의 사문인 공공파의 공공무영신법을 펼친 것이다.

시전자가 멈출 때까지 상대는 얼굴도 확인하지 못한다는 신법이었다.

그러나 예상치 못한 폭음이 일었다.

쾅!

“헛, 운 형!”

“운 공자님!”

조민과 능희연이 동시에 외치며 몸을 날리면서 폭음과 함께 일어난 먼지 속으로 들어갔다.

들어간 순간 운혁의 다급한 외침이 터져 나왔다.

“공격하지 마시오!”

먼지가 가라앉고 드러난 장내.

난감한 표정의 운혁과 공격을 멈춘 조민과 능희연이 서 있었다.

그때 원래 그들이 서 있던 곳에서 낯선 음성이 들렸다.

"소저, 죄송합니다. 할 말이 있어서 부득이하게 싸움을 말리게 됐네요."

등천화였다.

"……."

곽소정은 자신의 어깨, 정확히는 팔꿈치 위쪽과 어깨 바로 아래를 잡고 있는 등천화를 신기한 듯이 쳐다봤다. 그곳이 바로 유일하게 혈수의 위험에서 벗어날 수 있는 위치였기 때문이다.

혈수에 대해서 아주 잘 아는 자가 아니면 생각지도 못할 일이 아닐 수 없었다.

'이자, 뭐지? 조금 전에 나를 어떻게 한 거지?

곽소정은 아직까지 멍한 표정을 풀지 못했다.

운혁이 공격해 오는 것을 알고서 대응하기 위해 혈수를 뻗으려는 찰나, 갑자기 누군가가 자신의 손을 낚아챘다.

"당신은 주루의……."

"예. 저 소저에게 할 말이 있어서 왔습니다."

"능… 희연에게?"

"저 소저의 이름이 능 소저인 모양이군요."

등천화는 아주 자연스럽게 곽소정의 팔을 놓고서 능희연을 향해 한 걸음 다가갔다.

"능 소저."

"……."

"기다리는 사람이 있어서 주루에 남아 있을 수가 없는 형편입니다. 대답을 안 듣고 가서서 부득이하게 이곳까지 왔습니다. 할 말을 했으니 저는 이만……."

씨익.

말쑥한 차림으로 순진한 웃음을 짓자, 뒤에 서 있던 곽소정은 맥 빠진 웃음을 터뜨리고 말았다.

"풋, 그러니까 아까 능희연이 한 말이 마음에 걸려서 온 건가?"

"맞습니다. 이제야 마음이 편하네요. 그럼, 갑니다."

등천화는 능희연의 대답도 듣지 않고 몸을 돌렸다. 하지만 보는 사람의 입장에서는 등천화가 몸을 돌렸다 싶은 순간, 무서운 속도로 멀어지는 모습에 할 말을 잃어야 했다.

긴장된 분위기는 삽시간에 수그러들었고, 등천화의 행동을 황당해하는 것은 남은 사람들의 몫이 됐다.

네 사람 중 누구도 먼저 말을 꺼내지 못했다.

먼저 얘기를 꺼낸 사람은 운혁이었다.

"저자가 누군지 아는 사람 있나요?"

운혁의 질문에 조민과 능희연은 고개를 저었다.

세 사람은 사당의 이건이 되기 위해 천추성으로 가는 길이었다. 맨손으로 가기보다는 혈귀를 잡아서 데려가면 공로를 인정받을 것 같아 일부러 운혁을 기다린 것이건만 상황이 우습게 되어버렸다.

곽소정은 세 사람을 보며 크게 웃었다.

"호호호! 벌써 두 번째네. 저자 때문에 싸울 맛이 달아나 버렸어. 이봐, 세 사람. 정 죽고 싶으면 쫓아와도 좋지만, 난 그만 가봐야겠다."

말을 마친 곽소정은 곧장 물 찬 제비처럼 허공을 비약하며 사라져 갔다.

"칫."

운혁과 조민이 손을 쓰지 않는데 셋 중 가장 무공 실력이 떨어지는 능희연이 혼자서 상대할 수는 없는 노릇이었다.

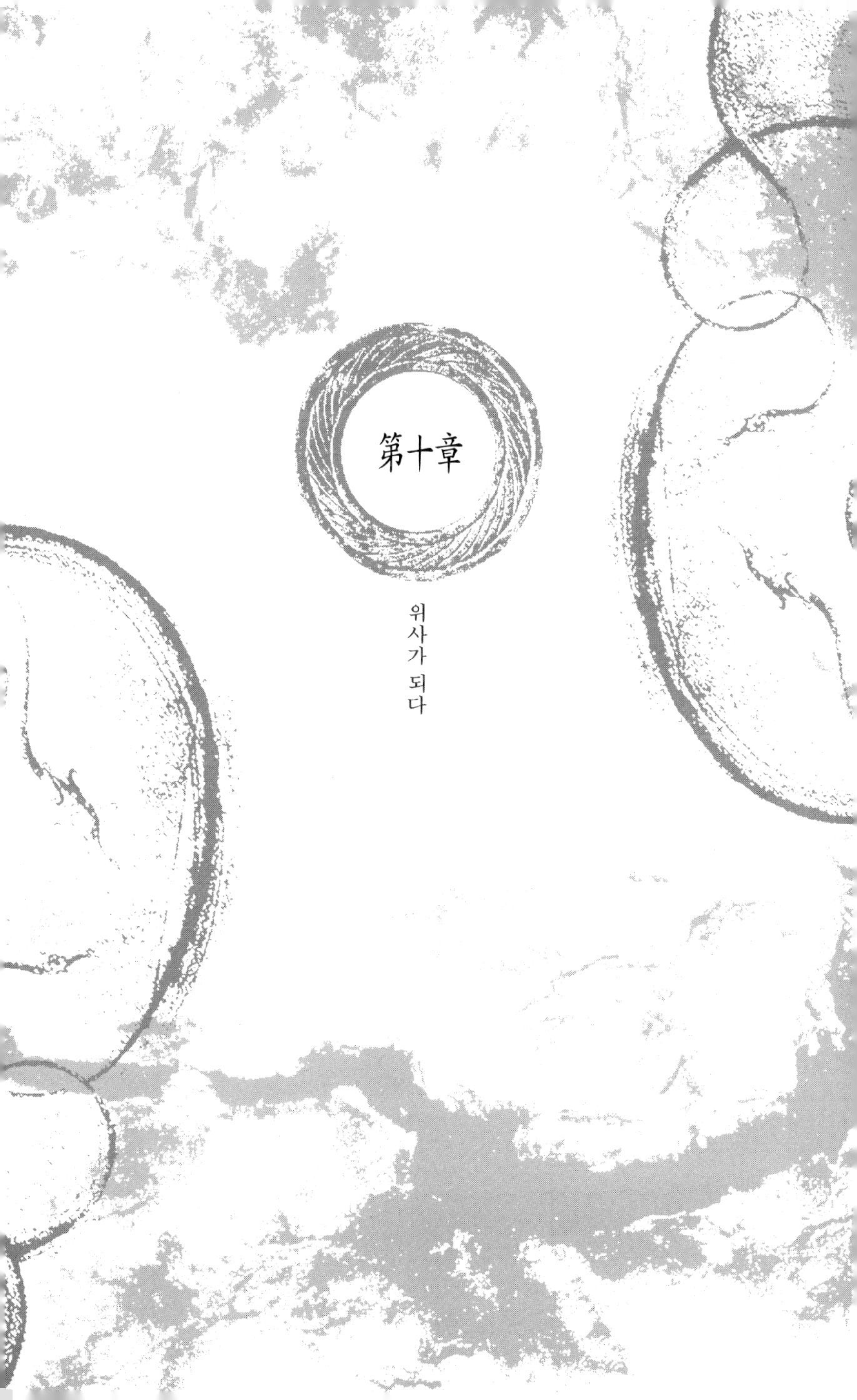
第十章
위
사
가
되
다

오전 내내 흐리던 날이 갑자기 쌀쌀한 기운과 함께 맑아졌
다.

"좋은 일이 있으려나?"

독각수라귀 공손풍은 자신이 생각해도 말이 안 되는 소리
란 걸 잘 알고 있었다.

마지막 싸움에서 만난 유령 같은 자만 아니었어도 돌아오
자마자 정문 좌측 외곽을 담당하라는 명령이 떨어졌을 리가
없었다.

고생했다고 특별히 배려한 자리라나?

"큭, 오늘은 어떤 멍청이가 위사 시험을 보러 왔을까?"

지겨움이 꽉꽉 담겨 있는 음성으로 철각을 쩔룩거리며 움직였다.

외곽은 별로 신경 쓸 일이 없었다.

무공 실력으로 따지면 다른 삽십이천명대의 대주들보다 한 수 위인 공손풍이었으나, 자리는 무공만 강하다고 얻어지는 것이 아니었다.

다른 삼십이천명대주들은 대부분이 구대문파 출신이었다. 겨우 독각수라귀라는 별호 정도로 신분이 올라갈 수는 없었다.

개벽삼검.

위사들 모두가 공손풍을 칭송하지만, 그러면 그럴수록 진급은 힘들어지고 있었다.

"공 대주님을 뵙습니다!"

천추성에 입성한 지 일 년도 안 된 햇병아리 신참들이 인사를 건네온다.

"후후후, 힘들지? 처음엔 다 그래."

"열심히 하겠습니다!"

"그래그래."

외곽을 관리하는 도중 공손풍은 엉뚱한 행동을 취하곤 했다. 신참 위사들이 가장 지칠 시간에 뜬금없이 교대를 해주곤 하는 것이다.

"아, 안 됩니다!"

“괜찮아. 고참들이 뭐라고 하면 내가 뺏었다고 그래.”

공손풍은 신참의 창을 뺏고는 문에 기대었다.

“내가 편해서 그래.”

잠시 후에 벌어질 일을 미리 알았다면 결코 자진해서 이 자리에 서지는 않았으리라.

멀리서 한 청년이 걸어오고 있었다.

공손풍은 청년을 보며 고개를 갸웃거렸다.

오늘 방문자 중에 저런 젊은 청년이 있다는 보고를 받지 못했기 때문이다.

방문자의 출입을 제한하는 시간은 없었지만, 찾아온 사람이 누구냐에 따라 약간씩 달라지기는 했다.

청년처럼 하인조차 거느리지 않고 찾아오는 경우 경험상 되돌려 보내는 것이 좋았다.

‘귀찮다.’

공손풍은 다가오는 청년을 보며 벽에 기댄 채 고개를 좌우로 흔들었다. 들어올 생각을 말라는 뜻을 전한 것이다.

그러나 다가온 청년은 등천화였다.

“안녕하세요, 위사님? 역시 천추성의 위사는 뭔가 다르군요. 멋진데요?”

아무런 사심 없는, 진심에서 우러나오는 말이었지만 공손풍의 입장에선 콧방귀 뀔 말이기도 했다.

“안 돼.”

“예?”

“자네 지금 성으로 들어가려는 거지?”

“예.”

“오늘은 방문이 끝났네.”

“그게 무슨 말이죠?”

“방문하기 전에 먼저 기별을 해놓아야 들어갈 수 있다는 말일세.”

“그렇군요. 알았습니다.”

등천화는 고개를 끄덕였다.

그러나 여전히 제자리에 서 있을 뿐 움직일 생각을 하지 않았다.

“이보게.”

“예?”

“조금 전에 내가 한 말을 알아들은 것 같더니…….”

“생각보다 힘든 것 같네요.”

“…뭐가?”

“위사는 한 문파의 얼굴과 마찬가지란 말이 있잖습니까. 정말 위사님을 뵈니 그 말이 새삼 와 닿습니다.”

‘위사의 역할이라…….’

공손풍은 생각지도 못한 말을 듣게 되자 갑자기 기분이 좋아졌다. 위사의 역할에 대해선 한 번도 신참들에게 얘기해 준 적이 없었다.

‘이 녀석이 한 말, 이거 쓸 만한데? 위사는 한 문파의 얼굴이다. 오호!’

“위사님이 계신 곳이라 더욱 마음에 듭니다.”

“응? 험험. 그, 그런가? 하하하!”

기분이 한껏 좋아진 공손풍은 등천화에게 다가와 어깨동무를 한 후 조용히 말했다.

“내, 이번은 특별히 봐주지. 방명록에 사문과 이름을 적고 들어가 보게.”

“⋯⋯.”

“뭐 하나? 안 들어가?”

“그게⋯⋯.”

“뭔가? 주저하지 말고 말해보게.”

사실 등천화는 공손풍의 인조 다리를 보고 마음이 안 좋았다. 위사라는 신분이 저렇게 위험할 줄은 몰랐기 때문이다.

그러나 내색하지 않기로 했다.

위사 시험을 보러 왔는데 그의 다리를 보고 실망한 표정을 지으면 실례일 것 같았기 때문이다. 오히려 힘주어 대답했다.

“저도 얼굴이 되고 싶어서 왔습니다.”

“뭐?”

“위사가 되고 싶습니다!”

“⋯⋯.”

공손풍은 등천화의 대답에 제일 먼저 발끝부터 머리끝까지 한번에 쫙 훑어봤다.

멀쩡했다.

어디 하나 흠 잡을 데 없는 말끔한 차림새에 제법 고상한 기운까지 풍기는 청년이었다.

‘혹시 몸만 멀쩡……’

말하는 걸 보면 결코 정신적인 이상을 가진 청년도 아니었다.

그런데 왜?

“자네 지금 위사가 되고 싶다고 했나?”

“예!”

등천화는 활짝 웃으며 고개를 끄덕였다.

천추성에 몸담은 지 이십 년이 가까워 오지만 이런 녀석은 처음이었다.

“삼십이천명대나 팔로대가 아니고 위… 사?”

“예.”

태양혈도 밋밋하고 딱히 무공을 익힌 흔적은 없었다.

하지만 이 좋은 체격과 올바른 정신 상태로 왜 하필 위사를? 공손풍은 미간을 찌푸리며 이해할 수 없다는 표정을 지었다.

“이보게, 내 자네를 잘 봐서 하는 말인데, 삼십이천명대원으로 시작을 해보는 것이 어떤가?”

“그것도 위사인가요?”

“아니, 위사보다 훨씬 높은 자리지.”

“엄…….”

등천화가 고민하는 걸 보고 공손풍은 다시 대답을 재촉했다.

“자네 정도면…….”

“그냥 위사 할래요.”

“…뭐?”

“아버지께 약속했어요. 천추성의 위사로 일한다고요.”

공손풍의 생각으로는 이해 불가능한 사고 체계를 가진 녀석이었다.

“위사보다 삽이천명대원이 낫다니까!”

등천화는 고개를 절레절레 흔들었다.

“끙, 좋다. 특기는 있나?”

“걷는 것과 사람 피하는 것이요.”

“…….”

픽.

공손풍은 어이가 없어서 웃었다.

뭔가 있을 줄 알았더니 결국은 할 줄 아는 것이 아무것도 없다는 말.

“후후후, 알았다. 내 평생 너같이 특이한 녀석은 처음 본다. 어이, 신참.”

공손풍과 등천화의 대화를 모두 듣고 있던 위사가 다가왔
다.

"부르셨습니까?"

"이 녀석을 위사 시험장에 데려다 줘."

"지금… 말씀이십니까?"

"그래. 시험이 아직 끝나지 않았잖아?"

"그렇기야 하지만…….."

"일단 데려다 줘."

"예. 따라오시오."

등천화가 위사 시험장에 간 지 채 반 시진도 지나지 않았을
때였다.

교대하기 위해 온 신참 한 명이 조심스럽게 공손풍에게 말
을 건넸다. 평소에는 감히 쳐다볼 수도 없었지만 등천화를 보
냈다는 얘기를 들은 후이기에 말을 붙여볼 생각을 한 것이다.

"저… 공 대주님."

"어, 벌써 교대 시간이냐?"

"예. 혹시 아까 들여보냈던 자… 어떻게 됐나 궁금하지 않
으십니까?"

"안 그래도 알아보러 가려던 차다. 떨어졌지?"

"예? 벌써 두 번째 시험을 통과했답니다."

"뭐? 백 근짜리 바위를 드는 외공 시험까지 통과했단 말

이야?”

“예.”

“허! 참, 그 친구 이름이 뭐래?”

그때, 뒤쪽에서 신참 위사들 대신 청년의 목소리가 들렸다.

“등천화! 부모님께서 어디서든 빛이 나라고 지어주셨습니다.”

“……!”

갑작스런 목소리에 공손풍은 고개를 돌렸다가 경악하고 말았다.

등천화가 밝게 웃고 있었기 때문이다.

“두 번째 시험을 통과했다며?”

“마지막은 무기를 다루는 시험이더라구요.”

“그렇지. 위사가 되려면 창을 다룰 줄 알아야 하니까.”

“모른다고 하니까 그냥 통과시켜 주던걸요?”

“아! 두 가지를 통과했으니까?”

“예.”

“이거… 축하한다고 해야 하나?”

“하하하! 감사하다는 인사를 드리려고 달려왔어요.”

‘등천화? 이름은 좋군. 후후후.’

공손풍은 기묘한 인연이란 생각에 웃고 말았다.

그의 뒤쪽으로 한 위사가 걸어오고 있었다.

위사 시험장에서 근무하는 마윤이란 청년으로, 합격자를

공손풍한테 알려주기 위해 시험장에서 오는 길이었다.

"어?"

마윤은 자신이 온 곳과 정문을 번갈아 가며 쳐다봤다.

이 길은 오직 하나밖에 없었다.

등천화를 마지막으로 호명하곤 곧장 왔건만 공손풍과 얘기를 나누고 있잖은가?

"어떻게… 발표하고 곧바로 왔는데……."

*　　　*　　　*

천건당 안.

정문을 통과한 사람들에 대한 정보를 제일 먼저 알게 되는 곳이 천건당이었다.

"이번에 새로 뽑은 위사는……."

슥.

탁자 위에서 무언가를 연신 써 내려가던 진휘악은 손을 들었다. 원로원에 보고할 자료를 준비하느라 반규륵의 보고를 듣고 있을 시간이 없었다.

"됐다. 그런 것 따위는 네가 알아서 처리해."

약간의 질책이 담겨 있었다.

보고를 올리던 반규륵은 급히 고개를 숙였다.

"처리하겠습니다."

“그래.”

“그럼…….”

반규륵이 보고를 할 때는 그만한 이유가 있을 거란 생각 정도는 해줄 때도 됐건만 뒤도 돌아보지 않았다.

천건전 밖에서 잠시 멈춰 선 반규륵은 피식 웃었다.

‘반 시진 만에 통과한 자라……. 신경 쓰는 내가 이상한 건가? 후후후.’

이내 씁쓸한 웃음을 지으며 위사 시험에 대한 일을 잊기로 했다.

*　　　*　　　*

“위사의 기본은, 하루 종일 서 있어도 끄떡없는 두 발과 적의 기습, 급한 전갈 등에 대비한 빠른 두 발! 이것이 전부라고 해도 과언이 아니다! 무슨 말인지 알겠나?!”

마윤은 기합을 잔뜩 싣고 눈에 힘을 주었다.

신참 교육은 이번이 처음이기에 얕보여선 안 된다는 생각이 든 까닭이다.

웃고 있는 등천화가 위사가 된 데에는 공손풍의 힘이 작용했으리라. 그러나 마윤에게는 누구의 도움도 받지 않고 죽도록 고생해서 된 자리였다.

구대문파 출신이 아닌 사람으로서 공손풍처럼 멋진 무인

이 되는 것이 마윤의 소원이었다. 당연히 등천화가 좋게 보일 리 없었다.

그러나 마윤의 이런 내심을 아는지 모르는지 등천화는 마냥 웃기만 했다.

합격한 첫날부터 공손풍한테 환대를 받은 것도 만족스러웠고, 위사 교육을 시켜준다는 마윤의 마음씀씀이도 마음에 든 것이다.

오늘이 바로 첫 근무였다.

오전 두 시진 근무만 서면 나머지는 자유 시간이라고 했다.

등천화는 벌써부터 나머지 시간에 뭘 하고 지낼까 고민하고 있었다.

"마 선배, 근무 끝나면 주로 뭐 하며 지내요?"

마윤이 고참이니 당연히 존칭은 물론이고 선배란 호칭을 꼭 붙여야 했다.

"무공 수련을 해야지."

"아… 무공 수련."

"등 위사는 안 해?"

"하하하! 그냥 잘 서 있기만 해도 된다면서요?"

"미래를 생각해야지. 운 좋게 들어왔으니 앞으로는 삼십이천명대로 올라가고 싶을 거 아냐."

"엄… 그럴 생각 없는데요?"

"…그럼 이대로 평생 위사로 있을 거야?"

"그렇진 않죠. 하지만 당분간은 위사를 해야 해요."

"왜?"

"아버지가 원하시거든요."

"……."

마윤은 잠시 등천화의 나이를 생각했다.

스물두 살.

자신보다 네 살이 많은 나이이다.

그런 사람이 미래를 생각하기보다는 되는대로 살아가려고 하는 것이다.

"등 위사가 비록 나보다 나이가 많지만 할 말은 해야겠다."

"……."

"사람은 꿈을 가져야 한다고 했어. 공 대주님도 처음에는 농사를 짓는 걸로 시작하셨대. 각고의 노력 끝에 무공을 익힐 수 있었고, 윗분의 눈에 들어서 삼십이천명대의 대주가 되신 거야."

"예에……."

"어때, 근무 끝나고 무공 수련을 하고 싶지?"

"아니요."

웃는 건 순둥이처럼 보이는데 고집이 은근히 센 것 같았다.

"뭘 하고 싶은데?"

"만나볼 사람이 있어서요."

"뭐? 풋."

“왜요?”

“등 위사는 앞으로 성 밖 출입을 못해. 내가 직접 알려준 것 같은데?”

“알죠.”

“그런데?”

“이 안에 계시니까 괜찮아요.”

“뭐?!”

마윤은 기함하며 하마터면 등천화의 옆으로 다가갈 뻔했다.

“지금 뭐라고 했어? 성안에 계신 분을 만난다고?”

“예.”

‘그렇구나! 공 대주님보다 위쪽에 줄이 닿아 있는 거야. 이거 괜히 반말을 하는 거 아냐?’

마윤은 놀란 속을 진정시키며 다시 물었다.

“험험. 등 위사가 만나볼 사람이… 누구세요?”

“……”

등천화는 마윤이 갑자기 존댓말을 사용하자 귀엽게 보여서 자신도 모르게 웃고 말았다.

“하하하! 마 선배는 참 귀엽네요.”

“……”

어디 하늘 같은 선배에게 귀엽다는 말을!

그러나 아직 등천화의 배경이 되는 사람에 대해서 듣지 못했다.

“누구신지…….”

“종 대협이세요. 종명기 대협이요.”

“종… 명… 기. 혹시 종 일건님?”

“그냥 이름만 아는데요? 종명기 대협이라고, 풍채가 좋은 분이신데 혹시 아세요?”

“하… 하하…….”

어디 알다 뿐인가.

마윤은 자신도 모르게 마른침을 삼켰다.

‘천건당주님보다 강할지도 모른다는 백보신권의 귀재 종 일건님이 이자의 뒤를 봐주고 계시다니!’

울고 싶었다.

“저… 등 위사님, 사실 제가 반말을 하고 싶어서 한 게 아니라, 이곳의 체계가 원래 그렇습니다.”

“하하하! 난 괜찮은데. 그냥 지금처럼 하세요.”

“……!”

등천화의 말은 마윤의 귀에 다른 소리로 들렸다.

어차피 넌 죽었어. 이래 죽으나 저래 죽으나 마찬가지니까 계속해.

이 말이었다.

마윤의 머릿속으로 등천화의 말이 웅웅거리며 들리는 것 같았다.

그러나 갑자기 안색이 창백해지는 마윤을 보며 등천화는
엉뚱한 생각을 하고 있었다.

'마 위사는 정말 착하구나. 내가 몇 살 많은 걸 알고서 예
의를 차리려고 하는 거야.'

공손풍도 그렇고 마윤도 그렇고, 만나는 사람들마다 다들
착한 것 같아서 기분이 좋아졌다.

마윤은 근무 교대를 하고 난 후 숙소에서 한 발자국도 나가
지 않았다.

"어이, 마윤!"

언교외란 자로, 마윤과 동갑인 청년이었다.

"뭐 해, 근무 끝났으면 빨리 수련장으로 갈 것이지?"

"……."

"어이, 이봐?"

언교외는 반쯤 넋이 나간 사람처럼 구는 마윤의 어깨를 툭
하고 건드렸다. 그러자 마윤의 몸이 옆으로 쓰러졌다.

쿵.

"어?"

"…였어."

"뭐?"

"오늘 나하고 근무 나갔던……."

"등 위사?"

“응.”

“그자가 왜? 나이 많다고 까불어?”

“아니. 그런 거 아냐.”

“그럼?”

“사당 알지?”

“건곤감리?”

천건당, 천곤당, 천감당, 천리당을 위사들은 줄여서 건곤감리라고 불렀다.

“응.”

“그중에서도 종 일건님이었어.”

“아유, 답답해! 무슨 일인지 일어나서 똑바로 말해봐.”

언교외는 마윤을 벌떡 일으켜 세웠다.

“등 위사님은……”

“등 위사님은? 마윤, 덥지도 않은데 더위 먹었냐? 왜 그래?”

“종 일건님을 만나러 가야 한대.”

“……”

언교외의 동작이 완전히 멎었다.

마윤이 한 말은 정리할 것도 없었다. 이미 소문이 무성한 등천화에 대한 얘기가 일시에 정리가 됐기 때문이다.

“뒤를 봐주는 사람이 그럼……”

“흑… 종 일건님이었던 거야. 나, 어쩜 좋냐, 교외야?”

“이리 와.”

언교외는 마윤의 어깨를 가슴으로 안아주기만 했을 뿐 어떤 위로의 말도 할 수가 없었다. 잠시 그대로 있다가 언교외는 매몰차게 자리를 떠났다.

세상에 믿을 친구 하나도 없다는 말이 실감나게 다가오는 마윤의 하루였다.

이튿날 오후, 천추성 정문.

등천화와 마윤이 근무 교대를 하고서 양쪽에 자리를 잡았다.

마윤은 등천화의 눈도 바라보지 못하고 한숨만 푹푹 내쉬며 전방을 주시하고 있었다.

그때,

성 안쪽에서 마차 한 대가 달려왔다.

흘끔.

마윤은 마차의 모양을 보고 급히 자세를 똑바로 했다. 마차의 소속을 알기 때문에 취한 행동이었으나, 그러려면 손발을 먼저 맞춰야 했다.

등천화에게 미리 알려준다는 것을 깜빡 잊고서 혼자서만 자세를 취하고 말았다.

그때,

“서시오!”

등천화가 창을 옆으로 뉘이며 마차를 가로막았다.

보무도 당당한 그의 태도에 마윤은 신음 섞인 비명을 질러야 했다.

"으으… 아으!"

건곤감리 사당 중에서 천곤당의 마차를 감히 일개 위사가 가로막은 것이다.

푸드득, 히이이잉─

마부가 급히 말을 멈추게 했다.

"워, 워!"

이때까지 마윤은 아무런 행동도 취하지 않았다. 아니, 움직일 수가 없었다는 것이 옳았다. 다리는 후들거리고 창을 잡은 손은 쉴 새 없이 흔들렸다.

덜컹.

마차 문이 열리며 한 사람이 나왔다.

'가 일곤님! 하필 저 냉혈한… 헉! 반 일건님까지!'

가교일과 함께 어디로 가는 모양인지 반규륵이 싸늘한 눈빛으로 마차에서 내렸다.

"무슨 일이냐?"

반규륵의 어이없는 표정이 등천화를 향했다. 하지만 등천화는 인사는커녕 가교일을 빠히 바라보며 순진한 웃음을 함박 지었다.

"이봐, 위사!"

반규륵의 입장에서 등천화가 가교일만 바라보는 행동이
기분 좋을 리 없었다.

"가 대협, 오랜만입니다."

"응?"

가교일은 자신을 알아보는 등천화를 보며 눈에 이채를 발
했다.

"나를 아는가?"

"하하하! 벌써 잊으셨어요? 언제고 시간 되면 천추성으로
오라고 하셨잖아요."

처음엔 반듯한 이마, 그리고 눈, 입. 지나치게 깨끗하고 준
수하게 바뀐 등천화를 알아보지 못했다. 하지만 저 말투와 목
소리는 잊지 않고 있었다.

"등… 소형제?"

"예!"

"헐! 이런 사람을 봤나! 왔으면 나를 찾을 것이지 여기서
뭘 하고 있는 건가?"

'응? 가 일곤이 감정을 드러내?'

옆에서 지켜보던 반규륵은 깜짝 놀랐다.

분명 섭섭하다는 눈치였다.

이럴 수가 있을까?

냉정하기로 둘째가라면 서운해할 가교일이 감정을 드러내
고 있었다, 그것도 대수롭지 않은 위사 한 명에게.

“가 일곤, 이럴 시간이 없소. 가 일곤께서 아는 녀석 같으니 없던 일로 하겠소. 서두릅시다. 앞으로는 조심해라.”

반규륵은 등천화의 위아래를 훑고는 다시 마차에 타려 했다. 하지만 등천화가 다시 붙잡았다.

“떠나시기 전에 행선지와… 마차 안엔 두 분밖에 없나요?”

“뭐?”

반규륵의 눈에서 살기가 흘러나왔다.

“지금 뭐라고 했는지 다시 한 번 말해봐라.”

번뜩이는 반규륵의 눈에서 불꽃이 일렁이는 걸로 봐서 등천화가 한마디라도 더 하면 무슨 사단이 나도 날 것 같았다.

“행선지와… 엇!”

슈악.

역시나 말대꾸를 하는 등천화를 향해 반규륵의 손이 무서운 속도로 뻗어갔다.

턱.

가교일이 반규륵의 손목을 잡았다.

“참으시오, 반 일건.”

“참으라고? 가 일곤, 지금 참으라고 했소?”

“등 소형제는 위사의 임무를 다하려는 것뿐이잖소? 그리고 반 일건을 위해서 하는 말이니 참으시오.”

“나를 위해서?”

그때였다.

정문에 멈춰 선 마차를 보고 위사 중 한 명이 보고를 올린 모양이었다. 멀리서 공손풍이 철각을 쩔뚝거리며 뛰어오며 소리쳤다.

"가 일곤님, 반 일건님, 무슨 일이십니까?"

"공 대주가 나설 자리가 아니다."

이미 빈정이 상할 대로 상한 반규록은 공손풍을 쳐다보지도 않고 대꾸했다.

반규록은 가교일과 순진한 얼굴로 서 있는 등천화를 번갈아 가며 노려보고 있었다.

공손풍은 마윤을 향해 상황을 보고하라는 뜻의 눈짓을 보냈다. 그러자 마윤이 덜덜 떨리는 다리로 다가와 조용히 말을 건넸다.

"드, 등 위사가… 꿀꺽… 두 분이 탄 마차를 세, 세워서……."

다음 얘기는 등천화가 아무렇지도 않게 너무도 당당하게 이었다.

"마차가 행선지와 인원을 말하지 않고 지나가기에 세웠습니다. 그래선 안 되는 거잖습니까, 공 대주님?"

"뭐?"

공손풍은 황당한 표정으로 마윤을 노려봤다.

"너… 말해주지 않았어?"

사당 소속 이상의 마차를 알려주지 않았냐는 말이다.

위사들에게 사당이면 지고한 신분이 아닐 수 없고, 당연히 알아서 그 정도의 눈치는 가져야 하는 것이 필수였다.

마윤은 그 말을 전해주는 걸 까먹은 것이다.

"그, 그게… 예."

"윽!"

공손풍의 질끈 감은 눈을 보고 마윤은 더욱 창백해지고 말았다.

'으으… 저자를 만난 후로 되는 일이 하나도 없어!'

마윤은 신음을 속으로 삼켰다.

공손풍이 나섰다.

"가 일곤님, 반 일건님, 어제부터 근무를 서는 녀석이라 실수를 저지른 모양입니다."

"공손풍, 부하 교육 이따위로밖에 못 시켜!"

반규륵은 공손풍을 향해 화를 내고 있지만 시선은 가교일을 향해 있었다.

'뭐야? 웃어? 내가 우습다는 거야, 뭐야!'

가교일은 반규륵이 뭐라고 하는지 신경도 쓰지 않은 채 그냥 웃기만 했다.

"죄송합니다, 반 일건님. 앞으로 이런 일이 없도록 교육 잘 시키겠습니다."

포권을 취하는 공손풍의 이마에는 진땀이 흐르고 있었다. 하지만 이런 상황을 만든 당사자인 등천화로서는 공손풍의 모습을 이해할 수 없었다.

'어? 공 대주님이 왜 사과를 하지?'

마윤이 알려준 그대로 실천한 것이 뭐가 잘못됐단 말인가.

그러나 수습하기에는 일이 너무 커져 버렸다.

"엄……."

답답해하는 등천화를 보며 가교일이 말을 건넸다.

"후후후, 자네는 하나도 변하지 않았군."

난처해하는 모습이 무척이나 귀여웠다.

곁에서 화를 내고 있는 반규륵의 체면이 뭐가 될지 조금만 생각했더라도 좋았으련만, 가교일의 태도는 전혀 개의치 않는 듯했다.

'으아!'

반규륵은 가교일의 웃음소리에 돌아버리기 일보 직전이 되고 말았다.

"이이! 돌아와서 해야 할 일이 생겼구나. 공손풍! 싸움에서 병신 짓 하다가 마교에 쫓겨온 것도 모자라 너 같은 병신 부하를 받으니까 기분이 좋으냐?"

"……!"

꿈틀.

공손풍의 이마에 힘줄이 불거졌다.

억지로 참고 있는 모습을 보기 힘들었는지 가교일이 대신 나섰다.

“반 일건, 공 대주가 그간 세운 공로가 얼만데 무슨 말을 그렇게 하시오!”

‘이 자식, 왜 이리 공손풍을 감싸?

반규륵은 가교일에게 뭐라고 쏘아붙이려다가 사방에서 몰려드는 삼십이천명대원들과 위사들을 보고 재빨리 마차 안으로 들어갔다.

“가 일곤!”

반규륵의 외침을 뻔히 들었으면서도 가교일은 등천화에게 다가갔다.

“등 소형제, 위사를 해야 하는 사연이 있겠지? 지금 당장 듣고 싶지만 이번 일은 보름쯤 걸릴 것 같군. 더 늦을지도 모르네. 하여간 갔다 와서 연락할 테니까 기다리게. 아!”

다음 말은 등천화만 알아듣도록 귀에 대로 조용히 말했다.

“분위기로 봐서는 위사를 하기 힘들지도 모르지만 그럴 때는 내 이름을 팔면 하루 이틀은 더 버틸 수 있을 걸세. 후후후.”

“걱정 마세요. 대주님은 제가 위로해 드리겠습니다.”

“후후후, 역시 하나도 변하지 않았어. 종 일건이 있었으면 반가워했을 텐데. 아! 우린 청양으로 가네. 마차 안에는 반 일건과 나, 둘만 탔다네.”

가교일은 등천화를 생각해 직접 말을 해주고는 마차에 올라탔다.

두 사람을 실은 마차가 떠나간 후에야 등천화는 공손풍에게 다가갔다.

"공 대주님, 청양? 그곳으로 두 분이 간다고 하네요. 엄… 왜요? 제가 잘못한 건가요?"

"……."

공손풍은 태연한 등천화를 신기한 눈으로 쳐다봤다.

가교일이 소형제라 부르는 사람을 어떻게 대해야 할지 난감해졌기 때문이다.

"아, 아닐세. 자네는 잘못한 것이 없네."

"그렇죠? 위사는 나가고 들어오는 사람에 대해 알고 있어야 한다고 마 선배가 알려준 대로 했거든요. 그건 그렇고, 기분 나쁘셨죠? 어딜 가도 저런 사람은 있다니까요. 잊으세요."

"흡!"

쿵—

마윤의 심장 떨어지는 소리였다.

막간다 막간다 해도 이렇게까지 막가는 자를 지금까지 본 적이 없었다.

상대는 천건당의 일건이었다.

생각이 없는 자 같았다.

마윤의 생각으로는 지상 최강의 바보가 있다면 등천화를 제일 먼저 꼽으리라.

그러나 전혀 다른 생각을 하는 사람도 있었다.

‘이 친구, 물건이구먼. 하하하.’

공손풍은 보는 시선들 때문에 소리 내어 웃지는 못했으나, 마치 복수라도 한 것처럼 흐뭇해졌다.

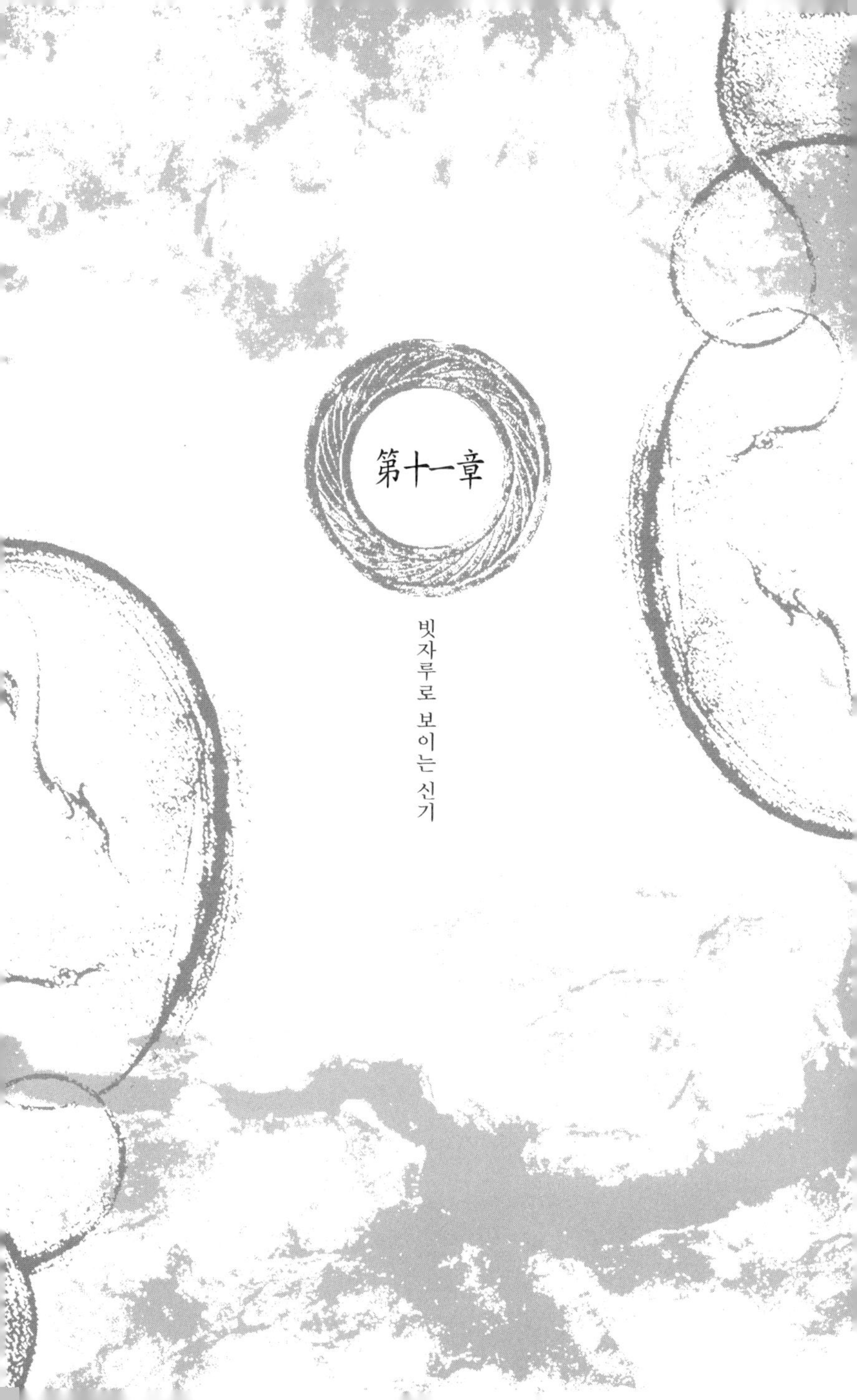

第十一章

빗자루로 보이는 신기

덜컥― 덜컥―

마차는 반규륵의 불편한 마음을 알기라도 하는 듯 심하게 흔들렸다.

가교일과 반규륵 두 사람은 천추성을 떠난 뒤 서로 한마디도 주고받지 않았다.

도저히 못 참겠는지 반규륵이 화를 냈다.

"가 일곤, 한 가지만 물읍시다. 아무리 생각해도 상식적으로 이해가 가지 않아서 그렇소."

"뭐요?"

"그 위사 녀석이 뭐 그리 대단한 존재라고 부하들 앞에서 나를 망신시킨 것이오?”

“이런, 반 일건. 순서가 뒤바뀌었소.”

“무슨 순서 말이오?”

“등 소형제는 위사요. 위사라면 그래야 한다고 배웠을 테니 당연한 행동을 취한 것뿐이오.”

“언제부터 사당의 간부가 위사에게 보고를 하고 다녔다고 그러시오?”

“안 그래도 된다고 아무도 허락하지 않았소.”

“마교의 위세가 점점 커져 가는 이 판국에 일일이 보고를 하며 어떻게 다닌다는 말이오!”

“우스운 얘기군. 반 일건이 얼마나 성을 자주 나가 봤다고 그런 얘기를 하시오? 종 일건이 그 말을 들었으면 아마 웃느라고 마차에서 떨어졌을지도 모르겠소. 후후후.”

“그, 그거야 맡은 임무가 다르니…….”

“이젠 됐소.”

“……?”

“맡은 임무가 다른 것이오. 위사는 위사의 임무가 있고 우리는 우리의 임무가 있는 것 아니오?”

“…….”

반규륵은 괜히 말을 꺼냈다고 생각했다.

이번 일도 그랬다.

진휘악이 처음 결정대로 종명기와 반규륵을 제외한 다른

일건 둘을 보냈으면 문제가 없었다.

마교의 움직임이 절강성을 벗어나 안휘성까지 넓혀지고 있다는 철혈문의 보고를 받은 진휘악은 곧장 요료 성승한테 보고를 했고, 요료 성승은 사당의 일건들을 둘씩 보내라는 명령을 내린 것이다.

그러나 진휘악의 판단으로는 굳이 그렇게까지 할 필요 없다고 생각하고 심복인 반규륵을 보내 동정을 살피는 수준에 그치기로 했다.

진휘악은 이미 세외삼천에서 세 명의 고수가 온다는 걸 알고 있었다. 이럴 때 그들을 사용하면 부하들의 희생도 줄이고 그들의 실력도 알아보기에 딱이었다.

당연히 반규륵으로서는 기분 더러운 일이었다. 더구나 시작부터 일이 꼬이는 바람에 더더욱 기분이 나빠졌다.

*　　　　*　　　　*

등천화는 가교일이 마차에서 내릴 때를 생각하고 있었다. 정말 반가웠다, 마치 종명기가 직접 율촌까지 왔을 때처럼.

"가 대협은 참 좋은 분이세요. 종 대협도 그렇고요."

등천화의 무심코 던진 한마디에 뒤에서 마윤은 긴 한숨을 쉬었다. 처음에는 아무것도 아니라 여겼던 사람이 시간이 지날수록 놀라웠기 때문이다.

"좋으시겠어요, 좋은 분들을 많이 알아서."

"내일은 종 대협을 만나려고요."

"……."

마윤은 만나고 싶으면 누구든 만날 수 있다는 듯이 말하는 등천화를 부러운 눈으로 쳐다봤다.

그때,

밖에서 익숙한 음성이 들여왔다.

"있는가?"

"누구세요?"

"나다, 공 대주."

"헉!"

마윤은 재빨리 일어나 문을 열었다.

밖에는 술병을 한 손에 든 공손풍이 서 있었다.

"대주님께서 무슨 일로……?"

"한잔하러 왔지."

마윤은 뒤로 물러서며 등천화에게 말했다.

"등 위사님, 공 대주님이 오셨어요."

"그래요? 들어오시라고 해요."

등천화는 자리에서 일어나며 공손풍을 맞이하려 했다. 하지만 방으로 들어서려던 공손풍이 갑자기 멈춰 섰다.

"아니, 방이 왜 이리 좁아?"

두 사람이 누우면 딱 맞을 공간.

공손풍은 이내 고개를 절레절레 흔들며 두 사람을 나오라고 손짓했다.

"내 방으로 가세."

등천화는 방을 돌아봤다가 고소를 머금고 머리를 긁적이며 밖으로 나갔다.

"다녀오세요."

그때 마윤이 공손풍과 등천화에게 인사를 건네는 것이 아닌가?

"마 선배도 함께 가요."

"아닙니다. 저까지 자리를 비우면 나중이 괴로워져요. 공 대주님, 선배들이 오면 저라도 있어야 하잖습니까."

마윤의 귀염성있는 대답에 공손풍은 너털웃음을 터뜨리며 고개를 끄덕였다.

"알았다."

등천화는 마윤이 무슨 말을 하는지 몰랐으나 공손풍이 알았다고 하는 걸로 봐서 신경 쓰지 않아도 될 것 같았다.

마윤에게 다녀오겠다며 손을 흔들어주고는 위사들 숙소에서 한참 떨어진 공손풍의 거처로 갔다.

그의 거처는 검소했다.

일반적으로 그렇다는 말이지, 등천화의 눈에는 신기하기만 했다.

"어떤가, 자네 숙소보단 낫지?"

"예. 꽃도 심으세요?"

"아, 그거? 후후후, 한번 심어볼까 해서 씨를 뿌렸네. 오랫동안 혼자서 살다 보니 취미가 된 모양이야. 벌써 십오 년이나 돼서 놓기가 쉽지 않더군."

생긴 것답지 않은 대답이었으나 등천화는 그런가 하고 따라서 방으로 들어갔다.

방 안에는 통나무를 반으로 잘라 옮겨놓은 식탁이 한쪽에 놓여 있었다. 그 위에 평상시에 먹을 수 있도록 해놓은 안줏거리가 놓여 있었다.

혼자서 술 한잔하다 등천화가 생각난 모양이었다.

공손풍이 잔을 건넸다.

"한잔 받게."

"엄……."

"왜 그러나?"

"술을 마셔본 적이 없어서요."

"자네, 올해로 몇이지?"

"스물둘 입니다."

"근데 술을 마셔본 적이 없어?"

"산에서만 살았거든요."

"산? 흠, 할 수 없지. 술친구 하나 생기나 했더니."

공손풍은 더 이상 권하지 않고 자신의 잔에 술을 따랐다.

쪼르륵.

“그래, 무슨 무공을 익혔나?”

“보법을 익혔는데요?”

“보법?”

“예. 그걸 익히려고 사부님을 따라갔거든요.”

“그때가 몇 살이었는데?”

“열두 살이요.”

“큭!”

공손풍은 마시던 술을 하마터면 뱉을 뻔했다.

십 년 동안 보법만 익혔다는 말에 깜짝 놀랐기 때문이다.

“아니, 얼마나 대단한 보법이기에 십 년 동안 보법 한 가지만 익혔단 말인가?”

“어렸을 때 잘 걷지를 못했거든요.”

“한데 어떻게 보법을 익힐 생각을 했지?”

“제가 딱해 보였는지 사부님께서 거둬주셨어요. 심부름도 잘 못했는데… 덕분에 이렇게 걸을 수 있게 됐죠. 너무 죄송해서 혼자 뭔가를 끙끙대며 만들어내려고 했는데, 하루는 사부님께서 저를 부르셨어요. ‘작은 동작 하나라도 완벽해져야 똑바로 걸을 수 있다. 한 걸음이 중요하지 그 다음은 생각은 하지 마라’ 고 하셨죠. 뭐, 사부님처럼 걸으려면 아직 멀었지만 지금은 제법 잘 걷게 됐죠.”

“작은 것에 완벽해져야…….”

공손풍은 등천화의 말을 읊조렸다.

가슴이 순간적으로 콱 막히는 것 같았다.

천추성에 입성한 뒤로 한 번도 무공에 대한 생각을 해본 적이 없었다. 아니, 무공에 대한 생각은 끊임없이 했다. 하지만 그 모든 생각은 투로에 한해서였다.

정작 해야 될 고민은 미루고 엉뚱한 고민만 했다고 해야 할까? 시간은 흐르는데 날로 실력이 줄어드는 느낌은 거기서 비롯됐으리라.

개벽삼검의 특징인 간결하고 투박함이 점점 사라지고 있었다.

"허……."

"……?"

갑자기 헛바람 빠지는 듯한 공손풍의 웃음에 등천화는 고개를 갸웃거리며 쳐다봤다.

턱.

술병을 내려놓은 공손풍의 눈빛이 편해졌다.

"무슨 일이세요, 공 대주님?"

"……."

"공 대주님?"

"……."

두 번을 연속해서 불렀건만 공손풍은 대답없이 앞쪽만 주시했다. 초점이 사라진 듯한 눈빛. 그 눈빛이 무엇을 의미하는지는 모르지만 공손풍과 비슷한 상황에 익숙한 등천화는 조용히 방을 나섰다.

공손풍의 미간에서 시작된 빛이 전신으로 퍼지는 것을 보았다. 보려고 해서 본 것이 아니라 어렸을 때부터 가지고 있던, 사람들 눈에 보이지 않는 길이 공손풍의 몸속에서 만들어지는 것을 본 것이다.

밖으로 나온 등천화는 난간에 기대서서 별을 바라보았다. 망량산에서 보던 별보다는 밝지 않았으나 그래도 좋았다.

얼마나 지났을까.

공손풍이 밖으로 나와 등천화의 어깨를 두드렸다.

"미안하이."

"아, 깨어나셨어요? 공 대주님, 좀 편안해지셨어요?"

등천화는 마치 공손풍의 고민을 알고 있던 것처럼 말을 건넸다.

"허허. 이 사람, 마치 내 고민을 풀어주려 온 사람같이 말하는군."

"제가 그걸 어떻게 알겠어요."

등천화는 슬쩍 코를 비볐다.

"덕분에 사라졌네. 한번 보겠는가?"

공손풍은 등천화의 대답을 기다리지 않고 들고 나온 자신의 애검을 들어 올렸다.

하늘을 여는 검이라 해서 개벽삼검이다.

일초식 개벽혼원.

검이 휘둘러질 때마다 무시무시한 소리가 울렸다.

일직선으로 뻗었던 검은 이내 공작새처럼 둥근 막을 형성 했다가 하나로 모이며 다시 공격했고, 몸의 위치가 바뀌면서 이번엔 양쪽을 모두 압박해 들어갔다.

겨우 일초식이 끝났을 뿐인데 공손풍이 내뿜는 기세에 나무들은 숨을 죽였고, 새로 뿌린 씨앗들은 한쪽으로 밀려나고 있었다.

이초식 개벽천쇄.

일초식이 주로 찌르기 위주의 검초였다면, 이초식은 베는 것에 초점을 두고 있었다.

혼란한 세상을 휘저어 분류한 뒤 모두 파괴하는 초식이란 뜻 같았다.

등천화는 다음 초식은 보지 않아도 어떤 의미를 담을지 알 것 같았다. 대상을 정하고 부쉈으니 이제 하늘을 열리라.

혼신을 다해 펼치는 공손풍의 모습은 보는 등천화를 감동 시키기에 충분했다.

그러나 그 모습은 불안해 보였다.

그의 한쪽 다리인 철각이 만들어놓은 자국 때문일까? 그는 허공에 떠 있는데 바닥에 이리저리 그어진 선이 자꾸만 등천 화의 눈에 밟혔다.

아니나 다를까.

몰아의 상태로 검을 휘두르던 공손풍의 눈에 초점이 맞춰지며 당황하는 표정이 역력했다.

'길이 없는데…… 멈춰야 하는데…….'

차마 말을 꺼낼 수는 없었다.

공손풍의 눈빛이 결연해졌다.

번—쩍!

열십 자로 그려진 빛은 순식간에 수그러들며 공손풍을 감쌌다. 이윽고 공손풍은 검과 함께 땅으로 추락했다.

턱.

등천화는 공손풍을 받아 들었다.

그의 전신은 땀으로 흥건했다.

정신을 잃은 그의 얼굴은 고통 때문인지 일그러져 있었다.

다음날.

공손풍의 곁에서 밤을 꼬박 새운 등천화는 날이 밝고서야 밖으로 나왔다.

"……."

마당에는 공손풍이 개벽삼검을 펼친 자국이 땅에 고스란히 남아 있었다.

검에서 뿜어진 기운으로 인해 새로 심은 씨앗들이 이리저리 흩어져 있었다.

등천화는 소축 벽에 세워져 있는 빗자루를 잡았다.

흙이 사방을 도배하듯이 어지럽혀져 있었으나, 그런 걸 정

리하는 건 비질 경력 십 년의 등천화에겐 어려운 일이 아니었
다.

슥.

빗자루를 든 손은 고정시킨 채 한 발을 움직였다.

허리는 곧게 폈고, 하체는 물이라도 되는 것처럼 흐느적거
렸다. 하지만 빨랐다.

스— 스슷—

빗자루가 땅에 머무는 시간은 극히 짧았으나, 휘젓는 범위
는 점점 넓어졌다.

선행후결(先行後潔).

앞서 움직인 것만으로 뒤쪽은 깨끗해진다.

그 의미가 저절로 실천되는 중이었다.

햇살이 등천화의 키를 기억했다가 바닥에 그려놓았다. 이
미 주위에는 새벽의 황금빛 햇살과 넓고 좁은 등천화의 그림
자만 가득했다.

어느새 흐트러졌던 흙은 제자리를 찾아 허공으로 떠오르
고 있었다.

그러나 아직 등천화의 비질이 끝난 것은 아니었다.

흙이 제자리를 찾아가는 것을 슬쩍 막아서 옆으로 밀친 후
에, 다른 자리의 흙을 원래의 위치로 옮겨놓는다. 그리고는
회전을 일으켜 흙이 빗자루를 타고 올라가도록 만들었다.

후스슷—

이 모든 것이 이루어질 때까지 등천화는 상체를 움직이지 않았다.

"아……."

감탄과 흥분이 섞여 있는 신음이 어디선가 흘러나왔다.

등천화의 비질이 시작된 지 얼마 지나지 않았을 때부터 지켜보던 마윤의 목소리였다.

마윤의 심장은 멈추지 않고 계속 쿵쾅댔다.

짜릿함.

비질 하나로 이렇게까지 가슴이 벅찰 수 있을까?

간밤에 돌아오지 않은 등천화를 데리러 왔다가 엄청난 광경을 보게 된 것이다.

등천화의 동작은 전부 신기였다.

'헉!'

마윤의 머릿속에 순간적으로 떠오른 생각.

손가락 하나 까닥하지 않고 흙이 알아서 제자리를 찾게 만들 수 있는 신기는 오직 한 가지 외에는 생각할 수 없었다.

섭물진기!

전설로만 전해진다는 그 대단한 공부인 것이다.

진기만으로 사물을 이동시킨다는 공부를 눈으로 직접 보게 될 줄은 상상도 하지 못했다.

마윤은 올려지지 않는 손을 억지로 들어서 눈을 비볐다.

"어?"

다시 눈을 떴을 때는 어느새 빗자루를 타고 올라가던 흙은
사라지고 없었다.

"등 위사님!"

"어? 마 선배, 왔어요?"

마윤은 등천화의 대답에 화들짝 놀라며 손을 내저었다.

"서, 선배라니요. 그냥 편하게 대해주세요."

"예."

"제가 불편해서 그래요, 등 위사님."

"예."

"……."

마윤의 말대로 하겠다는 건지, 아니면 이전처럼 마 선배라
고 하겠다는 건지 알 수 없는 등천화의 대답에 잠시 대화가
끊겼다.

어색한 분위기를 끊기 위해 마윤은 재빨리 화제를 돌렸다.

"참, 공 대주님은요? 기침하셨나요?"

"주무세요."

'크…….'

조금 전에 말을 편하게 하라는 마윤의 말이 무색해지는 순
간이었다.

"깨워야 돼요."

"안 일어나세요. 정신을 잃으셨거든요."

"예? 아!"

마윤은 속으로 생각했다.

'두주불사로 소문난 공 대주님을 기절시킬 정도의 주량이구나! 하여간 뭐가 달라도 다른 사람이다.'

물론 겉으로 내색하진 않았다.

"제가 깨우겠습니다."

"그러지 마세요."

"……?"

"푹 쉬게 두세요."

"아니, 술을 얼마나 드셨기에……."

"엄… 술은 안 드셨어요. 대신 검을 펼치셨죠."

"헉! 그럼 비무를 하신 거예요?"

"아니요. 공 대주님만 검을 펼치셨어요."

"에? 그, 그럼 주화입마?! 보고를 해야겠네요!"

마윤은 호들갑을 떨며 당장 어딘가로 뛰어갈 것처럼 굴었다.

"누구한테 보고를 해야 하죠?"

"그거야 당연히 윗… 아! 등 위사님, 종 일건님을 아신다고 하셨죠? 종 일건님께 말씀드리면 해결해 주실 거예요."

"그래요? 하면 종 대협……."

"가실 거죠?"

"예. 그러니까, 종 대협……."

"저는 의약전으로 갑니다."

마윤은 급하게 말을 마치자마자 벌써 저만치 내달리고 이었다.

참으로 답답한 상황.

종명기를 만나는 것은 문제가 아니지만, 어디로 가야 만날 수 있는지는 알려주고 가야 했다.

등천화는 입술을 달싹였다.

"어딜 가야 만날 수 있는지 알려주고나 가지……."

그의 시선이 삐죽삐죽 솟은 전각들이 가득한 천추성 안쪽으로 돌려졌다.

움직이기 전에 그는 한 번 더 소축을 돌아봤다.

공손풍의 검에는 길이 막혀 있었다.

어디나 있는 것이 길이긴 하지만 그것도 보여야 갈 수 있는 것이다.

어릴 때 등천화가 잘 걷지 못했던 이유는 바로 그 길이 보이지 않았기 때문이다.

국진력을 따라서 망량산으로 들어가 십 년이 흘러서야 제대로 걸을 수 있었다는 말, 그 말을 전해주지 못한 것이 못내 미안했다.

내성으로 들어가기 위해서는 제마문, 멸사문, 천추문을 차례로 지나야 했다. 그 거리만도 꽤 길어서 벌써 일 다경이나 보내고 말았다.

“이렇게 많은 전각 중에 종 대협이 계신 곳을 어떻게 찾지?”

등천화는 주위를 둘러보며 어디로 가야 할지 고민하며 멈춰 섰다.

그때, 어디선가 날 선 여인의 목소리가 들려왔다.

“기본이 중요하다고 몇 번을 말해!”

종명기의 거처를 물어보기 위해 전각 뒤편으로 돌아갔다. 그곳에는 꽤 커다란 공터가 있었다.

막 몸을 드러냈을 때,

“넌 뭐야?! 빨리 와서 서지 못해!”

“예? 저요?”

등천화가 어리둥절해서 반문하자 서 있던 남자들의 안색이 시커멓게 변했다.

“흐응, 오늘 처음 온 건가?”

머리를 뒤로 묶고 움직이기 편한 경장 차림의 여인은 의외라는 듯 이채를 발했다.

그러나 상황과 상관없이 잘 웃는 등천화는 씨익 웃음을 날려주며 고개를 저었다.

“아닙니다. 며칠 됐습니다.”

“그래?”

여인은 등천화의 자신만만한 표정을 보자, 앞에 일렬로 늘어선 청년 여섯을 외면하고 다가왔다.

"흐응, 그런데 이제야 나타나셨다?"

곱지 않은 눈으로 등천화를 흘기는 모습이 예사롭지 않았다. 그녀의 앞에 있는 청년들의 안색이 굳었다. 지난 삼 일간의 혹독한 수련은 곧 벌어질 일을 충분히 예상하게 해주었기 때문이다.

천감당 이감 서문혜.

칠룡삼봉 중 삼봉의 일인이며, 무당 장문인까지 지낸 무태진인의 유일한 여제자였으며, 열아홉의 나이로 이감까지 오른 최초의 여고수였다. 이감이라 중요한 일엔 낄 수 없었고 고작 천감호위대를 교육시키는 일을 맡고 있었다.

그녀의 결정에 따라 청년들의 운명이 좌우되는 것이다.

이런 상황에서 위사 아니면 천감호위대에 지원한 것으로 보이는 녀석이, 자신의 입으로 며칠 동안 농땡이를 피웠다는 용감무쌍한 놈팡이가 나타난 것이다.

"……."

등천화는 다가온 서문혜가 아무 말도 하지 않자, 손이 궁금해져서 주위를 둘러보다 돌에 박혀 있는 검을 잡았다.

"검이 많……."

"뭐 하는 거냐?!"

서릿발 같은 차가운 음성.

서문혜는 어이없다는 표정으로 등천화를 쏘아보다가 다시 대답을 독촉했다.

“뭐 하는 거냐고?! 내 말이 말 같지 않느냐?! 대답 안 해?!”

“아니, 검이 많길래…….”

“넌 볼 것도 없다! 탈락이다!”

“예?”

“그 검을 뽑을 기회는 단 한 번이다. 너는 이미 그 기회를 버렸으니 탈락이다.”

“탈락……?”

등천화는 무슨 말인지 몰랐으나 아직 검을 잡고 있는 손을 보고서 웃었다. 뭔지는 몰라도 탈락했다는 말은 듣기 싫었다.

“소저, 기회는 한 번씩 준다고요? 그럼 저는 탈락이 아닌데요?”

“뭐? 소, 소저?”

“무슨 차례인지는 모르지만 나는 아직 검에서 손을 떼지 않았어요. 보세요.”

서문혜는 시선을 내려 등천화의 손을 봤다.

정말로 아직 검에서 손이 떨어지지 않았다.

그러나 이미 그녀가 내린 결정이었다.

“그래? 그럼 떼게 만들면 되겠군.”

쉭.

그녀의 발이 등천화의 손을 향해 날아갔다.

‘바보였던가?’

곧 손이 부러질 텐데도 등천화는 여전히 웃기만 할 뿐 이렇다 할 행동을 취하지 않았다.

서문혜는 등천화가 자신의 손을 뿌리치거나 반격할 수도 있다는 상상을 잠깐이라도 했던 것을 후회했다.

홍—

"헛!"

서문혜는 헛바람을 삼켰다.

발이 등천화의 손을 그냥 지나쳤기 때문이다. 하지만 동시에 명쾌한 생각이 뒤따랐다. 자신의 발이 그냥 지나갔다는 것은 등천화의 손이 검에서 떨어졌다는 것을 의미했다.

땅에 발을 디딘 서문혜는 회심의 미소를 지으며 등천화를 돌아봤다.

"손은 부러지지 않았군. 검에서 손을 뗐으니 넌 탈락이다. 할 말이 있느냐?"

"손 뗀 적 없는데요?"

"뭐? 손을 떼지 않았다고? 저 녀석들이 다 보고 있었는 데도 헛소리를 할 셈이냐?!"

서문혜는 살기를 드러냈다.

등천화의 대답 여하에 따라 살수를 쓸 태세였다.

"물어보세요, 저분들에게."

"끝까지!"

서문혜는 뒤를 돌아보며 청년들에게 대답을 하라는 고갯짓을 했다.

청년들은 일제히 제일 왼쪽의 청년을 쳐다봤다.

그 청년은 마른침을 삼키고는 곧이곧대로 대답했다.

"저 사람은 검에서 손을 떼지 않았습니다."

"뭐?! 이것들이 어디서 거짓말을! 똑바로 말 안 해!"

"사, 사실인데요."

"……!"

화를 내던 서문혜의 입이 다물어졌다.

청년의 눈에는 거짓이 없었다. 그렇다면 정말로 등천화가 움직이지 않았다는 말이다.

어떻게?

이내 자존심이 상한 서문혜는 등천화가 손을 뗐든 아니든 상관하지 않기로 했다.

검을 두고 나온 것이 아깝기는 하지만, 두 손이면 충분히 등천화 정도는 제압할 자신이 있었다.

'빨리 물어봐야 하는데……'

등천화는 점점 살기등등해지는 서문혜를 보면서 빨리 이 자리를 벗어나야겠다고 생각했다. 그렇다고 검에서 손을 뗀다거나 한다는 생각은 아니었다.

뽑기로 했다.

'끙' 하는 소리와 함께 등천화는 검을 쥔 채로 힘을 썼다. 하지만 검은 뽑히질 않았다. 검이 바위와 하나가 되어 있었기 때문이다.

얼굴까지 빨개지는 등천화의 모습을 보며 서문혜는 공격하는 대신 한껏 비웃었다.

"호호호! 지금 뭐 하는 거냐?"

지금까지 천감호위대에 지원한 자 중에 검을 뽑은 사람은 한 명도 없었다.

검을 뽑아야 천감호위대에 합격하는 것이 아니라 뽑기 위해 노력하는 과정을 중히 여기기 때문이다.

당연히 용을 써도 검을 뽑지는 못할 것이다.

"응?"

등천화를 바라보던 그녀의 눈이 점점 커졌다.

벽과 수직으로 선 등천화의 발이 거의 보이지 않을 속도로 검 주위를 뱅글뱅글 돌았다.

놀라운 광경은 금방 끝이 났다.

눈을 두어 번이나 깜빡였을까.

꾸드드득!

"뭐, 뭐야, 이 소리는?!"

바위 전체가 요동을 치는 소리였다.

겨우 검 주위를 뱅글뱅글 도는 것만으로 바위를 흔들고 있었다. 아니, 그녀의 눈에는 그렇게 보였다. 웃기는 짓이란 생각으로 쳐다봤으니 등천화가 벽과 수직으로 서서 보법을 펼쳤으리란 생각은 못한 것이다.

투학!

“……!”

구경하던 청년 여섯 명은 자신들도 모르게 뒤로 물러섰다. 물먹은 나무가 술병의 입구에서 탈출하며 ‘뽁!’ 하는 소리를 낼까 봐 미리 피하려는 것이다.

“꿀꺽.”

누군가의 목에서 마른침 삼키는 소리가 끝나고, 등천화의 입에서 싱거운 목소리가 흘러나왔다.

“어? 뽑혔네?”

툭.

등천화는 빠진 검을 든 채로 서문혜를 돌아봤다.

“괴물…….”

서문혜는 등천화의 손에 들려진 검을 보며 어안이 벙벙해진 표정을 지었다.

검은 끝이 휘어지고 뭉툭했다.

원래 뭉툭한 검을 보이는 부분까지만 갈아서 얇은 검신을 지닌 검이란 생각을 하게 한 것이다. 바위가 깨어지기 전에는 뽑을 수 없도록.

“합격인가요?”

등천화의 질문.

서문혜는 얄밉게 묻는 등천화의 순진한 얼굴을 보며 어쩔 수 없이 고개를 끄덕였다. 물론 살기 어린 시선을 던지는 건 잊지 않았다.

"그래, 합격이다. 내일부터 천감호위대로 출근하도록 해. 앞으로 각오 단단히 해야 할 거야."

"……."

"……?"

서문혜는 당연히 기뻐할 줄 알았던 등천화가 대답이 없자 삐딱하게 쳐다봤다.

"뭐야? 기쁘지 않아?"

"엄… 기쁘긴 한데요, 어쩌죠? 전… 그걸 할 수 없을 것 같아서요."

"뭐?"

"제가 하는 일이 따로 있거든요."

"따, 따로? 그럼 여긴 왜 왔어?"

"묻고 싶은 것이 있어서요."

"……!"

서문혜를 비롯해 여섯 명의 청년은 할 말을 잃었다.

등천화의 말은 하나도 틀리지 않았다.

시험을 보러 온 자라고 착각한 것도 서문혜고, 합격과 탈락의 기준을 말한 것도 그녀였다.

등천화는 조심스럽게 다시 말을 이었다.

"종 대협… 아니, 종 일건님을 어딜 가야 뵐 수 있을까요?"

"……."

"……."

서문혜도 청년들도 대답을 하지 않았다.

"모르시는구나. 그럼……."

등천화는 빤히 바라보기만 하는 사람들을 더 이상 볼 수가 없어 머쓱한 표정으로 머리를 두어 번 긁적이다가 자리를 벗어나려 했다.

"거기 서!"

서문혜는 이대로는 도저히 등천화를 보낼 수가 없었다. 자신이 실수를 한 건 맞지만 그 실수를 인정할 수가 없었기 때문이다.

그녀의 자존심이 용납하지 않는 것이다.

"이대로는 못 가. 천감호위대가 되든지, 아니면 이 자리에서 죽어."

"서 이감님, 참으시지요."

"맞습니다. 저분 말이 일리가 있는데요?"

뒤에 있던 여섯 명의 청년이 일제히 서문혜를 말렸다. 당연한 것이, 등천화가 천감호위대를 하지 않으면 그만큼 자신들의 자리가 생기기 때문이다. 더구나 종명기란 이름이 가진 무게는 대단했다.

"닥쳐!"

서문혜는 말리는 청년들을 무시하고 곧장 손을 쓰려 했다. 그러나 청년들은 몸을 사리지 않고 일제히 그녀에게 덤벼들어 팔과 다리를 붙잡고 늘어졌다.

"뭐 해요? 어서 피해요! 종 일건님은 저곳에 계세요!"

청년 중 한 명이 손으로 한곳을 가리켰다.

등천화는 알았다며 곧장 그 자리를 피했다.

한 발을 뗐을 뿐인데 어느새 청년이 가리킨 곳으로 사라지는 모습에 다들 눈만 끔뻑였다.

"저 사람, 누구지?"

"나도 처음 보는 얼굴인데?"

청년들은 신기하단 눈으로 등천화가 사라진 방향을 좇느라 자신들이 누구를 잡고 있는지 잠시 잊고 말았다.

"이거 안 놔!"

퍼버버벅!

서문혜는 청년들을 한 방에 떼어버린 뒤 등천화를 쫓아갔다.

『보법무적』 1권 끝

지금 유전자가 말하는 사랑과 성의 관한 솔직 대담한 진실이 펼쳐집니다!

남편의 후광을 등에 업는 것은 까마귀와 인간뿐…

모두에게 바보 취급받던 독신 암컷이 단번에 인생대역전을 해서
서열 1위인 수컷의 아내 자리를 차지하게 될 수도 있다는 말입니다.
모든 여성이 이상형의 남자와 결혼할 수 있는 것은 아닙니다.
적당한 선에서 타협하여 적당한 사람과 결혼하지요.
하지만 솔직히 말해서 당연히 멋진 남자가 더 좋지 않겠습니까?
따라서 여성은 생각합니다.
'그럼 어떻게 하지? 유전자만이라면 가질 수 있어!'
그리하여 장기계획형이나 단기승부형과 같은 여러 가지 방법의
외도가 생겨나는 것입니다.
물론 모든 여성이 이를 실행에 옮기지는 않습니다.

하지만 기회가 있다면 어떨까요?
다른 조건과 이미 타협을 봤다면?
남편이 사소한 일은 눈치 못 채는 둔한 남자라면?
뭔가 유전자의 음모가 느껴지지 않습니까?

실패를 모르는 남자 선택법!
「내 남자친구는 왼손잡이」 법칙

어째서 여성은 왼손잡이 남성에게 마음이 끌리는 걸까요?

여기서 기억해야 할 것은 몸의 좌우와 뇌의 좌우는 원칙적으로 반대 관계라는 점입니다.
따라서 왼손잡이 남성은 우뇌가 발달했습니다.
발달했다는 사실이 왼손잡이를 통해 반영된 것입니다.

그리고 두 번째로 생각해야 할 것은 우뇌는 남성 호르몬의 일종인 테스토스테론에 의해 발달한다는 점입니다.
요약하자면 왼손잡이 남성은 우뇌가 발달했는데, 그것은 테스토스테론 수치가 높기 때문입니다.
그것은 다름 아닌 생식 능력이 높다는 것을 의미하지요.

「내 남자 친구는 왼손잡이」에 감춰진 의미는… 내 남자 친구는 생식 능력이 높아… 인 것입니다.

입소문을 통해 아는 분은 다 알고 계십니다!
올 한해 공인중개사 최고의 화제작!

1~2권 합본 | 이용훈 지음
3~4권 합본 | 이용훈 지음
5~6권 합본 | 이용훈 지음
용어해설 | 이용훈 지음

수험생 기본 필독서
만화 공인중개사

제목 : 만화공인중개사 쓰신 분에게 감사드립니다.

학원을 두 달 다녔어요. 근데 과연 그 숫자 외우기 그런 게 몇 문제나 나올까 생각을 했어요.
아니라는 생각이 드네요. 학원강의를 뒤로하고 서점을 갔어요. 내 머리에 가장 이해될 수 있는
책이 없나 하구요. 거기서 만화를 발견했어요. 무조건 세 번 봤어요. 3개월 걸렸어요. 문제집을 보라고
했는데 그건 시행을 못했어요. 근데 합격을 했네요.
어떻게 감사의 말을 해야 될지…….
도서관에서 만화책 들고 다니니까 사람들이 비웃더라구요. 만화책으로 공인중개사를 공부한다고
미친 사람처럼 보더라구요. 근데 그거 다 감수하고 했던 내가 자랑스럽습니다.
어떻게 감사의 말을 해야 할지… 정말 감사합니다.
부디 행복하세요. 제 나이 41살에 좋은 스승을 만난 것 같습니다.
엎드려 감사드립니다.

–본사 홈페이지에 독자분이 올린 메일 中 에서 발췌–